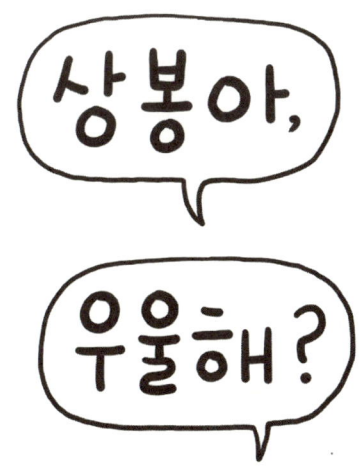

세상 든든했던 애인이 어느 날
중증우울증 진단을 받았다

글·그림 향용이

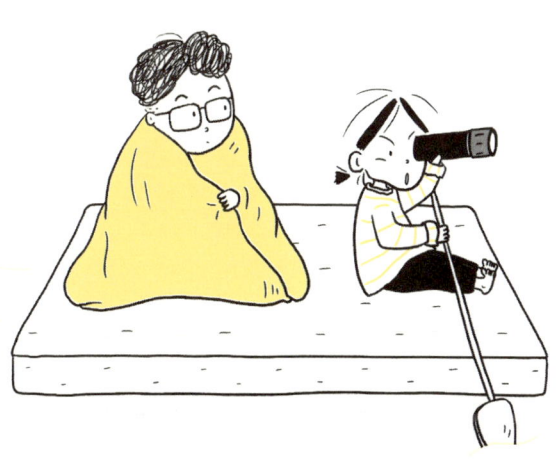

애플북스

우리는 새로운 우주 법칙에 적응 중이다.

차례

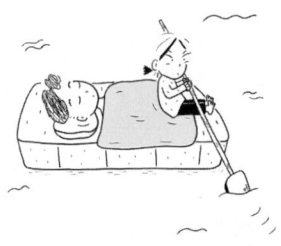

4장 내 남자친구의 진짜 우울증

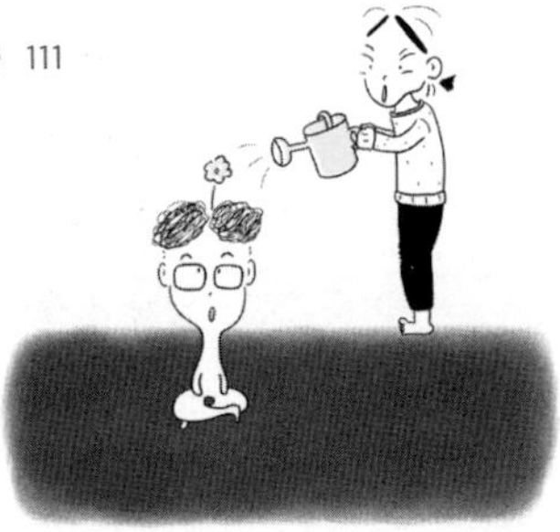

5장 물들임

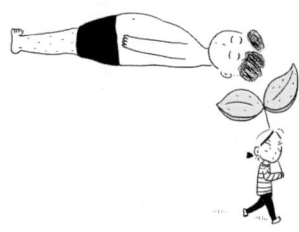

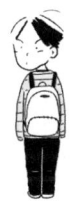

10장   끝 혹은 시작

1장

우울한 남자친구

안 우울한 여자친구

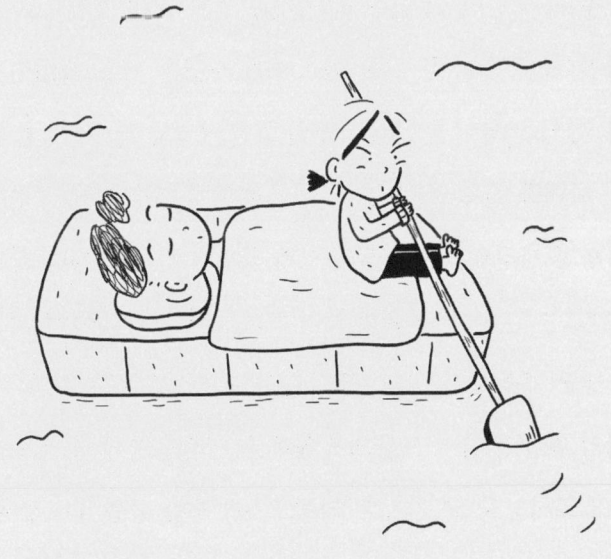

누구나 울적해지는 날이 있다. 그런 날 나는 이불에 들어가 모든 빛을 차단한 채 몸을 웅크리고 꼭꼭 숨어 있는다. 숨이 막혀도 이불 밖으로 얼굴을 내밀지 않고 꽉 막힌 숨을 쉬며 하루이틀 누워 있다 보면 다시 이불 밖으로 나올 힘이 생긴다. 이것이 내가 간혹 찾아오는 우울한 기분을 흘려보내는 방법이다.

어느 날 나의 남자친구 상봉이는 게임을 켰다. 나는 어떤 하루, 어떤 순간, 어떤 기억을 잊기 위해 이불에 들어갔는데, 그는 살고 있는 이 세계를 잊기 위해 게임으로 들어갔다. 처음에 한 것은 웜즈라는 지렁이 전투 게임이었다. 엔딩을 봐야 한다며 일주일 동안 게임만 하길래, '뭘 해도 제대로 즐길 줄 아는 사람'이라고만 생각했다. 그런데 지렁이 게임이 끝나기가 무섭게 곧이어 다른 게임을 찾았다. 그는 깊고 긴 동굴로 들어가고 있었다. 그곳에서 괴물 사냥꾼 게롤트가 되어 1,600시간을 살았고, 서부 개척 시대의 총잡이 아서 모건으로 800시간, 전쟁의 신 크레토스로 500시간을 살았다. 이 외에도 5년 동안 상봉이가 살 수 있는 다른 세계는 많았고, 될 수 있는 인물은 많았다.

그 사이 동굴 밖에서 친구들은 대학원을 졸업하고, 취직을 하고, 결혼해서 가정을 꾸리고, 아이 아빠가 되었다. 같은 시간 상봉이는 들어왔던 동굴 입구를 잃어버려 헤매기도 했고, 가까스로 입구를 찾아 돌아왔을 때는 동굴 밖 세상에 적응하지 못하고 더 깊은 동굴을 찾아 들어가기도 했다. 때로는 더 이상 자신이 동굴에 있다는 것을 새삼스럽게 느끼지 못하고 영원히 그곳에 살 것처럼 정착하던 때도 있었다.

그 긴 시간을 지난 상봉이는 그래서 지금 어디에서 뭘 하느냐고 묻는다면, 햇빛이 반쯤 드리워진 동굴 입구에서 간신히 발을 딛고 서 있다고 답할 수 있을 것 같다. 그가 힘들게 떼려고 하는 발걸음이 동굴 밖을 향할지, 다시 동굴 안을 향하게 될지는 알 수 없지만.

살면서 자연스럽게 맞을 수 있는 고민을 하고, 사소한 갈등을 겪으며, 내 의지로 해결할 수 있는 문제들만 안고 살 수 있다면 그건 참 다행인 삶일 것이다. 내 남자친구가 살고 있는 세계는 그런 다행스러운 삶에서 너무 멀리 떨어져 있었다. 암 병동에 가면 암에 걸린 사실이 아무것도 아니게 된다는 글을 본 적이 있다. 우울증의 세계에서는 사람들의 안부 인사에 심장이 뛰는 것이, 밖으로 나가지 못하는 것이, 밥 먹기가 버거워지는 것이, 도저히 이불을 걷어차고 일어날 수 없는 것이 새삼스러운 일이 아니게 된다.

상봉이와 연애 초기부터 동거를 시작해 10년째 함께 살고 있는 나는 남자친구를 따라 그런 것이 자연스러워지는 세상에 들어와 함께 지내고 있다. 어쩌다 상봉이의 소식을 접한 사람들은 내게 "곁에서 우울증을 지켜보는 너도 힘들겠다"라는 말을 자주 한다. 사실 나와 제일 가까운 곳에 우울증을 두고 사는 일은 사람들이 상상하는 것만큼 그렇게 숨 막히는 일은 아니었다. 우리는 방 안에 앉아 같이 게임을 했고, 현실에서의 고민 대신 게임 속 세상에 관해 이야기 나눴다. 한 계절이 지나도록 밖에 나가지 않고 같이 집에서 노느라 바쁘기도 했고, 그러다 오랜만에 외출을 한다며 벚꽃이 진 줄도 모르고 벚꽃놀이를 가기도 했다. 그래서 우울한 상봉이는 자주 행복하다고 했다. 만약 사랑도 커리어가 될 수 있다면 그런 점에서 나의 커리어는 성공적이라고 말할 수 있을 것이다.

물론 그렇다고 모든 과정이 내 예상 안에서 항상 순조롭게 흘러갔던 건 아니다. 우리 둘 모두에게 낯설었던 우울증을 어르고 달래다 상봉이가 더 아파지기도 했고 나도 같이 아픈 날도 있었다.

이 기록은 우울증의 이해를 돕기 위한 글도, 우울증 환자를 곁에 두고 있는 사람들을 위한 지침서도 아니다. 사실 나는 오랫동안 가까이에서 우울증에 걸린 남자친구를 봐 왔으면서도 우울증에 대해 아는 게 별로 없다. 상봉이는 힘든 것을 겉으로 잘 내색하지 않는 편이고, 나는 상봉이가 무슨 기분으로 사는지 늘 아리송하기 때문이다. 대신 이곳에는 남자친구에게 직접 말하지 못해 속으로 삼켰던 말들, 그럼에도 때론 참지 못하고 밖으로 내뱉어서 상처가 되었던 말들, 남자친구의 우울한 하루에 꾸깃꾸깃 잘 욱여넣었던 행복한 기억, 그렇지만 여전히 버거웠던 나의 시간을 적고 그렸다.

　가끔 상봉이는 우울증에 잠식당한 지난 5년의 시간을 통째로 잃어버린 것 같다고 말한다. 나 역시 종종 우리는 왜 이런 세계에 살고 있나, 하는 억울한 마음이 들 때가 있다. 세상 사람들 모두가 우울증을 앓아서 우울증을 겪거나 옆에서 지켜보는 것이 자연스러운 세상이 되었으면 좋겠다고 생각한 때도 있었다. 그럼에도 상봉이가 잃어버린 5년을 얘기할 때마다 나는 그 안에 분명 남는 것이 있다고 말하고 싶었다. 손아귀를 빠져나가 아무것도 남을 것 같지 않은 모래 한 줌도 한데 모아 조심히 거르고 거르다 보면 사금 한 톨이 반짝 제 모습을 드러내듯, 허무하게 잃어버렸다고 생각한 시간에도 이렇게 빛나는 순간이 있었다고 알려주고 싶다. 그래서 상봉이도 나도, 그리고 우울증 가까이에서 이 글을 읽고 있는 사람이 있다면 그도 더 이상 지난 시간을 억울해하지 않았으면 좋겠다. 하지만 여전히 억울하고 멈춰 있는 시간을 산다는 생각이 든다면, 이것 또한 자연스럽게 세상을 사는 모습 중 하나라고 믿을 수 있다면 좋겠다.

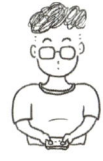

우울한
남자친구

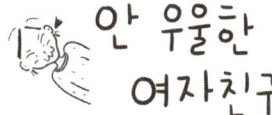

안 우울한
여자친구

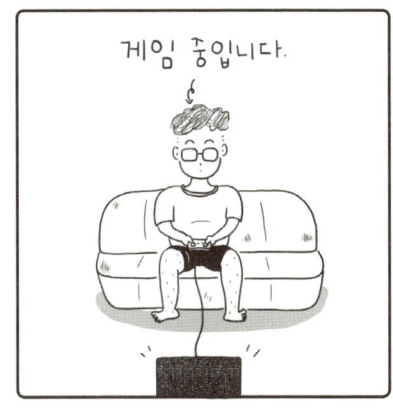

게임 중입니다.

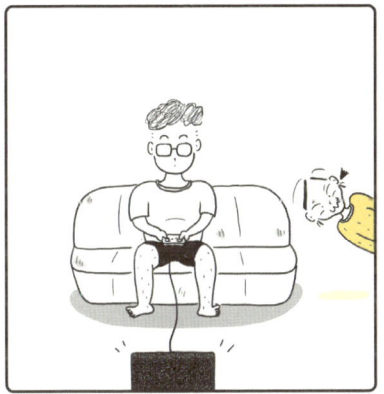

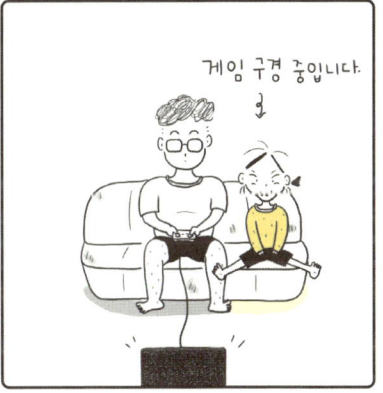

게임 구경 중입니다.

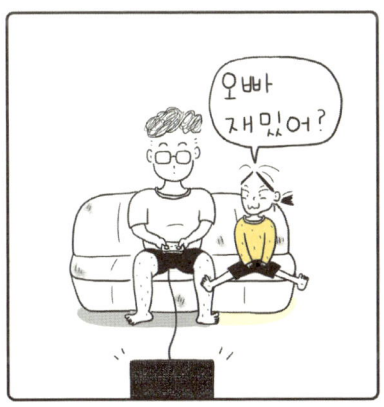

오빠 재밌어?

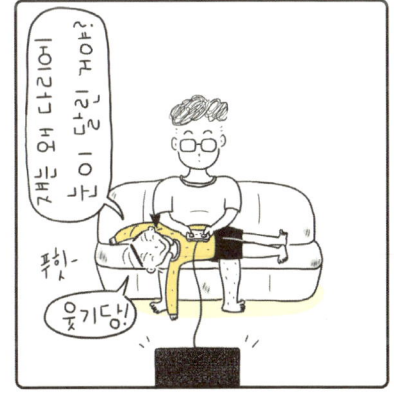

아나 게임 하려고?

퓡~

웃기당!

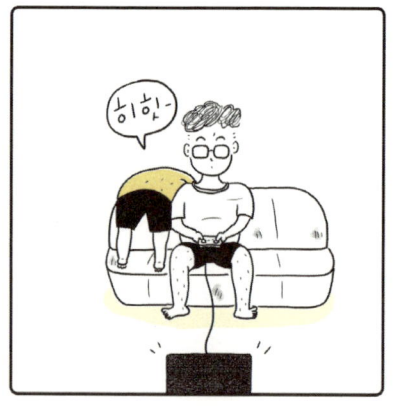

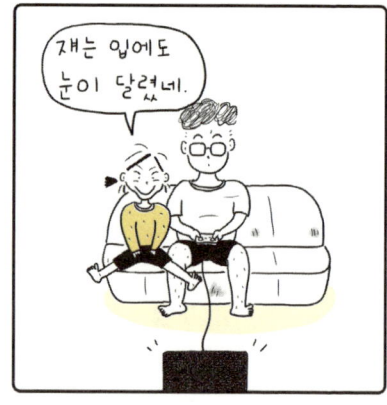

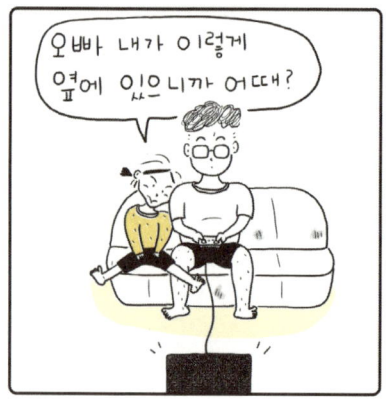

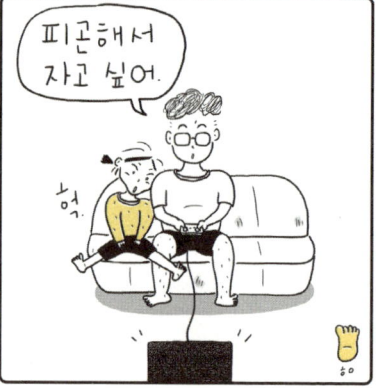

재밌는 사람

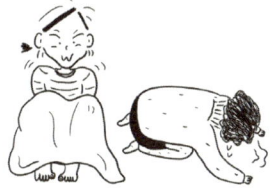

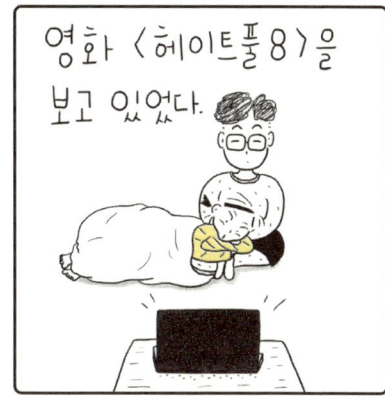

영화 〈헤이트풀8〉을 보고 있었다.

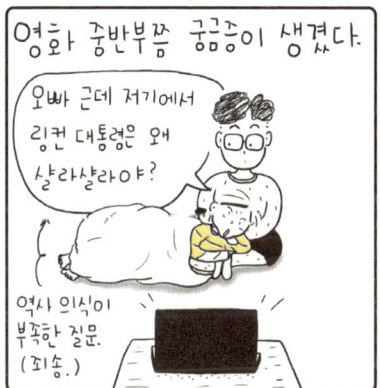

영화 중반부쯤 궁금증이 생겼다.

오빠 근데 저기에서 링컨 대통령은 왜 샬라샬라야?

역사 의식이 부족한 질문. (죄송.)

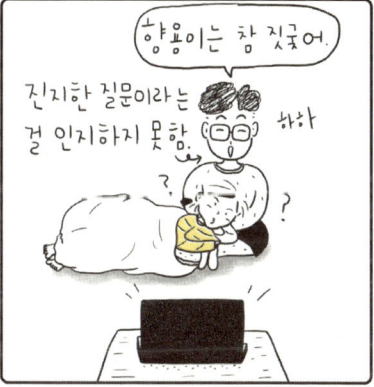

향용이는 참 짓궂어.

진지한 질문이라는 걸 인지하지 못함.

하하

?

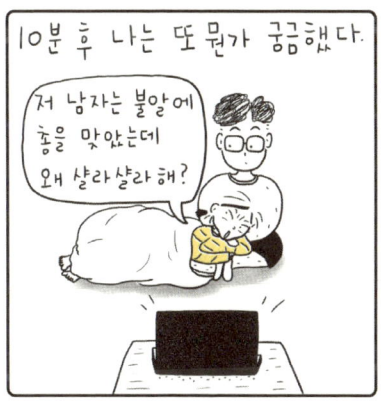

10분 후 나는 또 뭔가 궁금했다.

저 남자는 불알에 총을 맞았는데 왜 샬라샬라 해?

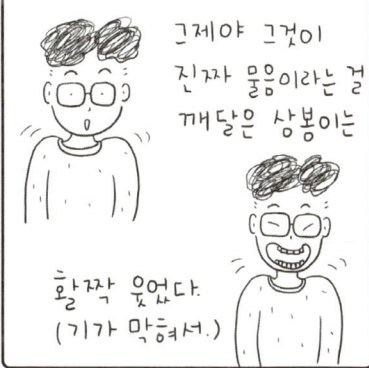

그제야 그것이 진짜 물음이라는 걸 깨달은 상봉이는

활짝 웃었다. (기가 막혀서.)

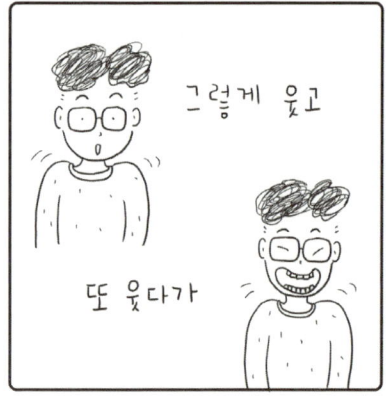

그렇게 웃고

또 웃다가

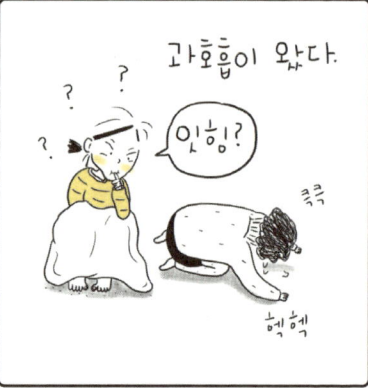

과호흡이 왔다.

인형?

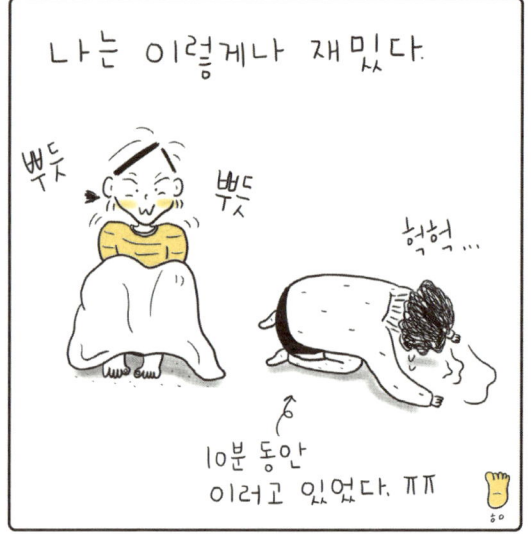

나는 이렇게나 재밌다.

10분 동안
이러고 있었다. ㅠㅠ

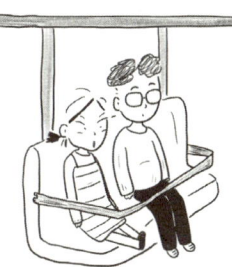

우리들의
벚꽃놀이

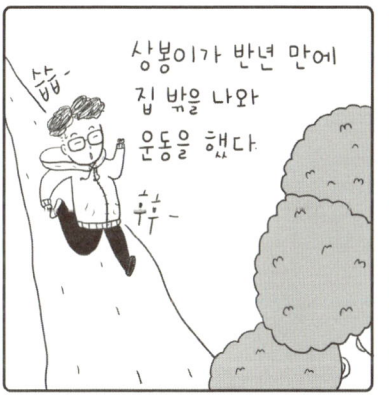

상봉이가 반년 만에
집 밖을 나와
운동을 했다.

슥슥-

후-

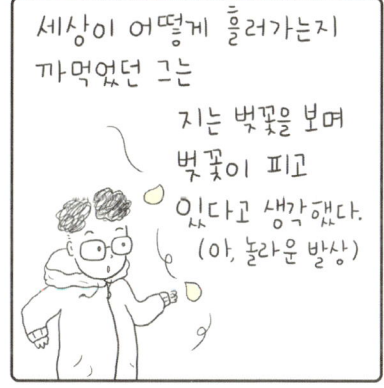

세상이 어떻게 흘러가는지
까먹었던 그는

지는 벚꽃을 보며
벚꽃이 피고
있다고 생각했다.
(아, 놀라운 발상)

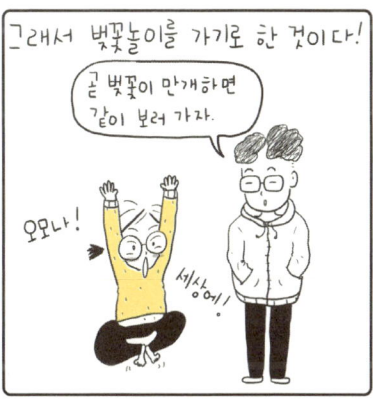

그래서 벚꽃놀이를 가기로 한 것이다!

곧 벚꽃이 만개하면
같이 보러 가자.

오오냐!

세상에.

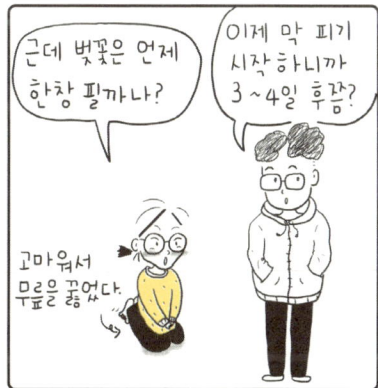

근데 벚꽃은 언제
한창 필까나?

이제 막 피기
시작하니까
3~4일 후쯤?

고마워서
무릎을 꿇었다.

21

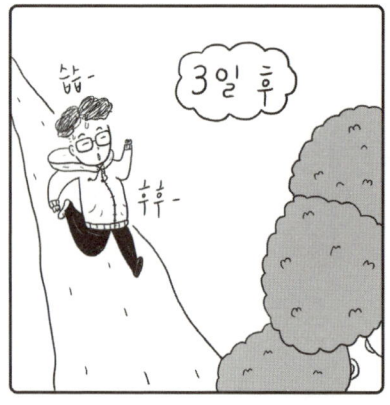

3일 후

숲-

후후-

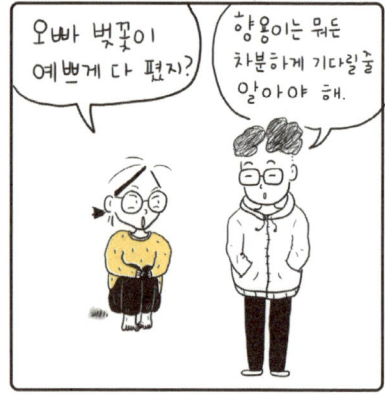

오빠 벚꽃이 예쁘게 다 폈지?

향용이는 뭐든 차분하게 기다릴줄 알아야 해.

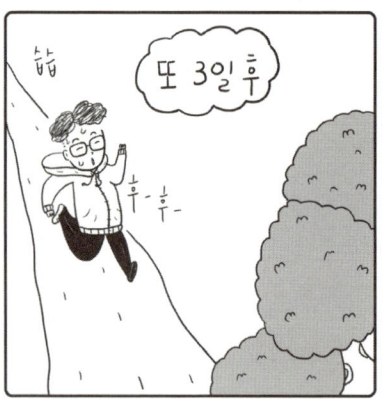

또 3일 후

숲

후-후-

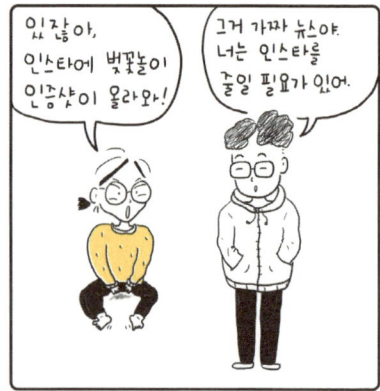

잎잠아, 인스타에 벚꽃놀이 인증샷이 올라와!

그거 가짜 뉴스야. 너는 인스타를 줄일 필요가 있어.

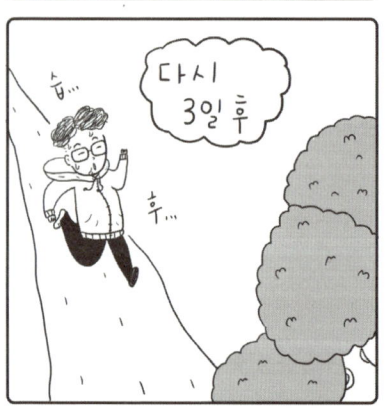

다시 3일 후

숲...

후...

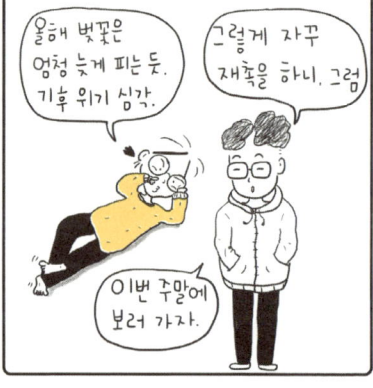

올해 벚꽃은 엄청 늦게 피는 듯. 기후위기 심각.

그렇게 자꾸 재촉을 하니, 그럼

이번 주말에 보러 가자.

우 헤헤헤 -

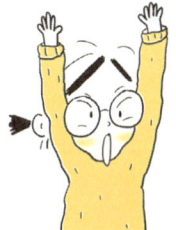

그리고 마침내
벚꽃놀이를 갈 수 있게
된 것이다.

그리고 왜인지

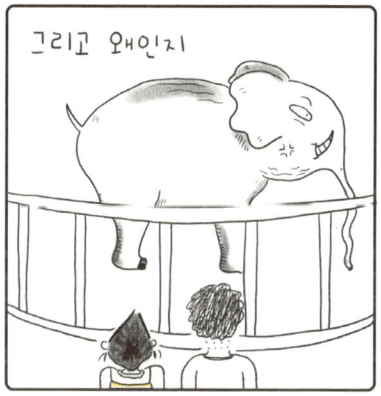

벚꽃을 보러 동물원에 온 우리.

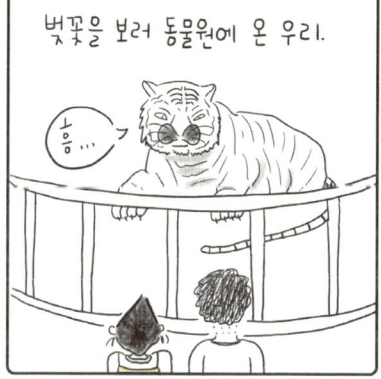

흐응....

리프트를 탔다.

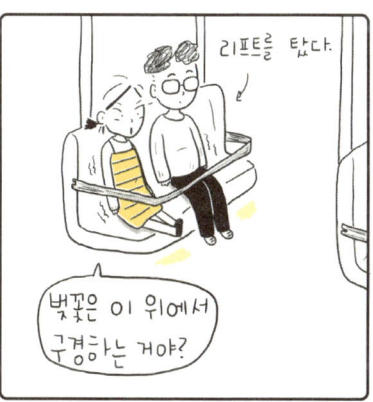

벚꽃은 이 위에서
구경하는 거야?

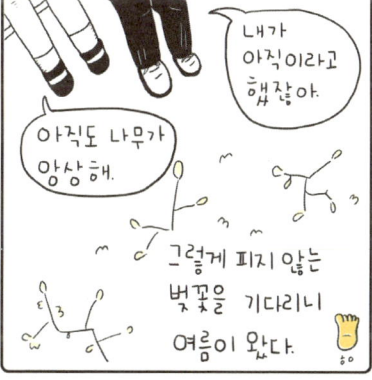

내가
아직이라고
했잖아.

아직도 나무가
앙상해.

그렇게 피지 않는
벚꽃을 기다리니
여름이 왔다.

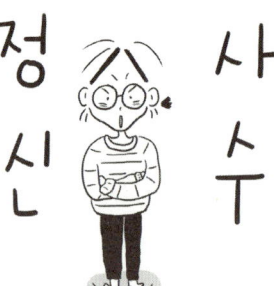

정신 사수

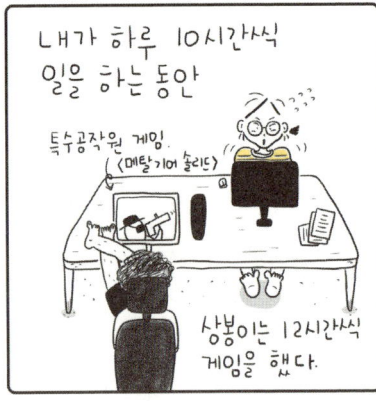

내가 하루 10시간씩 일을 하는 동안

특수공작원 게임.
<메탈기어 솔리드>

상봉이는 12시간씩 게임을 했다.

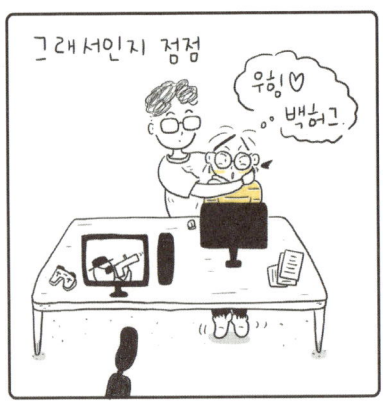

그래서인지 점점

우힝♡
○○ 백허그

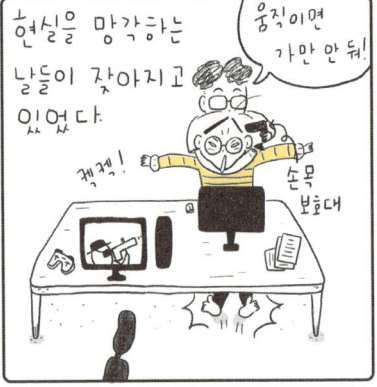

현실을 망각하는 날들이 잦아지고 있었다.

움직이면 가만 안 둬!

켁켁!

손목 보호대

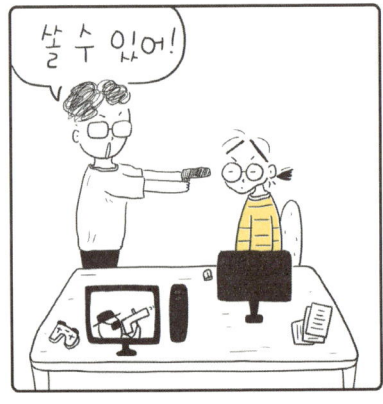

쏠 수 있어!

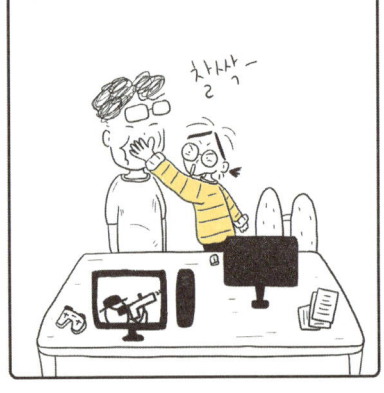

찰싹—

24

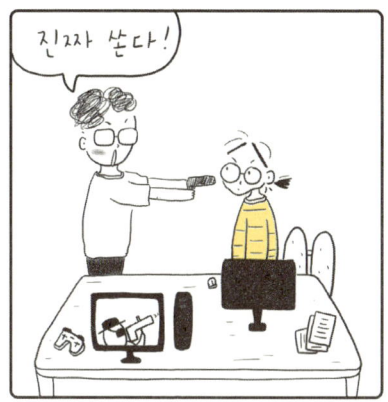

진짜 쏜다!

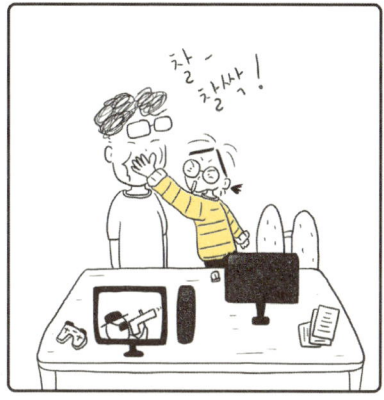

찰- 찰싹!

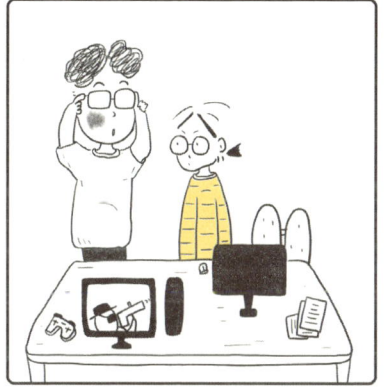

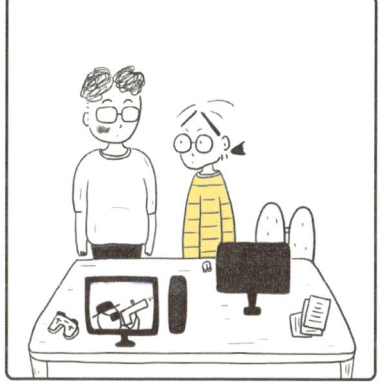

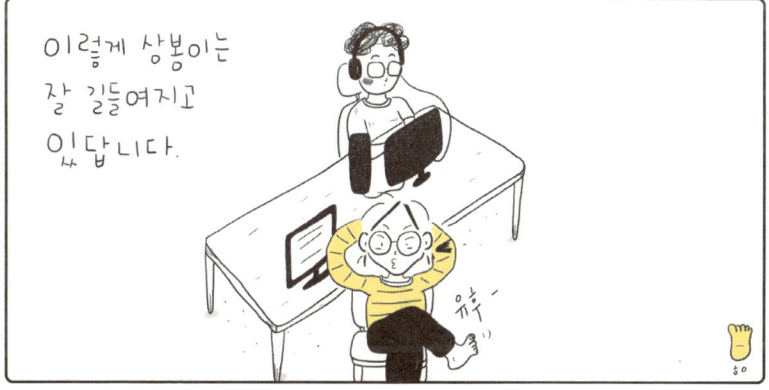

이렇게 상봉이는 잘 길들여지고 있답니다.

유후-

25

영화관에서

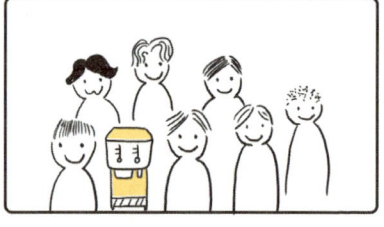

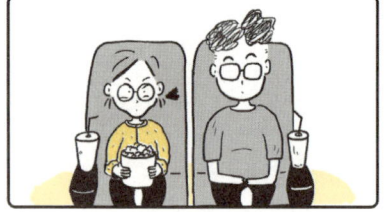

BTS의 정수기
광고가 나오고 있었다.

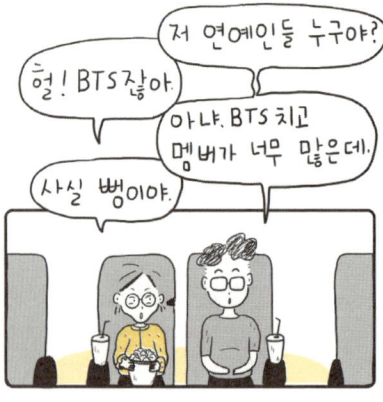

저 연예인들 누구야?

헐! BTS잖아.

아냐, BTS치고
멤버가 너무 많은데.

사실 뻥이야.

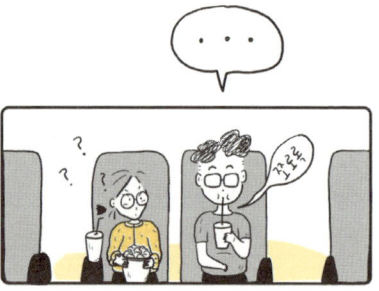

· · ·

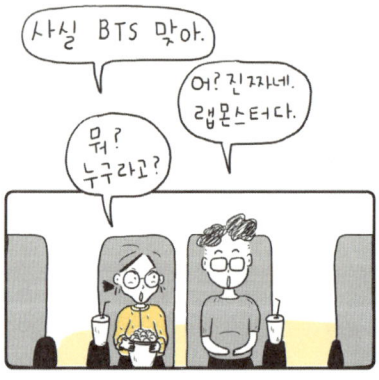

사실 BTS 맞아.

어? 진짜네.
랩몬스터다.

뭐?
누구라고?

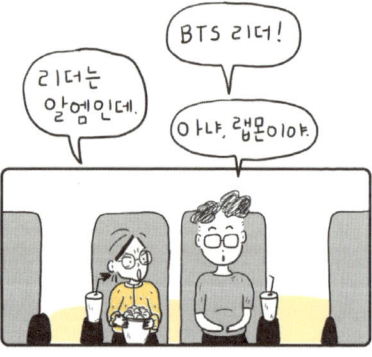

리더는
알엠인데.

BTS 리더!

아냐, 랩몬이야.

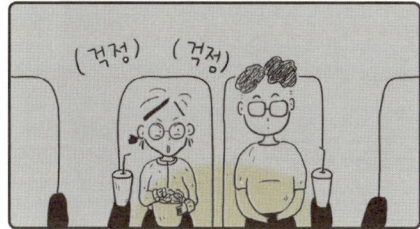

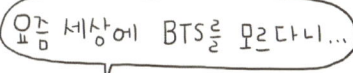

그렇게 현실과 점점 더
격리되어 살아가는 우리였다.

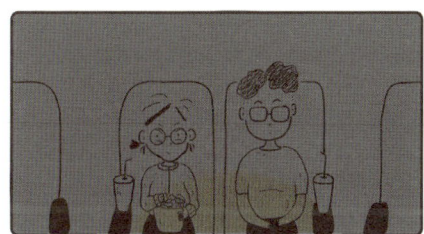

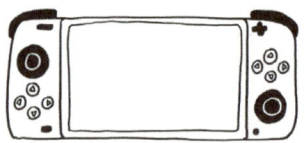

닌텐도의 시작

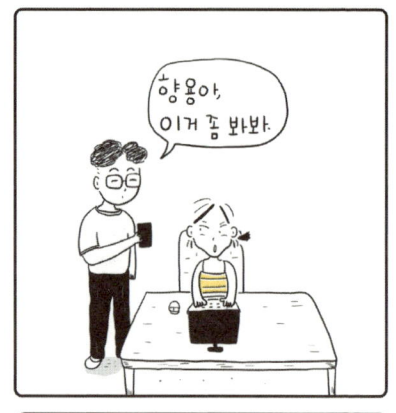

향용아, 이거 좀 봐봐.

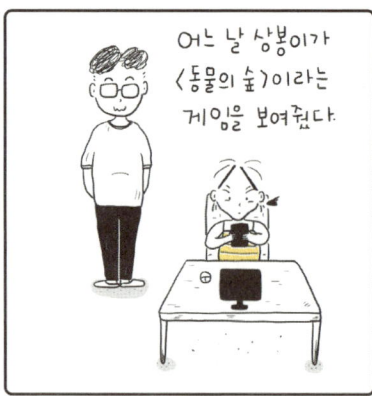

어느 날 상봉이가 〈동물의 숲〉이라는 게임을 보여줬다.

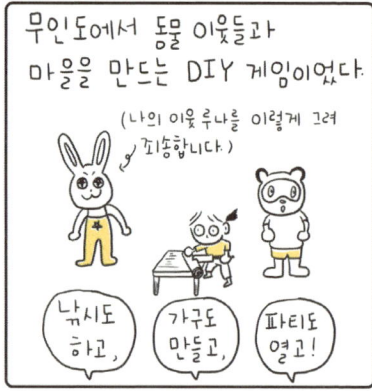

무인도에서 동물 이웃들과 마을을 만드는 DIY 게임이었다.

(나의 이웃 루나를 이렇게 그려 찌흥합니다.)

낚시도 하고,

가구도 만들고,

파티도 열고!

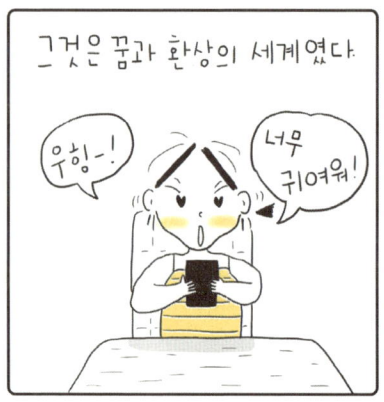

그것은 꿈과 환상의 세계였다.

우힝-!

너무 귀여워!

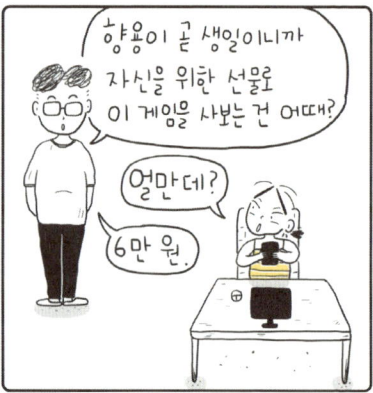

향용이 곧 생일이니까 자신을 위한 선물로 이 게임을 사보는 건 어때?

얼만데?

6만 원.

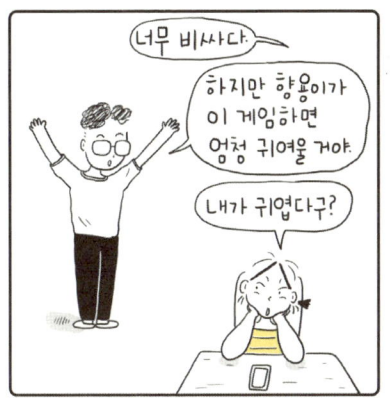

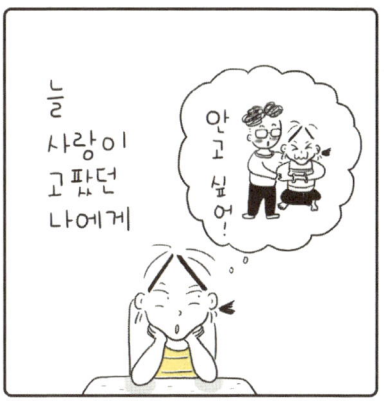

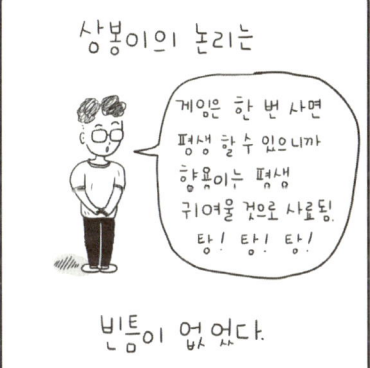

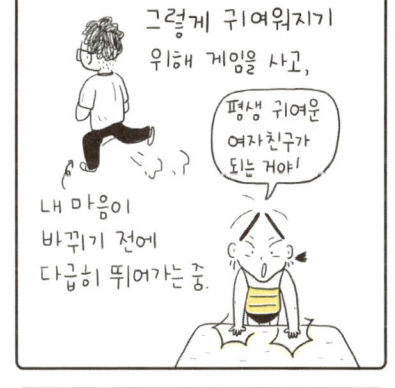

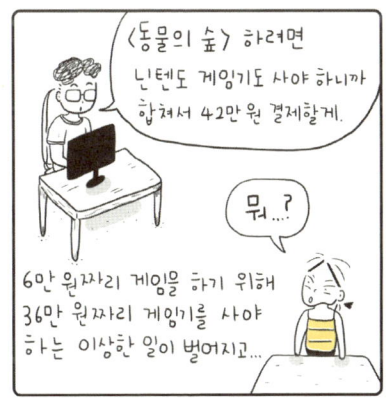

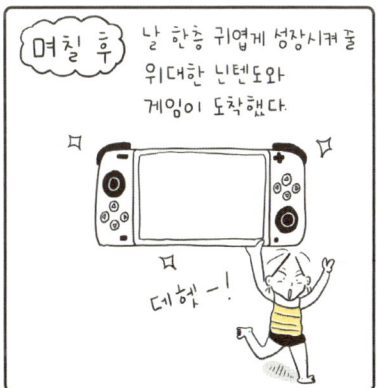

상봉이가 게임하는 나를 계속 찍어 줬다. (귀여운!)

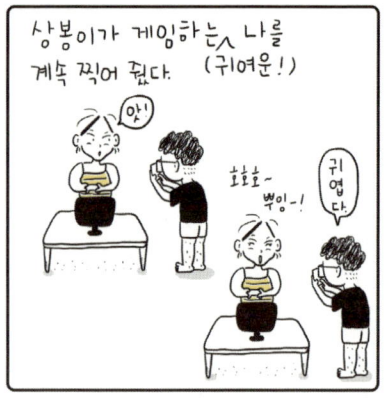

한 달 후

하지만 아무리 재밌는 게임이라도

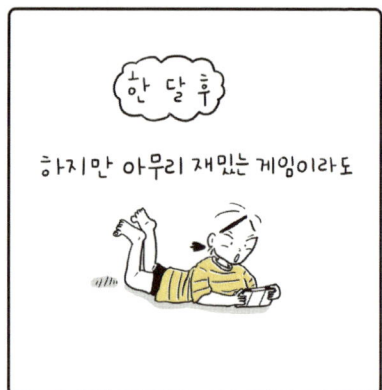

두 달 후

언젠가는 질리기 마련이고, 이 게임을 평생까지 할 자신이 없어진 나는 마음이 불편해지기 시작했다.

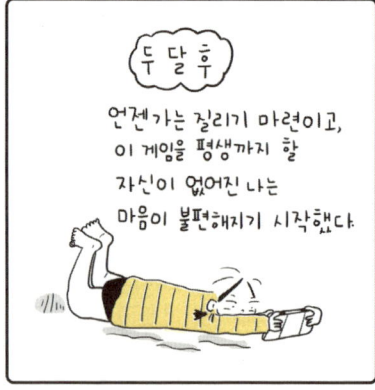

하지만 닌텐도 가격이 자꾸만 떠올라서 도무지 그만둘 수 없는 것이었다.

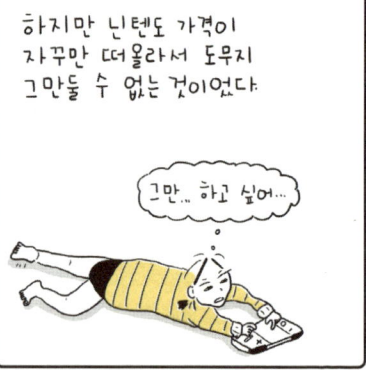

그런데 그때, 천사 같은 상봉이가 날 구원해 주었다.

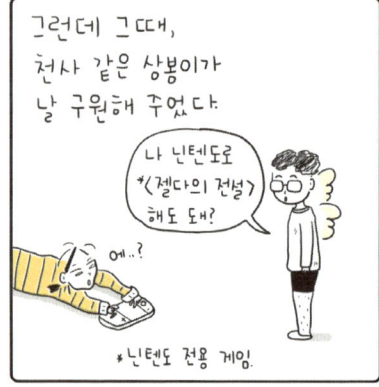

*닌텐도 전용 게임.

이제 닌텐도는 상봉의 것이 되었다.

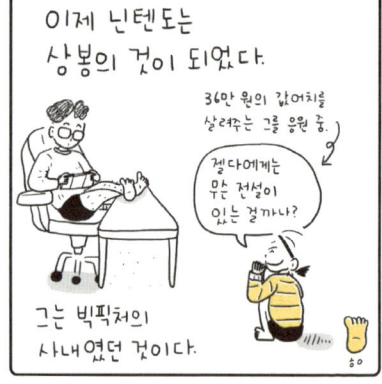

그는 빅픽처의 사내였던 것이다.

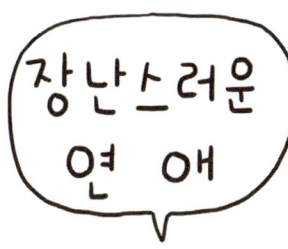

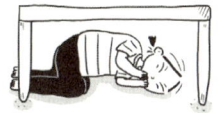

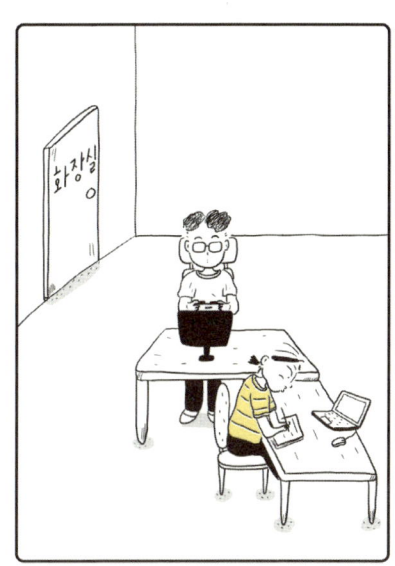

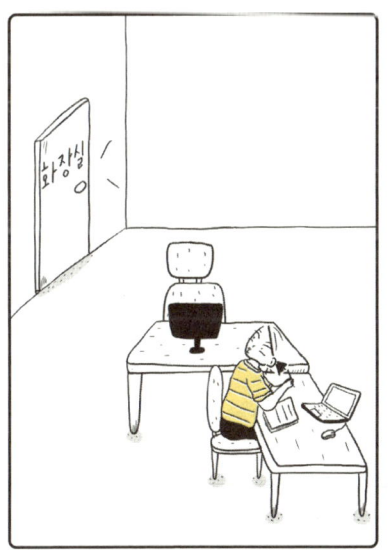

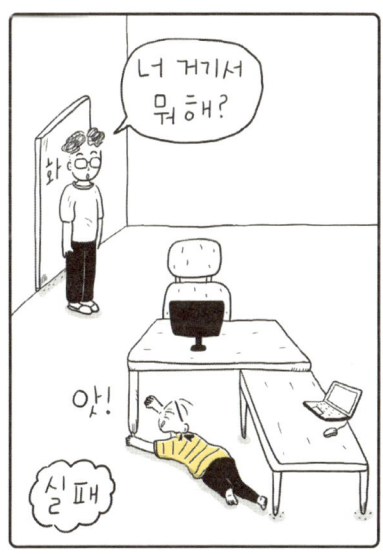

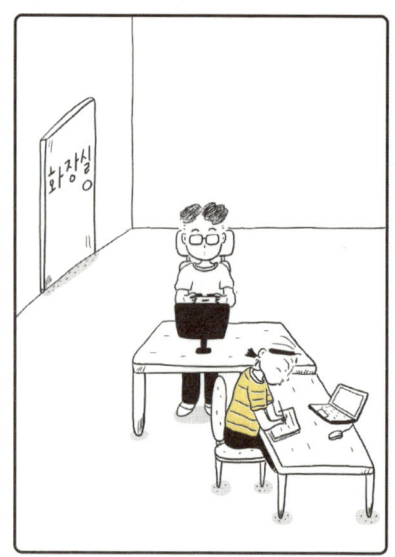
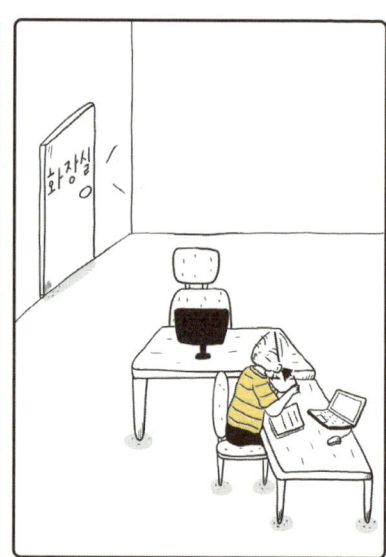
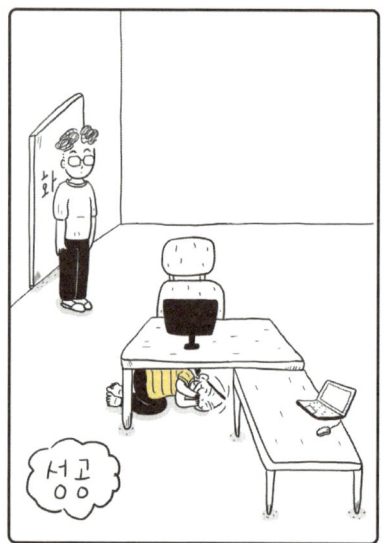
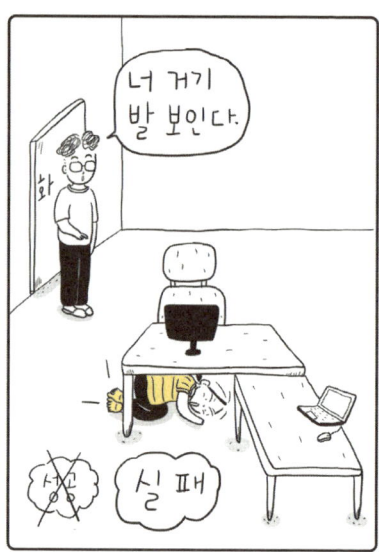

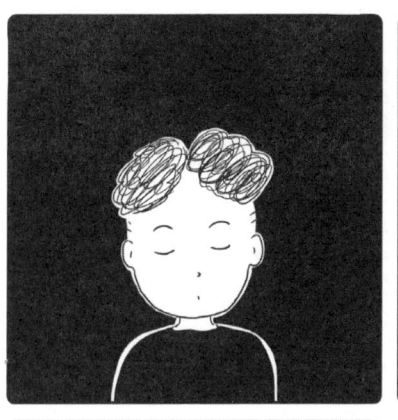

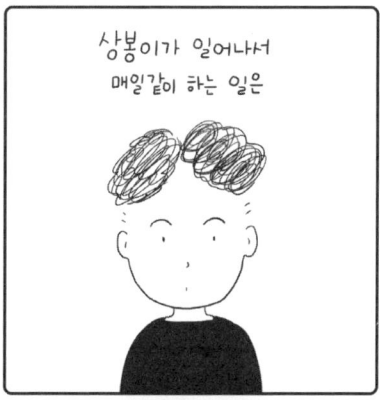

상봉이가 일어나서
매일같이 하는 일은

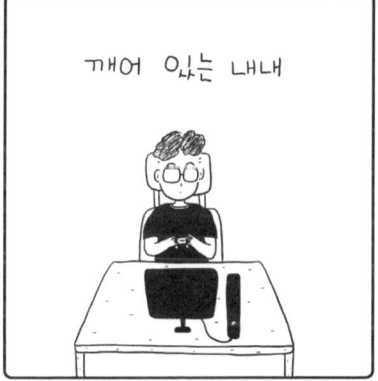

깨어 있는 내내

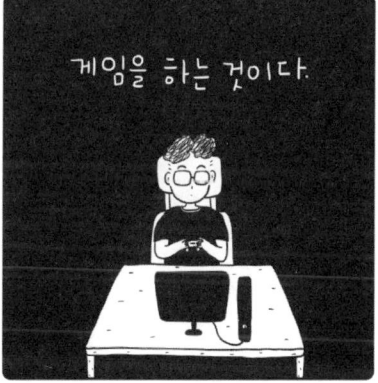

게임을 하는 것이다.

상봉이의
하루

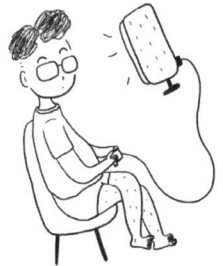

정말이지 의무라도 되는 것마냥
수면제를 먹은 후에도

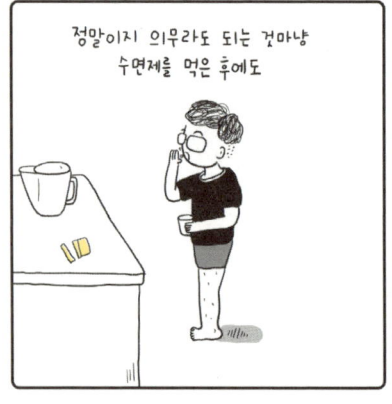

잠이 쏟아지기를 기다리며
게임을 해야 하는 것이다.

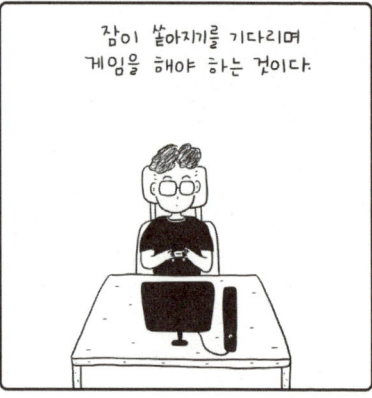

그럼에도 잠이 안 오면
다시 수면제를 먹고

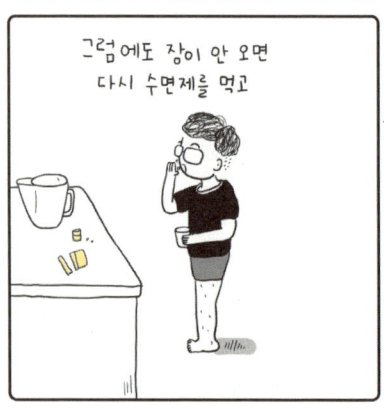

다시 게임을 한다.

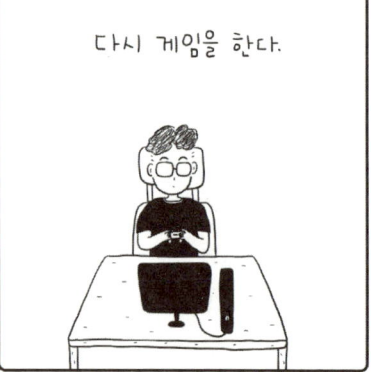

그러다 정신이 혼미해지면

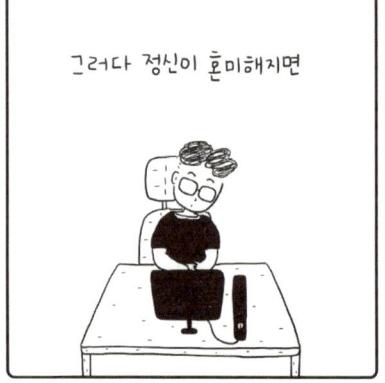

그제야 잠자리에
누울 수 있다.

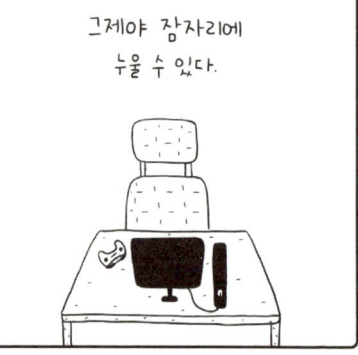

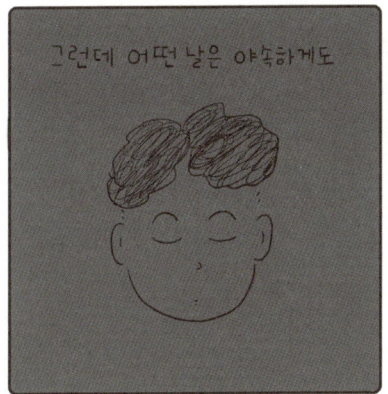

그런데 어떤 날은 야속하게도

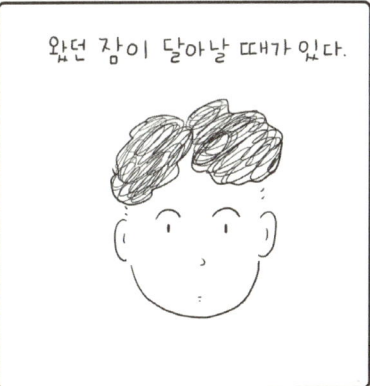

왔던 잠이 달아날 때가 있다.

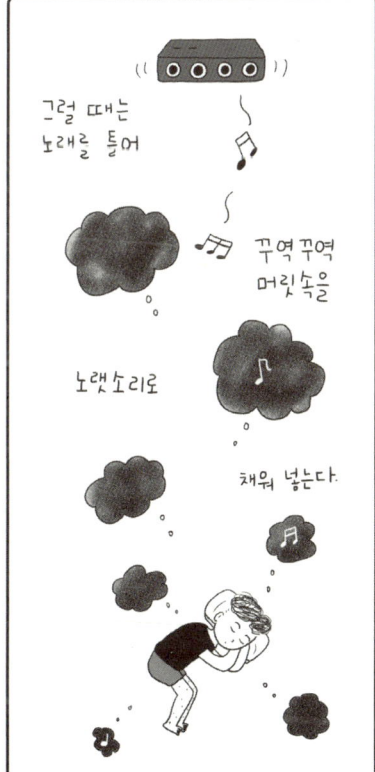

그럴 때는
노래를 틀어

꾸역꾸역
머릿속을

노랫소리로

채워 넣는다.

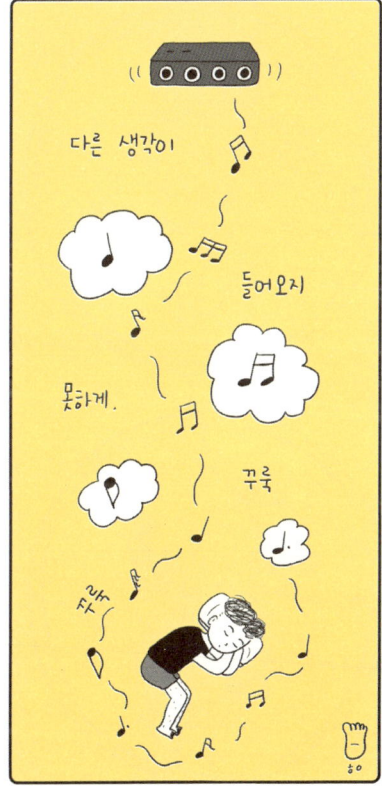

다른 생각이

들어오지

못하게.

꾸욱

푸욱

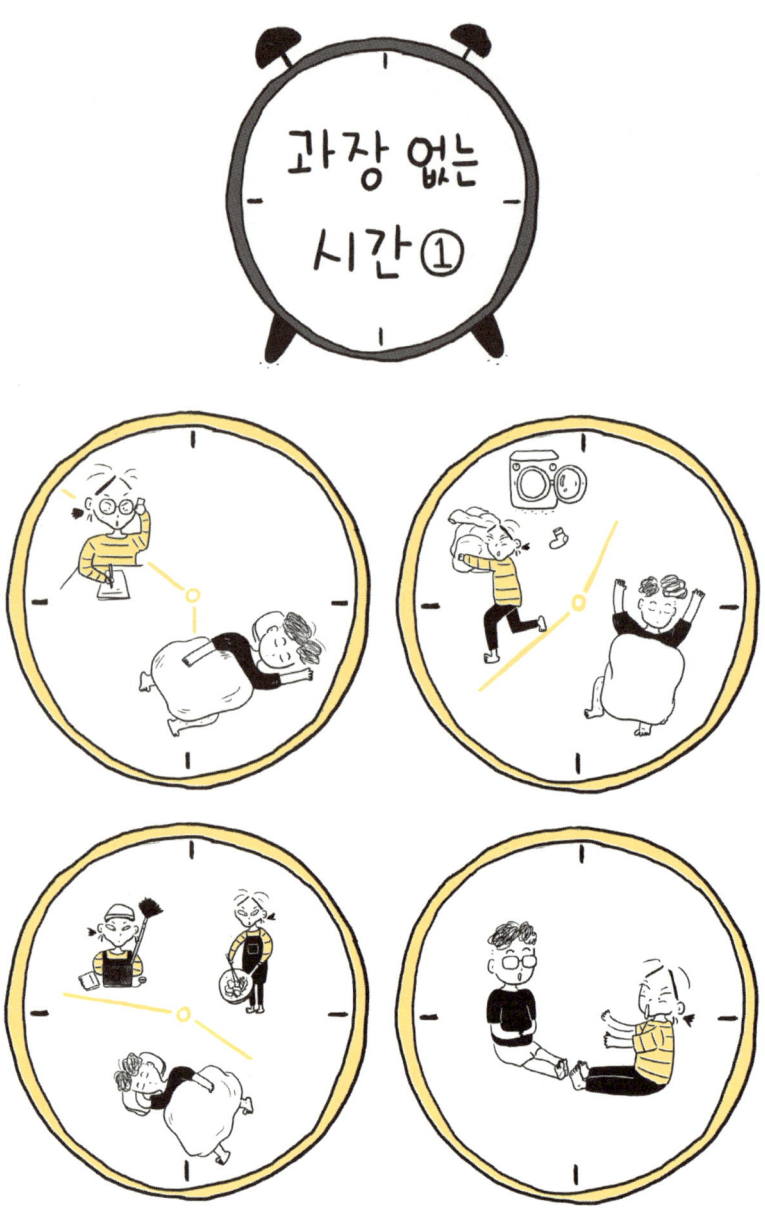

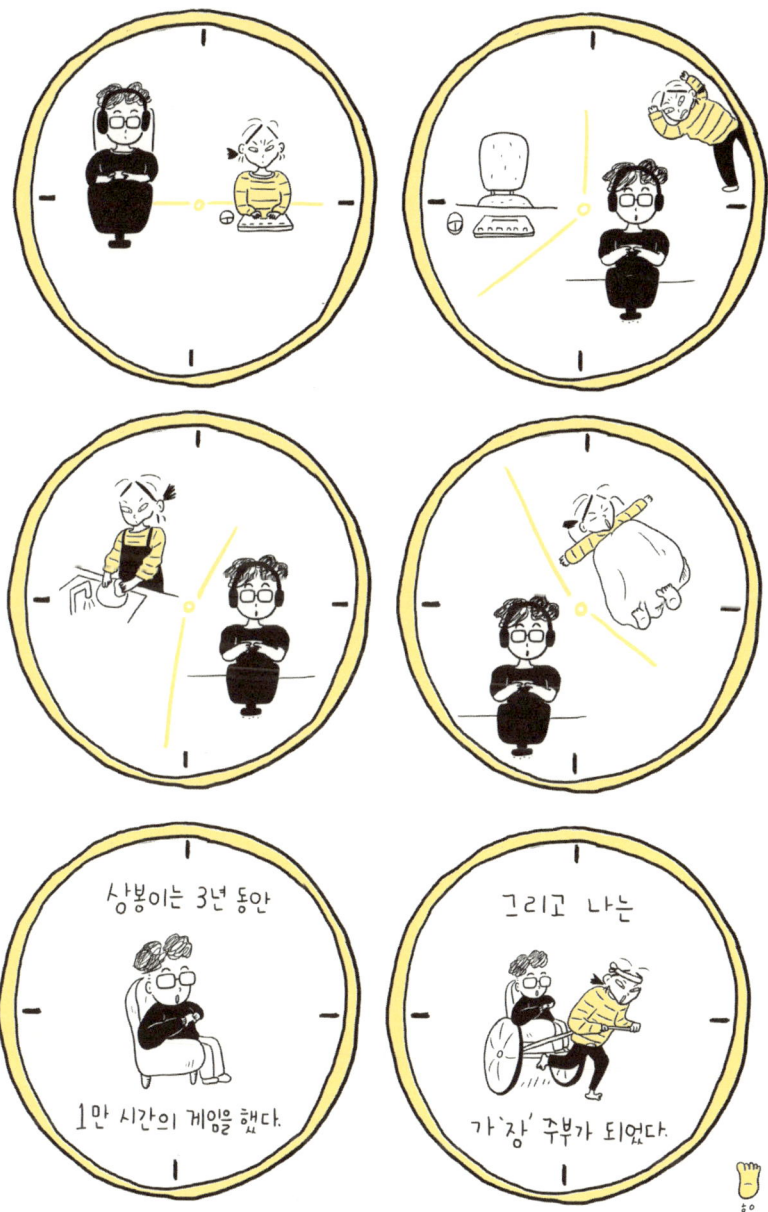

2장

내 남자친구는 원래

이런 사람이 아닌데

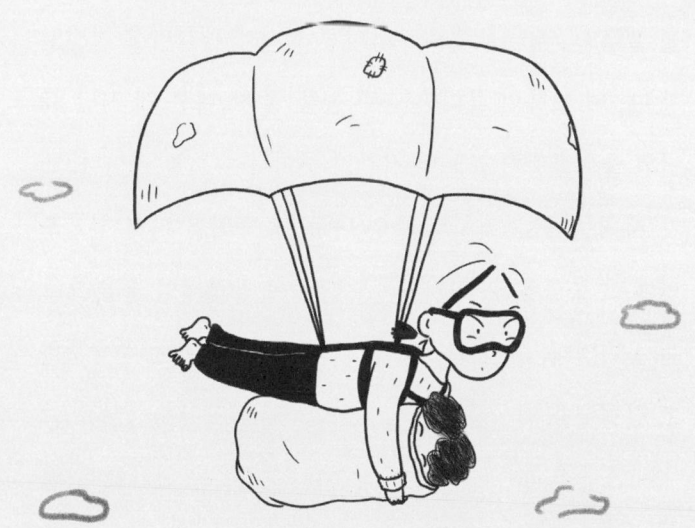

지내온 시간과 기억은 흘러가지 않고 몸 구석구석에 고여 있다가 말투, 마음 씀, 손짓과 발짓에 새어 나온다. 작은 행동 하나에도 그의 지난 시간과 기억, 더불어 부모님의 시간, 그 너머에는 먼 조상부터 내려오는 DNA가 스며 있기 때문이다. 그러니 연인과 연인이 만나는 일을 두고 우주와 우주가 만나는 일이라고들 하는 게 아닐까.

친구에게 정성스럽게 준비한 선물을 주고도 "별거 아냐"라고 말할 때, 나에게 무엇이든 주고 싶어 하는 엄마를 말릴 때, 월급을 올려주겠다는 회사에 괜찮다고 거짓말할 때, 내 이름이 불리면 놀란 눈을 뜰 때 나는 내 지난 32년의 울퉁불퉁하고 모난 시간이 묻어나는 것을 느낀다. 내가 지내온 곳은 해지고 구멍 나고 그 자리를 다시 천으로 덧대고, 폴폴폴 곰팡내가 나도 그것이 곰팡내인 줄을 모르는 곳이었다. 그래서 상봉이가 만난 나의 우주는 우중충하고 칙칙했을 것이다.

스물두 살, 내가 만난 상봉이의 우주는 편안했다. 늘 좋은 일만 있을 수 없는 여느 우주와 같이 상봉이의 우주에도 크고 작은 흔들림이 있었지만 이내 제자리를 찾고 잔잔해졌다. 상봉이와 있을 때 나는 어렸을 때 엄마 아빠 앞에서 되지 않던 천진난만한 아이가 되었다. 아주 작고 하찮은 일로 방방 뛰고 들떠도 부끄럽지 않았다. 대학생 때 내가 사기당한 돈을 상봉이가 해결해 준다면서 매일 놀이터에서 캔맥주만 마실 때는 조마조마했는데, 며칠 뒤 꼼꼼히 챙긴 서류를 들고 법률 사무소에서 상담을 받고 사기꾼을 만나 나 대신 따져 줬을 때 처음으로 누군가에게 의지할 줄 알게 됐다. 지인의 결혼식 날 길 잃은 나를 보고 이름을 부르며 이리 오라고 손짓해 줬을 때 반했다. 내가 일주일 동안 끙끙대며 준비한 영어 발표를 몇 시간 만에 뚝딱 해치우는 것은 멋있었고, 한 달 과외비로 번 백만 원을 일주일 만에 술값으로 쓰는 것은 신세계였다.

내 머릿속은 항상 흙탕물이 일었는데, 상봉이의 머릿속은 맑고 투명했다. 무슨 생각을 하냐고 물어보면 아무 생각도 안 한다고 했고, 나는 지금 이런 생각을 하고 있었다고 하면 깜짝 놀랐다. 나는 눈에 보이는 모든 것이 걱정이었는데, 상봉이는 날씨가 너무 춥거나 너무 더운 것이유일한 스트레스였다. 상봉이는 내가 무섭다고 생각한 아빠를 재밌고 유쾌하다며 좋아했고, 콩알만 한 심장을 가진 엄마가 귀엽다고 했다. 시간을 거슬러 꼬질꼬질한 어린이 향용이를 만나면 맛있는 것도 사주고 과외를 해주겠다고 했다. 그런 말을 들을 때마다 상봉이가 살고 있는 평온하고 잔잔한 우주가 나의 거칠고 잔잔한 날 없는 우주를 안아주는 것 같아서 나는 안도했다.

'그런 상봉이가 우울증이라니! 내 남자친구는 그런 사람이 아닌데.'

처음 상봉이가 원인 모를 우울증을 진단받았을 때는 단지 길고 긴 슬럼프를 지나고 있다고 생각했다. 지금 하고 있는 게임만 마치면, 다음 달이 되면, 내년이 되면, 휴학 기간이 끝나면 모든 것이 제자리를 찾고 원래의 모습으로 돌아갈 줄 알았다. 그렇게 슬럼프라고 생각했던 2년을 보내고 상봉이가 대학원을 자퇴하고 정신병동에 입원해야 했을 때, 우리는 그제야 그가 끈질기고도 지긋지긋한 우울증에 빠졌다는 것을 받아들일 수 있었다.

한 번 앉으면 2~3시간씩은 일어나지 않고 거뜬히 공부하던 그가 책상에 앉아 있으면 다리가 후들거려 10분도 앉아 있기 힘들어졌다. 모임 이끌기를 좋아하고 낯가림이라고는 전혀 없던 그가 우연히 아는 사람이라도 마주치면 일주일을 꼬박 누워 있어야 했다. 언젠가 친구는 내게 상봉이의 지금 꿈이 무엇이냐고 물은 적이 있다. 그때 나는 '꿈'이라는 단어가 매우 낯설게 느껴졌는데, 상봉이의 미래를 생각해 본 것이 너무 오랜만이었기 때문이다. 그때는 앞으로 이룰 꿈보다, 그저 주어진 하루를 무사히 잘 견뎌 내는 것이 우리가 생각해 낼 수 있는 바람이었다.

상황이 절박해지니 이내 탓하지 않을 것을 탓했다. 상봉이와의 들떴던 시간을 일기로 쓰거나 만화로 그리는 날에는 이상하게도 상봉이의 컨디션이 갑자기 고꾸라지는 것 같았다. 행복하다고 써 내려간 내 일기가 너무 건방졌을까? 상봉이가 나의 우주를 감싸준 것이 아니라, 혹시 나의 삭막하고 우중충한 세계로 상봉이가 들어온 것은 아닐까? 나의 우주에서 나의 서사를 위해 상봉이가 도구로

이용되고 있지 않을까? 덜컥 겁이 났다. 그래서 상봉이가 아픈 후로는 나의 행동, 말, 생각, 나에게서 비롯되는 모든 것들을 검열했고, 일기 쓰기를 멈추고 상봉이와 나의 만화도 그리지 않았다. 아빠가 중환자실에서 생사를 오가는 동안 열다섯 살 내가 점집에 찾아가 아빠의 운명을 물었던 것처럼, 어느 날에는 상봉이가 아프게 된 것이 나의 잘못 때문인지를 물었다. 다행히, 어쩌면 당연히 점쟁이는 그건 나의 잘못이 아니라고 했다.

어느덧 상봉이와 연애한 지 10년을 넘어섰다. 그중 5년은 늘 흔들림 없이 듬직하게 선 아름드리나무와 같은 남자와 연애했고, 나머지 5년은 잔바람에도 한없이 휘청거리는 앙상한 가지만 남은 남자와 연애하고 있다. 누군가 "너의 남자친구는 어떤 사람이야?"라고 물으면, 상봉이는 원래 어떤 사람이라고 말하기 망설여지는 때가 된 것이다.

최근 들어 오랫동안 꺼놨던 내 머리의 스위치를 켜고 다시 일기를 쓰고 간간이 상봉이와의 일상도 그리기 시작했다. 아무런 트라우마도, 상처도 없다고 생각해서 상담받기를 거부했던 상봉이는 이제 일주일에 한 번씩 상담을 받으며 우울증이 사라지기를 기다리는 대신, 우울증과 함께 공존하며 살아가는 법을 배우고 있다.

어쩌면 나와 상봉이에게 이전과는 다른 새로운 우주가 열린 것일지도 모른다. 이곳은 캄캄하고 먹먹하고 때로는 초라하게 느껴지기도 하지만 벗어나거나 도망치고 싶은 곳은 아니다. 제자리에 앉아 당장 눈앞에 보이는 잡초를 뽑다 보면, 어느 날에는 땅을 일구고 있을 것이고 또 어느 날에는 그 자리에 조촐한 오두막을 짓고, 그러다 보면 오랫동안 보지 못했던 상봉이익 친구들도 초대하는 날이 올 것이다. 우리는 새로운 우주 법칙에 적응하는 중이다.

엄마 집에
다녀왔습니다

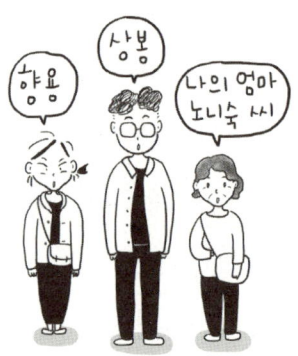

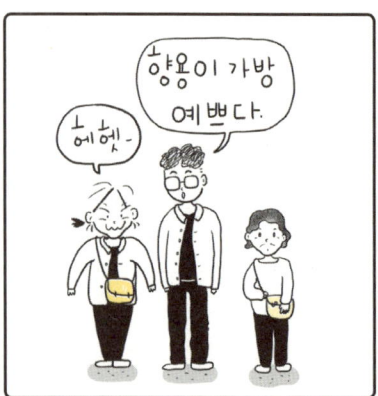

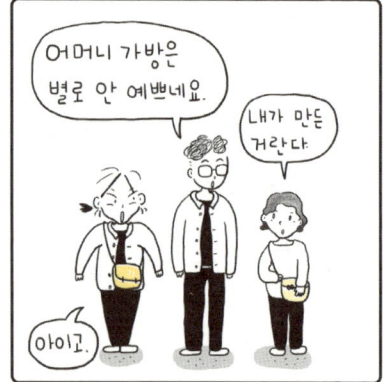

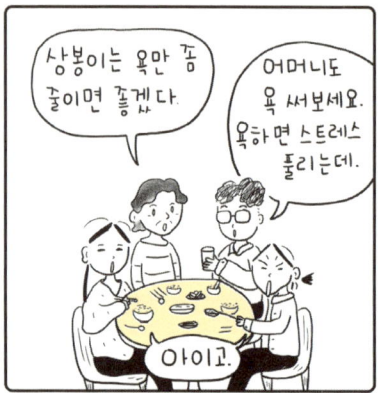

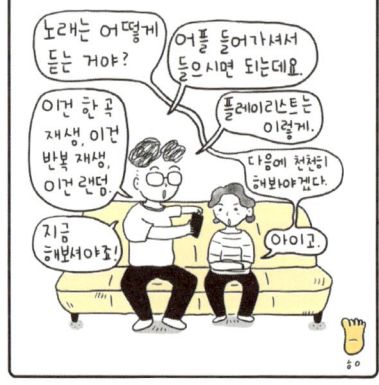

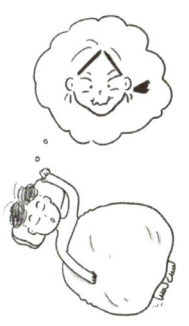

상봉이의
꿈속에서 ①

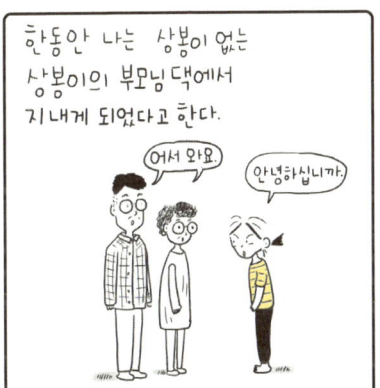

한동안 나는 상봉이 없는
상봉이의 부모님댁에서
지내게 되었다고 한다.

> 어서 와요.

> 안녕하십니까.

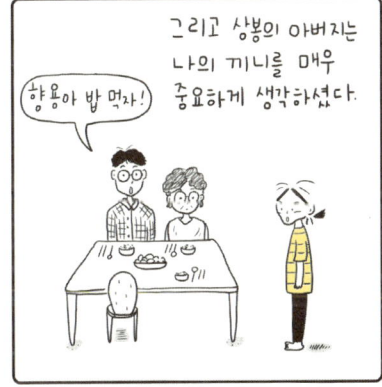

그리고 상봉의 아버지는
나의 끼니를 매우
중요하게 생각하셨다.

> 향용아 밥 먹자!

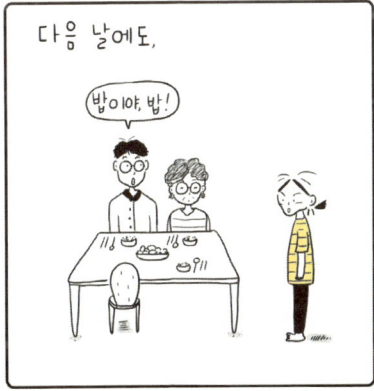

다음 날에도,

> 밥이야, 밥!

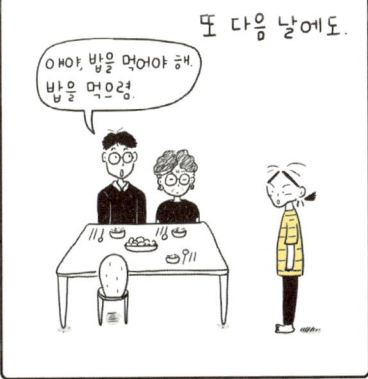

또 다음 날에도.

> 애야, 밥을 먹어야 해.
> 밥을 먹으렴.

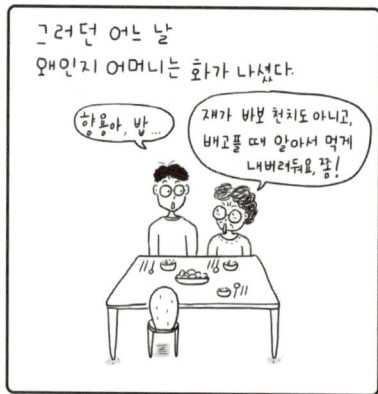

그러던 어느 날
왜인지 어머니는 화가 나셨다.

향용아, 밥…

제가 바보 천치도 아니고,
배고플 때 앉아서 먹게
내버려둬요, 쫌!

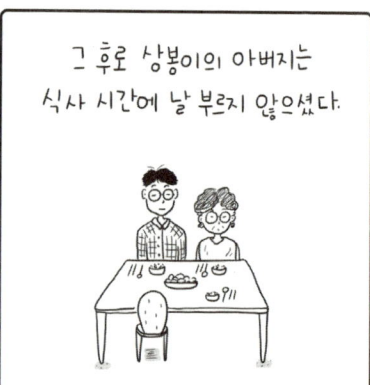

그 후로 상봉이의 아버지는
식사 시간에 날 부르지 않으셨다.

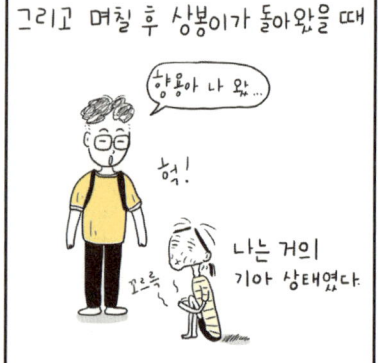

그리고 며칠 후 상봉이가 돌아왔을 때

향용아 나 왔…

헉!

나는 거의
기아 상태였다.

꼬르륵

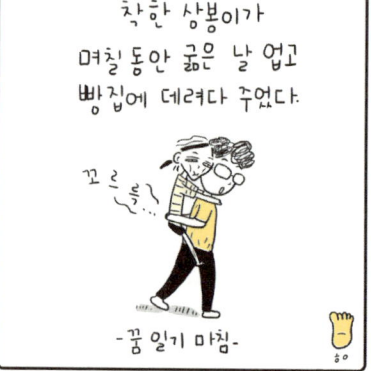

착한 상봉이가
며칠 동안 굶은 날 업고
빵집에 데려다 주었다.

꼬르륵…

-꿈 일기 마침-

잠 못 드는 밤

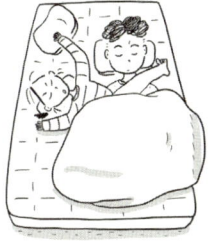

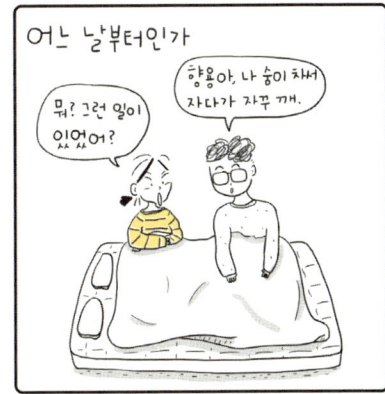

어느 날부터인가

뭐? 그런 일이 있었어?

향용아, 나 숨이 차서 자다가 자꾸 깨.

상봉이의 잠 못 드는 밤이 늘고 있다.

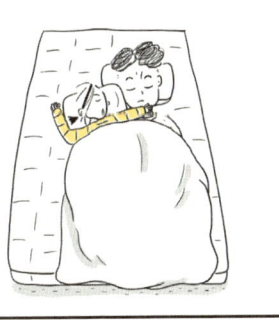

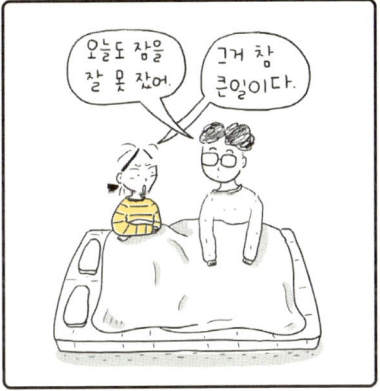

오늘도 잠을 잘 못 잤어.

그거 참 큰일이다.

한 달 정도 그런 날들이 이어지자

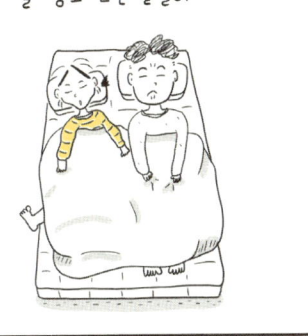

평소 병원을 신뢰하고, 신뢰하지 않는 그는

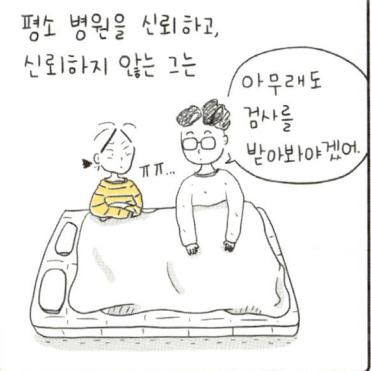

ㅠㅠ...

아무래도 검사를 받아봐야겠어.

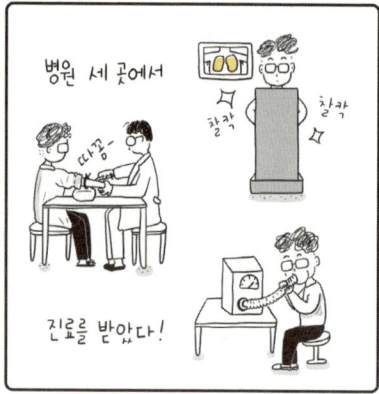

병원 세 곳에서

딱꿍~

찰칵

찰칵

진료를 받았다!

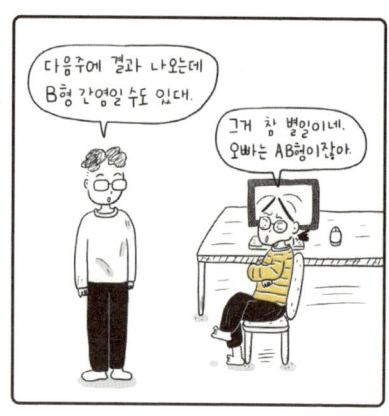

다음주에 결과 나오는데
B형 간염일 수도 있대.

그거 참 별일이네.
오빠는 AB형이잖아.

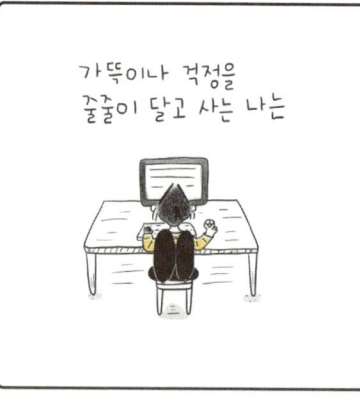

가뜩이나 걱정을
줄줄이 달고 사는 나는

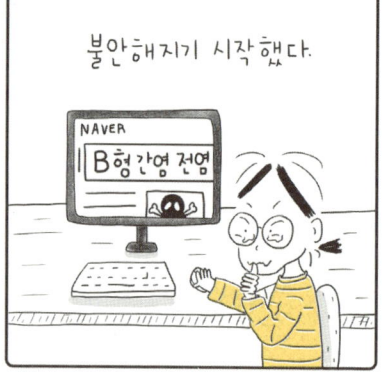

불안해지기 시작했다.

NAVER

B형간염 전염

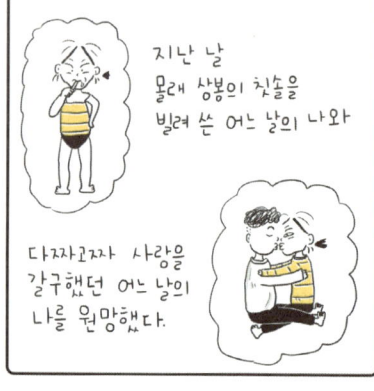

지난 날
몰래 상봉의 칫솔을
빌려 쓴 어느 날의 나와

다짜고짜 사랑을
갈구했던 어느 날의
나를 원망했다.

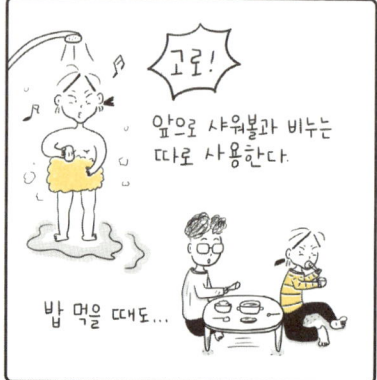

고로!

앞으로 샤워볼과 비누는
따로 사용한다.

밥 먹을 때도...

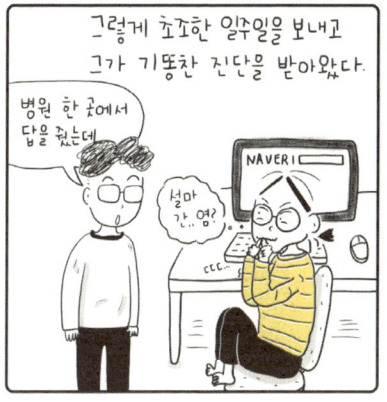

그렇게 초조한 일주일을 보내고
그가 기쁜찬 진단을 받아왔다.

병원 한 곳에서
답을 줬는데

설마 간.염?

ㄷㄷㄷ

NAVER!

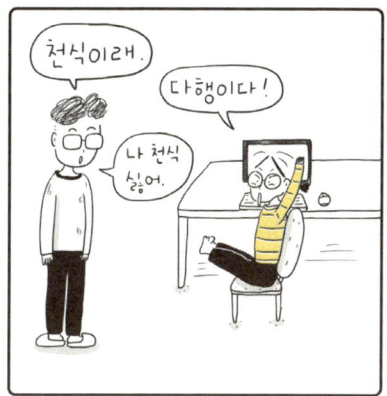

천식이래.

다행이다!

나 천식
싫어.

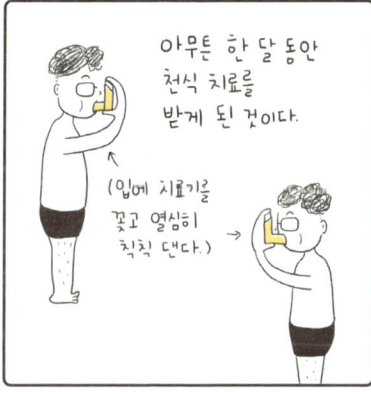

아무튼 한 달 동안
천식 치료를
받게 된 것이다.

(입에 치료기를
꽂고 열심히
칙칙 댄다.)

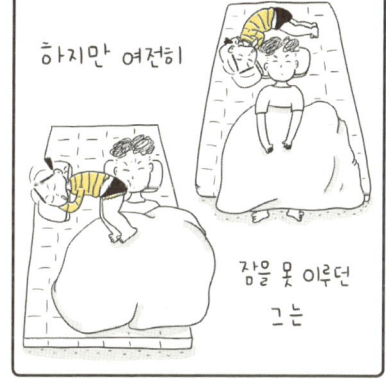

하지만 여전히

잠을 못 이루던

그는

또 다른 네 번째 병원을 찾아가고

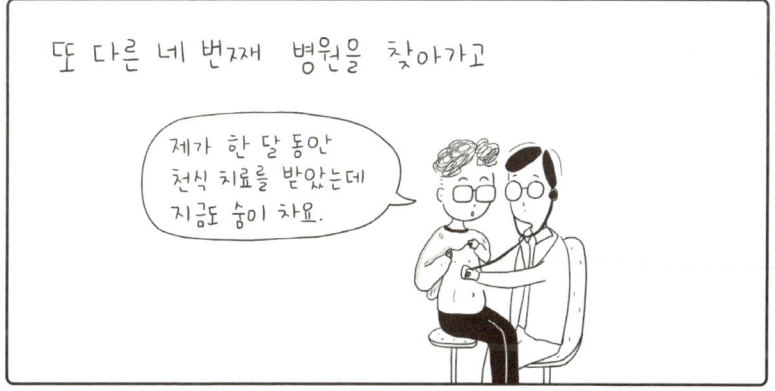

제가 한 달 동안
천식 치료를 받았는데
지금도 숨이 차요.

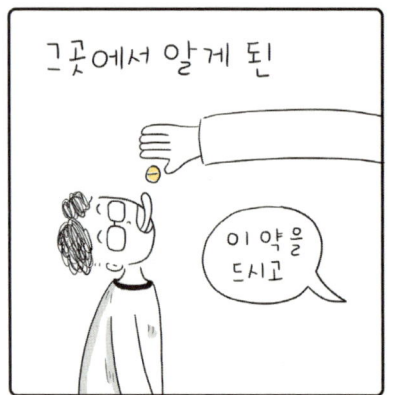

그곳에서 알게 된

이 약을
드시고

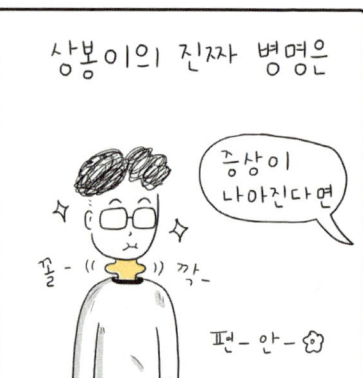

상봉이의 진짜 병명은

증상이
나아진다면

쫄- 깍-

편-안-

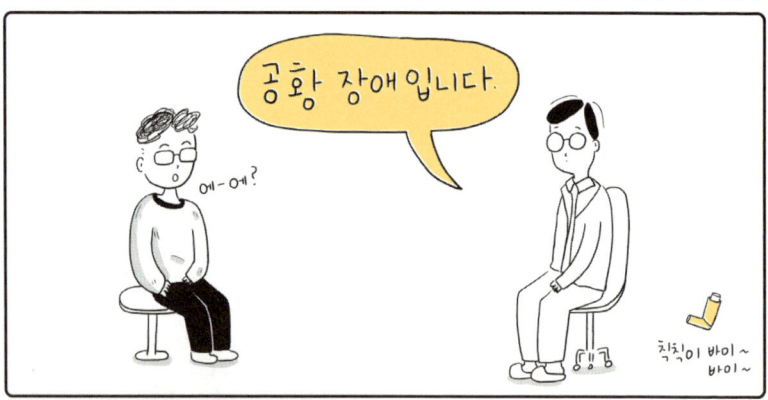

공황 장애입니다.

에-에?

칙칙이 바이~
바이~

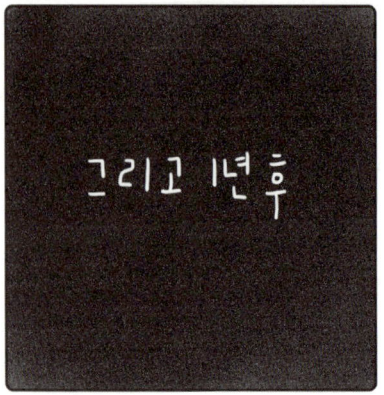

그리고 1년 후

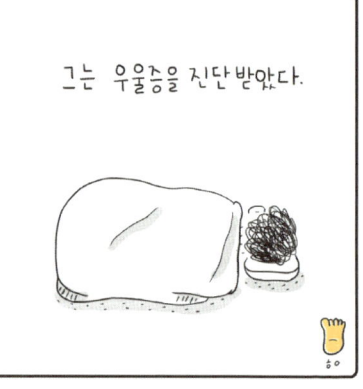

그는 우울증을 진단받았다.

사주를 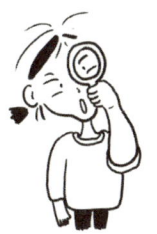 믿으시나요?

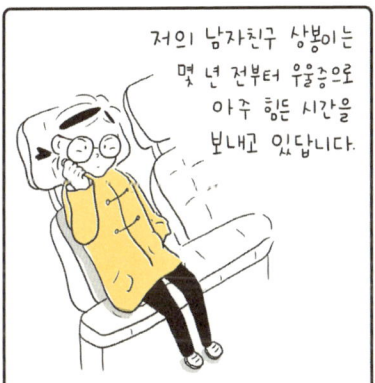

저의 남자친구 상봉이는 몇 년 전부터 우울증으로 아주 힘든 시간을 보내고 있답니다.

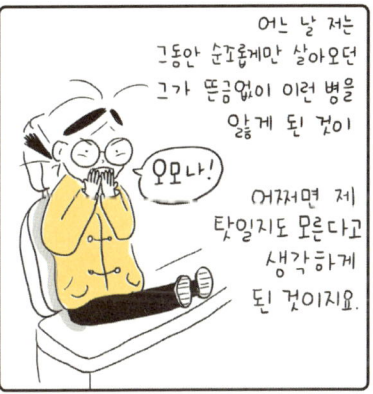

어느 날 저는 그동안 순조롭게만 살아오던 그가 뜬금없이 이런 병을 앓게 된 것이

오모나!

어쩌면 제 탓일지도 모른다고 생각하게 된 것이지요.

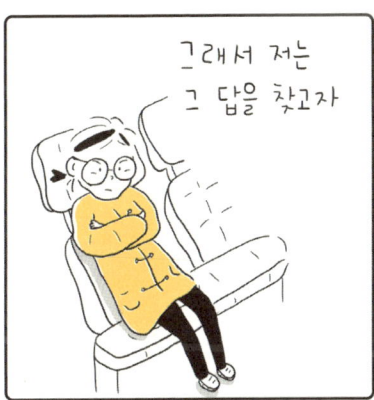

그래서 저는 그 답을 찾고자

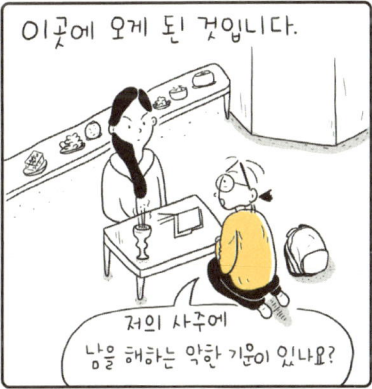

이곳에 오게 된 것입니다.

저의 사주에 남을 해하는 악한 기운이 있나요?

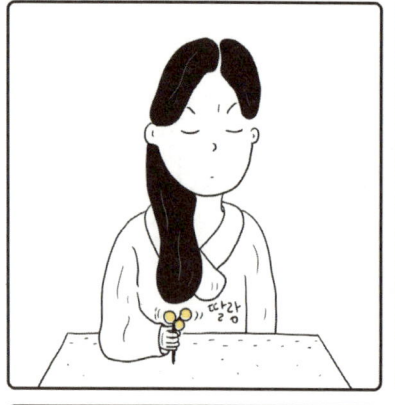

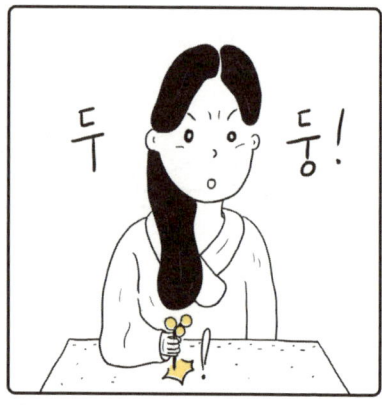

두둥!

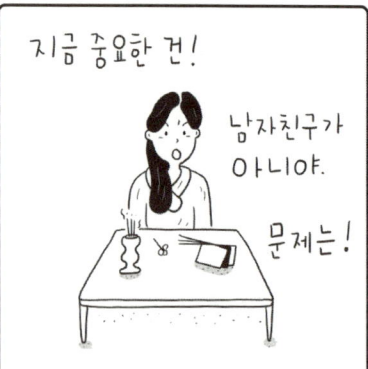

지금 중요한 건!

남자친구가 아니야.

문제는!

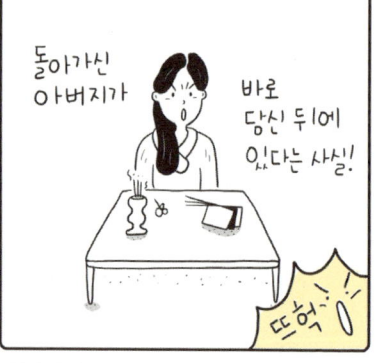

돌아가신 아버지가

바로 당신 뒤에 있다는 사실!

뜨헉!

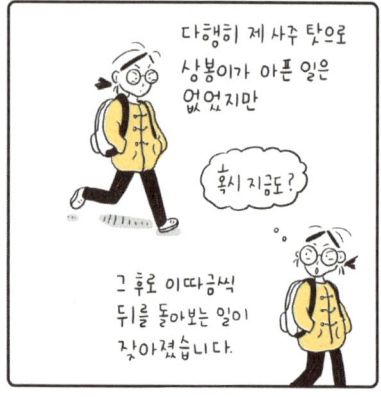

다행히 제 사주 탓으로 상봉이가 아픈 일은 없었지만

혹시 지금도?

그 후로 이따금씩 뒤를 돌아보는 일이 잦아졌습니다.

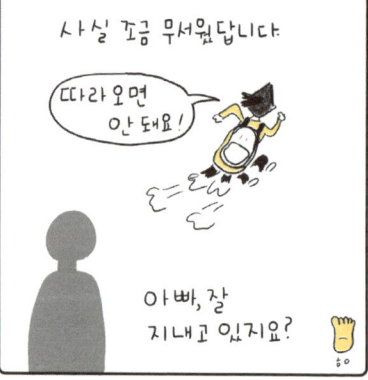

사실 조금 무서웠답니다.

따라오면 안 돼요!

아빠, 잘 지내고 있지요?

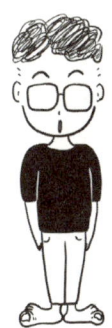

용감한 남자

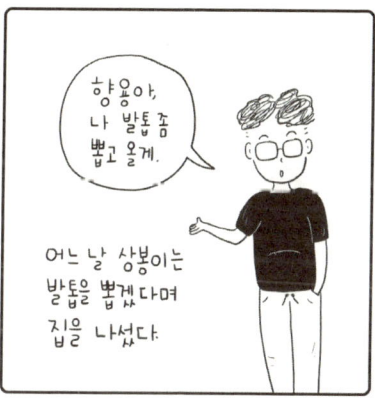

향웅아, 나 발톱 좀 뽑고 올게.

어느 날 상봉이는 발톱을 뽑겠다며 집을 나섰다.

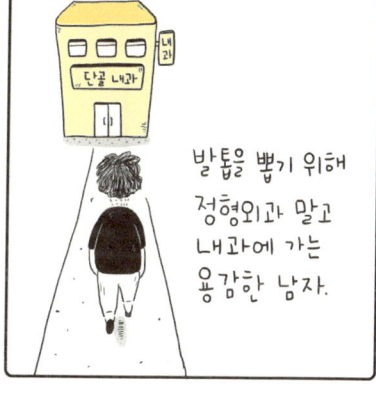

발톱을 뽑기 위해 정형외과 말고 내과에 가는 용감한 남자.

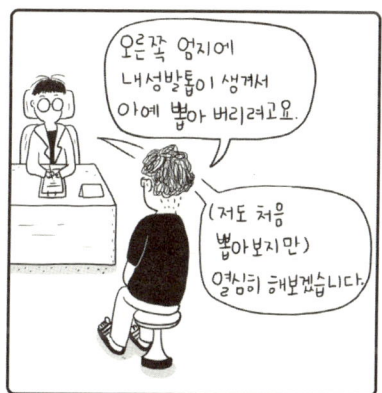

오른쪽 엄지에 내성발톱이 생겨서 아예 뽑아 버리려고요.

(저도 처음 뽑아보지만) 열심히 해보겠습니다.

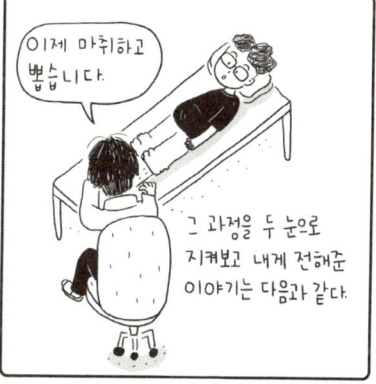

이제 마취하고 뽑습니다.

그 과정을 두 눈으로 지켜보고 내게 전해준 이야기는 다음과 같다.

① 가위로 발톱을 3등분 한다.

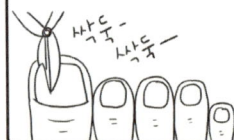

싹둑~ 싹둑~

② 3등분 한 발톱을 한 조각씩 뽑는다.

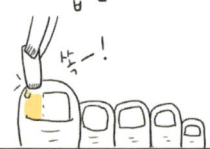

쏙~!

③ 다시는 발톱이 이따구로 자라지 못하게 가장자리를 쑤셔 아작을 낸다.

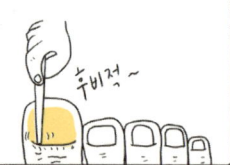

후비적~

그리고 그것은

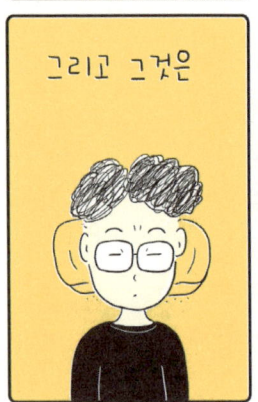

생전 처음 느껴보는

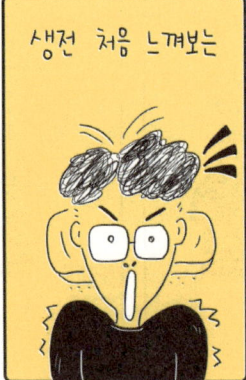

가히 충격적인 고통이었다.

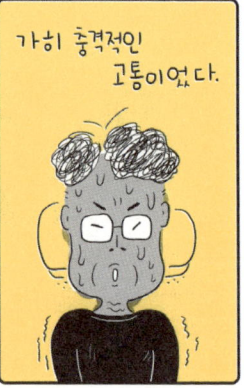

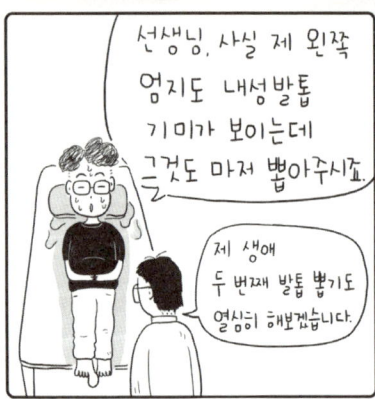

선생님, 사실 제 왼쪽 엄지도 내성발톱 기미가 보이는데 그것도 마저 뽑아주시죠.

제 생애 두 번째 발톱 뽑기도 열심히 해보겠습니다.

그해 여름, 순식간에 엄지발톱이 사라진 상봉이는 왠지 들떠 보였다.

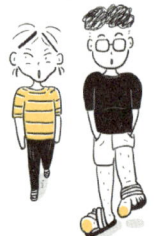

그는 육체적 고통은 용감하게 이겨내는 편이다.

상담의 목적

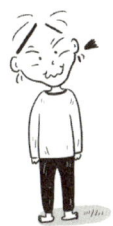

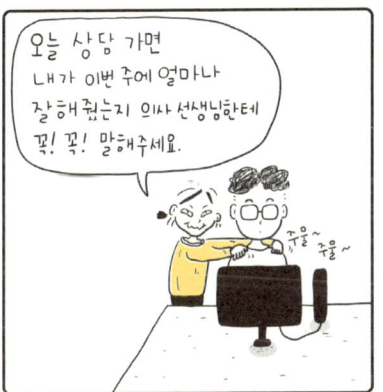

오늘 상담 가면 내가 이번 주에 얼마나 잘해줬는지 의사 선생님한테 꼭! 꼭! 말해주세요.

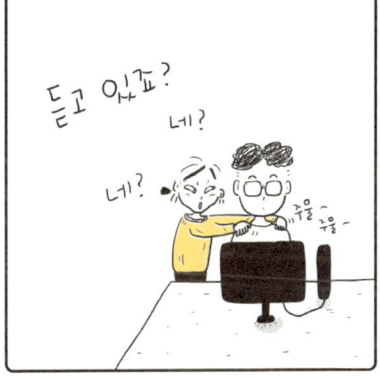

듣고 있죠?

네?

네?

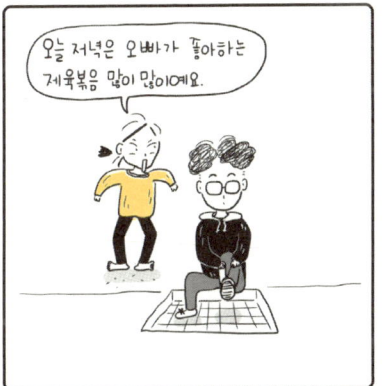

오늘 저녁은 오빠가 좋아하는 제육볶음 많이 많이예요.

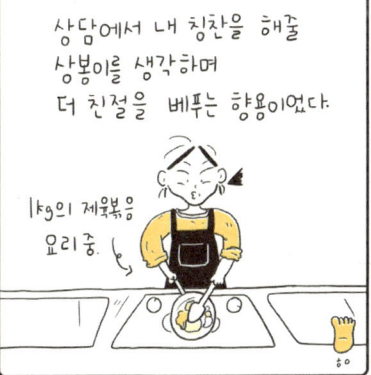

상담에서 내 칭찬을 해줄 상봉이를 생각하며 더 친절을 베푸는 향용이었다.

1kg의 제육볶음 요리 중.

쟁반 사건

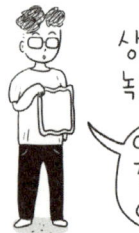

상봉이는 쟁반이
녹았다고 했고,

> 이거 내가 가스불에
> 잘못 올려놔서
> 이렇게 됐어.

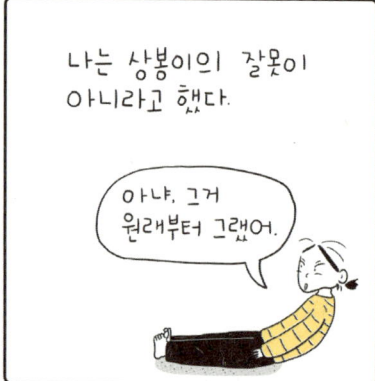

나는 상봉이의 잘못이
아니라고 했다.

> 아냐, 그거
> 원래부터 그랬어.

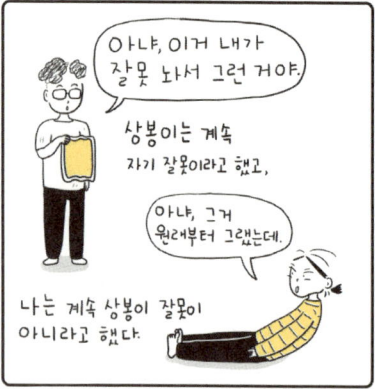

> 아냐, 이거 내가
> 잘못 놔서 그런 거야.

상봉이는 계속
자기 잘못이라고 했고,

> 아냐, 그거
> 원래부터 그랬는데.

나는 계속 상봉이 잘못이
아니라고 했다.

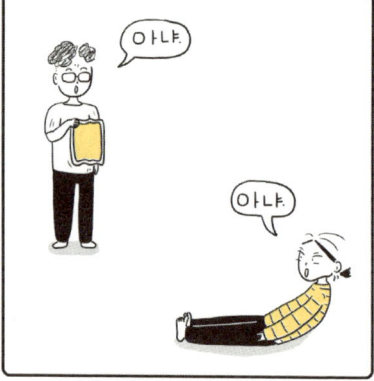

> 아냐.

> 아냐.

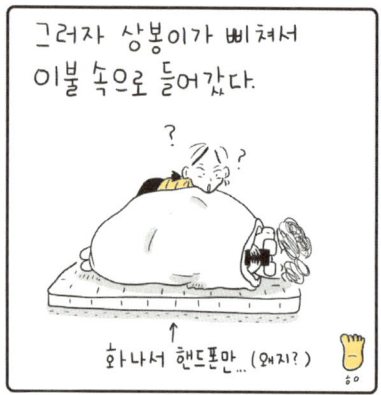

그러자 상봉이가 삐쳐서
이불 속으로 들어갔다.

화나서 핸드폰만... (왜지?)

태블릿 사건

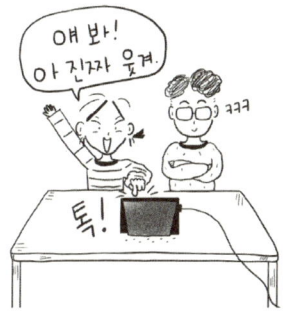

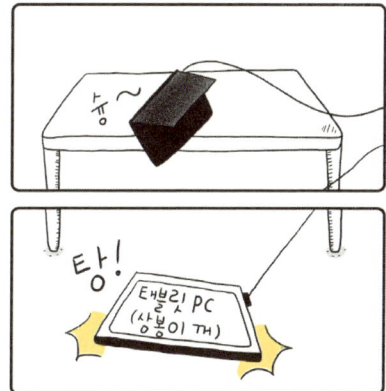

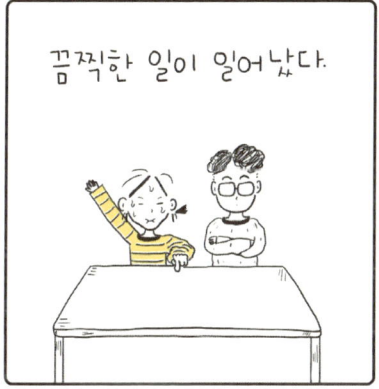

끔찍한 일이 일어났다.

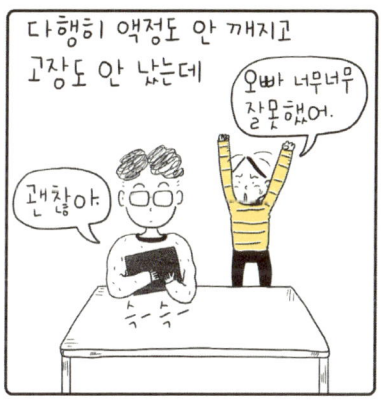

다행히 액정도 안 깨지고
고장도 안 났는데

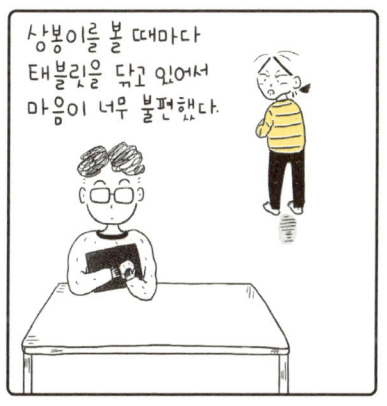

상봉이를 볼 때마다
태블릿을 닦고 있어서
마음이 너무 불편했다.

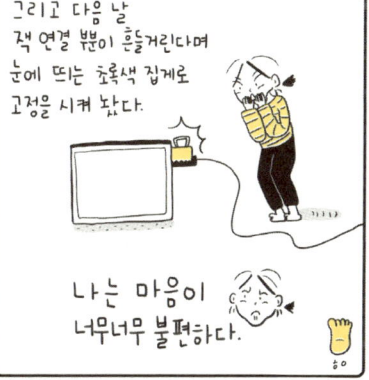

그리고 다음 날
잭 연결 뿐이 흔들거린다며
눈에 띄는 초록색 집게로
고정을 시켜 놨다.

나는 마음이
너무너무 불편하다.

오늘 오빠 컨디션이 안 좋았지만
내 생일 기념으로
집 근처 카페에 왔다.

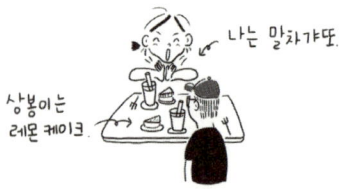

← 나는 말차가또.

상봉이는
레몬 케이크.

카페 나들이

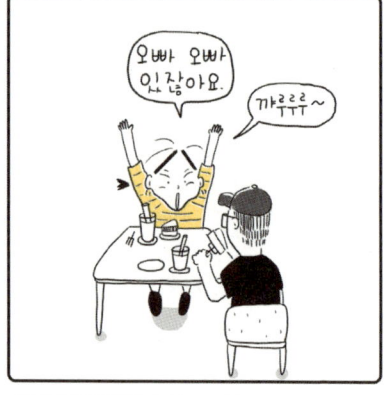

오빠 오빠
있잖아요.

까르르르
ㅠㅠ~

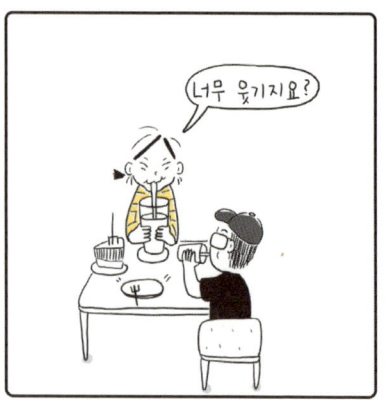

너무 웃기지요?

오빠가 음료와 케이크를
3분 컷 해버렸다.

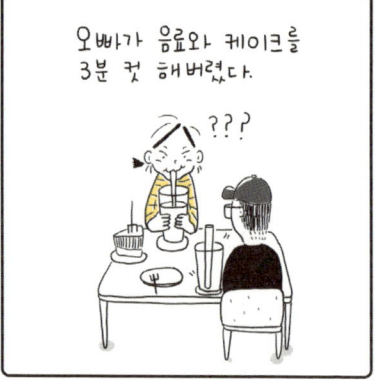

???

나는 집에 들어가기 싫어서
모르는 척하고 커피랑 가또를
찔끔찔끔 50분 동안 먹었다.

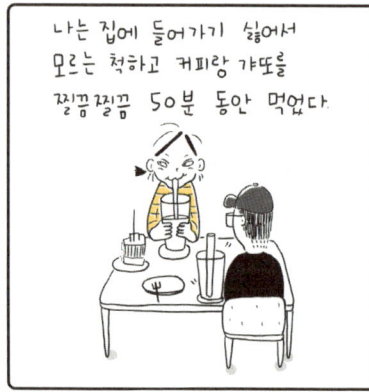

그래도 오빠가 없는 에너지를 내서
놀아준 것이 고마워서
손을 마구마구 흔들며
집에 왔다.

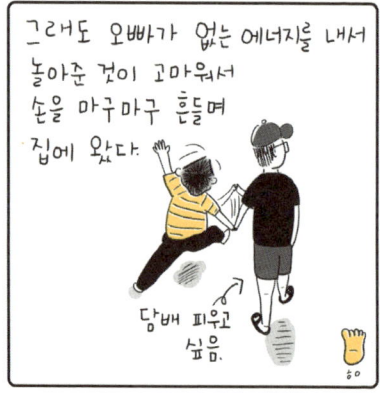

담배 피우고
싶음.

깜짝 선물

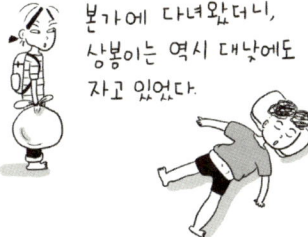

본가에 다녀왔더니,
상봉이는 역시 대낮에도
자고 있었다.

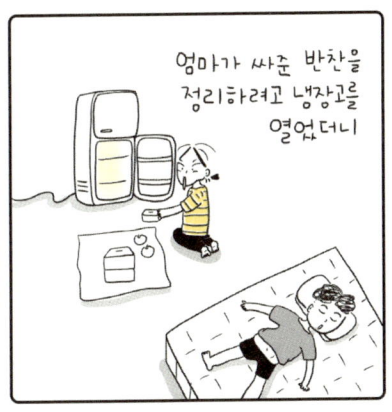

엄마가 싸준 반찬을
정리하려고 냉장고를
열었더니

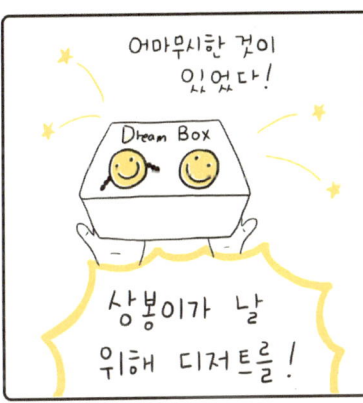

어마무시한 것이
있었다!

Dream Box

상봉이가 날
위해 디저트를!

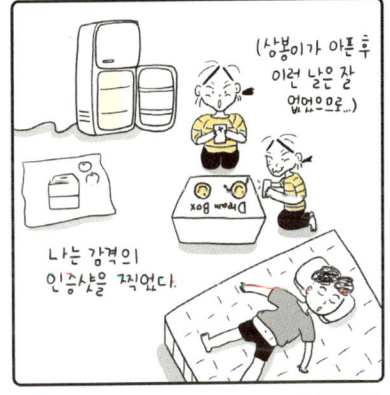

(상봉이가 아픈 후
이런 날은 잘
없었으므로...)

나는 감격의
인증샷을 찍었다.

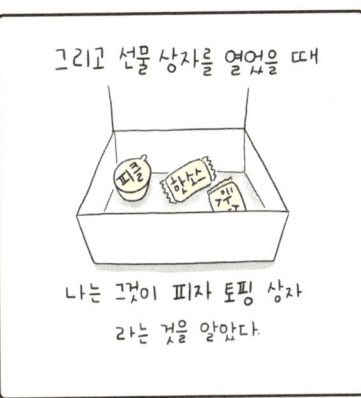

그리고 선물 상자를 열었을 때

나는 것이 피자 토핑 상자
라는 것을 알았다.

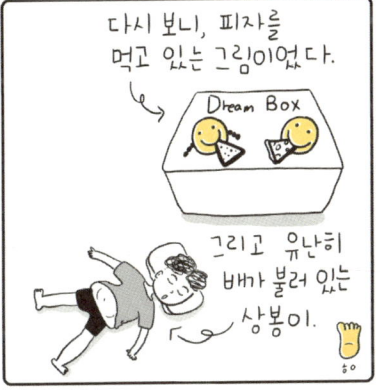

다시 보니, 피자를
먹고 있는 그림이었다.

Dream Box

그리고 유난히
배가 불러 있는
상봉이.

61

우울한 남자친구와

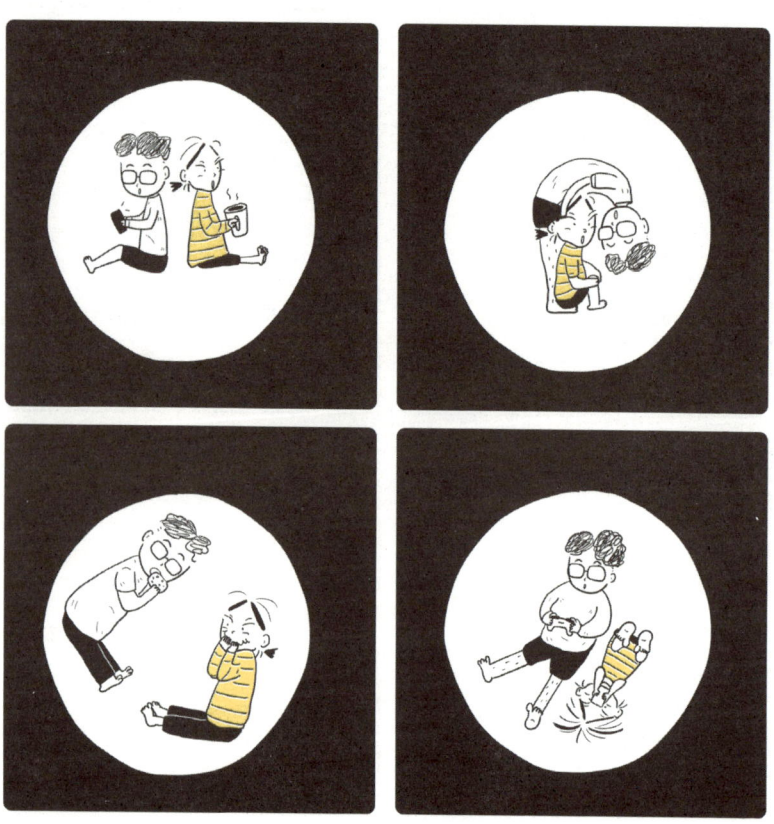

사는 일

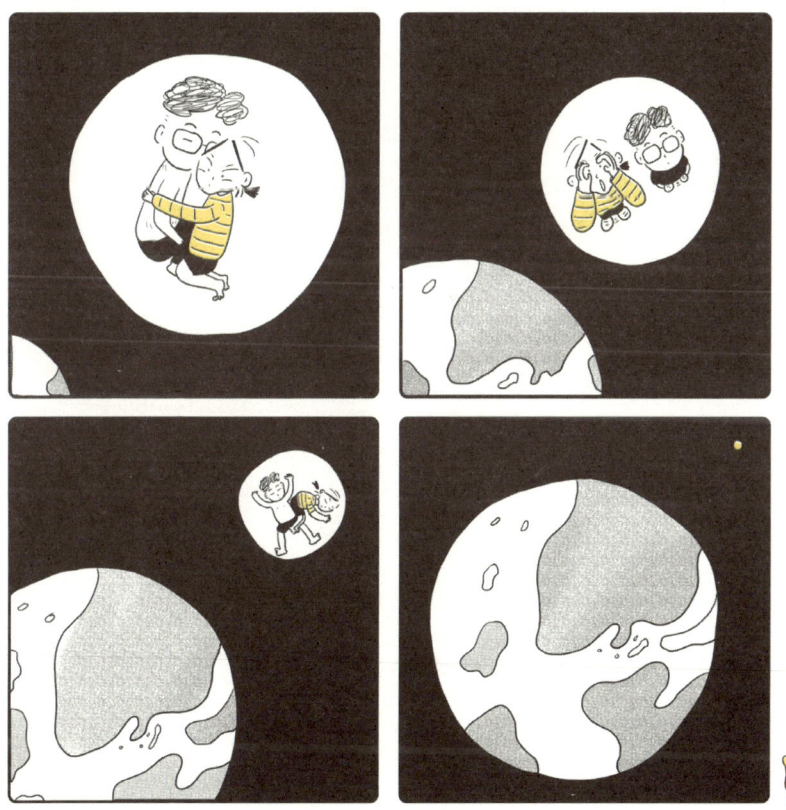

3장

고장 난

뇌의 명령

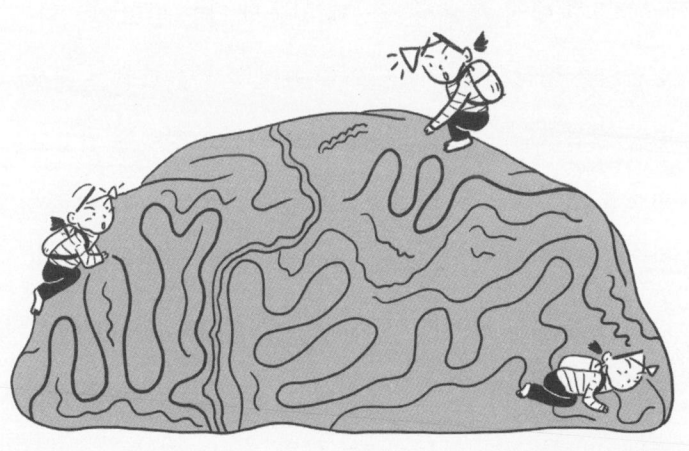

어렸을 때부터 걱정이 많았던 나는 유독 자면서 우는 날이 많았다. 내가 울던 날은 아픈 아빠가 빨리 죽을까 봐 두려웠던 밤이었고, 내가 무심코 흘린 말에 엄마가 사다 놓은 김밥 재료가 슬펐던 밤이었고, 노래방에 간다는 아빠의 들뜬 웃음이 그리웠던 밤이었다. 밤마다 나를 울게 한 이유는 많았지만, 그것들 모두 '사랑'이라고 부를 수 있을 것이다. 사랑하는 것에는 원래 안쓰러움이 같이 묻어나는 것인지, 유독 안쓰러운 것을 더 사랑하게 되는 마음 탓인지 모르겠지만.

그런 내게 더 이상 사랑해도 울지 않는 밤이 생겼다. 상봉이를 생각하는 밤에는 이불 속에 얼굴을 파묻는 대신 눈을 말똥말똥하게 떴다. 마음이 평온했고 설렜고 기뻤고 미소를 지었다. 그런데 우울증에 걸린 상봉이와 지내던 어느 밤, 자고 있는 그를 물끄러미 바라보다 '도대체 저 뇌에서는 무슨 일이 벌어지고 있는 걸까?' 생각하니 눈물이 핑 돌았다. 처음으로 상봉이에게 묻은 안쓰러움이 보인 날이었다. 그날은 자고 있는 상봉이를 더 꾹 안아줬다.

상봉이는 어느 날 침을 뱉으며 잠에서 깼고, 어느 날은 땀에 흠뻑 젖어 일어났고, 어느 날은 자는 동안 몸을 부들부들 떨었다. 한밤중에 나가 햄버거를 두 세트씩 먹고 아이스크림을 여섯 개씩 사 먹고 들어오면서도 다음 날 일어났을 때는 그 사실을 기억하지 못했다. 그건 상봉이가 먹고 있는 정신과 약의 부작용 때문이었는데, 그렇다고 약을 먹지 않으면 아예 잠을 자지 못하거나 도저히 일어날 수 없는 상태가 되거나 다리를 가만두질 못하거나 혹은 죽고 싶어 했다. 그러니 상봉이가 할 수 있는 일은 그나마 자신의 뇌를 잘 토닥이고 다독어 줄 약을 찾아 먹는 것이었다.

우울증을 마음의 병이라고 얘기하는 사람들을 볼 때마다 그들을 붙잡고 우울증은 뇌의 병에 가깝다고 항변하는 상상을 하곤 한다. 사람들은 암이나 눈에 보이는 상처에 대해서는 마음이 나약해서 생긴 병이라고 이야기하지 않는다. 또 다른 정신질환인 조현병에 대해서도 쉽사리 의지를 운운하지 않는다. 도리어 자신의 의지로 치료하겠다는 조현병 환자가 있다면 적극 말리고 병원에 가서 약을 처방받기를 조언할 것이다.

반면 유독 우울증에 대해서 사람들은 저마다의 철학을 갖고 있는 것처럼 보인다. 우울증에 걸릴 성격은 따로 있다고도 하고, 몸을 부지런히 움직이지 않아 정신이 아픈 거라고도 말하고, 팔자가 편해서 생기는 병이라고들 한다. 그건 우울증을 온전히 '마음먹기에 달린 병'이라고 생각하기 때문일 것이다. 누구나 자신의 울적한 마음에 대해서는 한 번쯤 전문가가 되어 보기도 했을 테고, 또 누군가는 말 그대로 불굴의 의지로 마음의 힘듦을 극복하거나 트라우마를 이겨낸 경험도 있을 테니 말이다.

상봉이 역시 우울증이 자신의 의지 탓이 아닐까, 혼란스러워하며 스스로를 의심하곤 했다. 그러면서도 결국 어찌하지 못하는 몸과 마음 때문에 더 죄책감을 느끼고 힘들어했다. 아마 우울증 환자가 주위 사람들의 조언에 유독 귀를 닫고 싶어 하거나 '의지'라는 단어에 예민해지는 이유는 우울증이 도저히 자신의 마음으로 컨트롤되지 않는 경험을 수차례 해 봤기 때문일 것이다.

우울증이 아닌 나는 기분이 울적할 때 따뜻한 물로 샤워를 하고 요리를 했다. 때론 새 옷을 사거나 맛있는 커피를 마셨다. 우울증이 아닌 나는 오전에 기분이 안 좋아도 오후에는 내 기분을 바꿔줄 일들을 찾아 하루를 꾸려갈 수 있었다.

내가 우울증을 잘 몰랐을 때는 매일 상봉이가 좋아하는 마카롱을 사다 주었다. 상봉이는 마카롱을 한입 베어 물 때마다 눈을 감고 그 맛을 음미하느라 세상 행복한 표정을 지었지만, 그것이 그날의 기분을 바꿔주진 못했다. 때로는 상봉이를 억지로 끌고 나가 운동을 시켜 보기도 했다. 그럼 상봉이는 땀을 뻘뻘 흘리거나 곧 울 것 같은 표정을 지었다. 그러고 집으로 돌아오면 3~4일을 누워 있어야 했다.

물론 상봉이에게도 괜찮은 날은 있었다. 상봉이는 우울한 시기가 올 때 머릿속에서 어떤 스위치가 '탁' 켜지는 순간을 느낀다고 했다. 그 스위치를 끄는 방법은 의외로 간단했다. 스위치가 꺼질 때까지 잠자코 기다리는 것이다. 무기력과 우울증이 시작됐음을 알린 스위치는 두 달 정도 시간이 지나면 그간 고군분투했던 노력이 무색하게 뜬금 없이 꺼지고 상봉이는 괜찮아졌다. 그때마다 상봉이는 자신이 드디어 다 나았다고 생각하고 다시는 우울하고 무기력한 사람이 되지 않을 것처럼 단언했다. 하지만 그 착각의 순간에서 몇 걸음 벗어나 보지도 못하고 보름에서 한 달 정도의 시간이 지나면 상봉이는 다시 고꾸라졌다.

그렇게 뇌는 제멋대로 우울증을 부르고 돌려보냈다. 그 명령을 거스르지 못한 상봉이의 의지는 하루를 마음대로 꾸려나갈 수 없게 만들었고, 운동하지 못하게 했고, 텅 빈 하루를 보내게 했다. 그럼에도 상봉이의 의지는 병원에 꾸준히 나가게 했고, 상담에서 솔직한 이야기를 하게 했고, 하루를 버티게 했다. 죽고 싶은 마음이 들 때는 죽지 않고 차라리 게임을 하게 했다. 몸이 불어나고 기억력이 나빠지는 부작용에도 약을 꾸준히 먹은 것 역시 똑바로 잘 살고 싶은 간절함 때문이었을 것이다. 상봉이의 의지는 매일매일 죽어있는 시간을 살게 할 정도로 나약했지만, 죽어있는 시간 안에서도 버티어 살게 할 만큼 강했다.

우울증은 요즘도 상봉이의 의지를 시험한다. 자기

자신을 자기 자신으로 보지 못하게 할 때도 있고, 여전히 잠결에는 자꾸 빵집에 가려고 한다. 그래도 상봉이는 잘 살아가고 있다. 이제는 꾸준히 운동을 하고, 제때 자고 제때 일어난다. 전에는 눈 뜨고 시작해서 잠들 때까지 게임을 멈추지 않았지만, 이제는 게임도 너무 오래하면 지친다고 말한다.

　잔잔해 보이는 하루도 사실 치열하게 고군분투하고 있는, 겉과 속이 다른 시간이 있다. 몸은 움직여도 생각이 멈춰 있으면 휴식이 되고, 가만히 누워 있어도 머릿속은 한창 바쁜 세상살이 중이기도 하다. 때론 무던히 시간을 흘려보낼 줄 아는 일에도 의지와 용기가 깃들어 있다. 상봉이도 그런 시간을 반복해 결국 오늘까지 왔을 것이다.

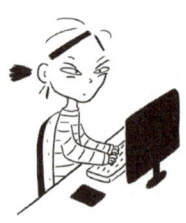

가장주부의 삶

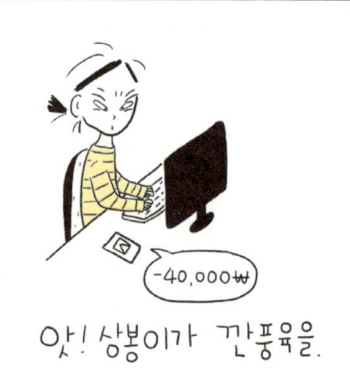

앗! 상봉이가 깐풍육을.

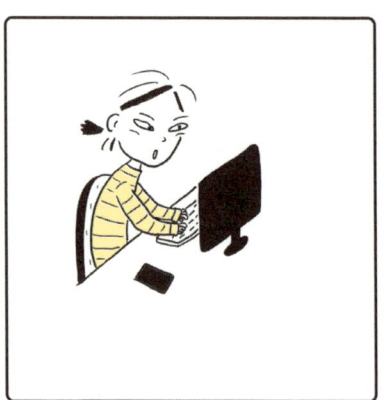

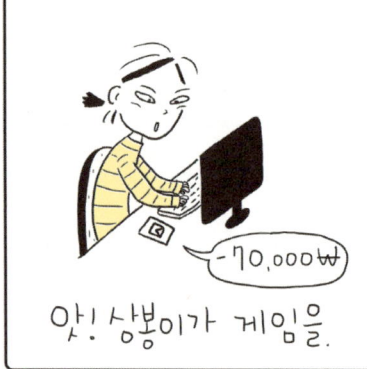

앗! 상봉이가 게임을.

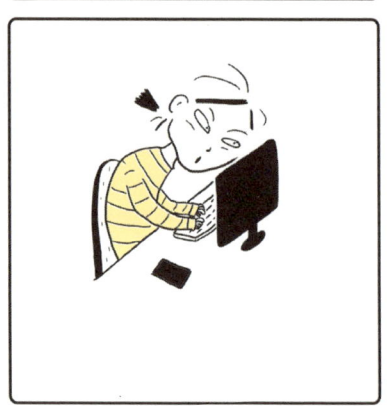

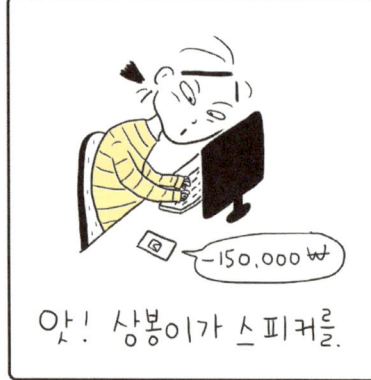

앗! 상봉이가 스피커를.

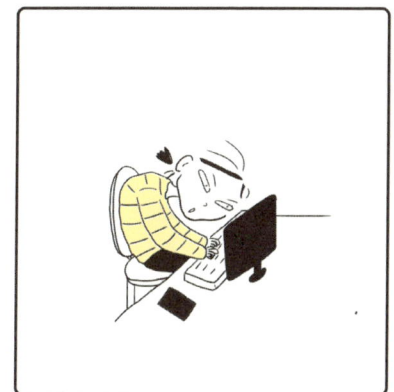

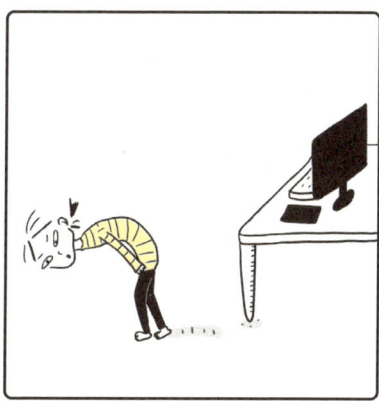

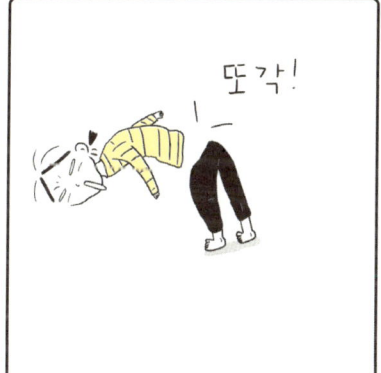

또각!

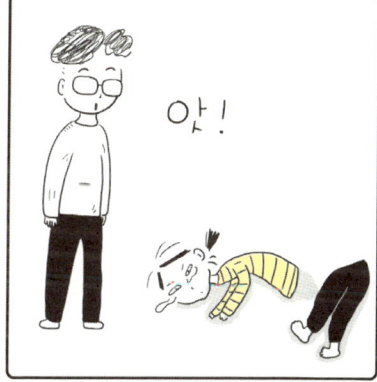

앗!

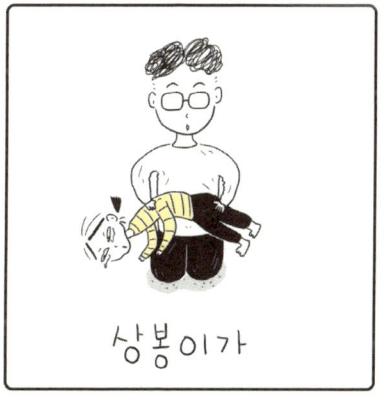

상봉이가

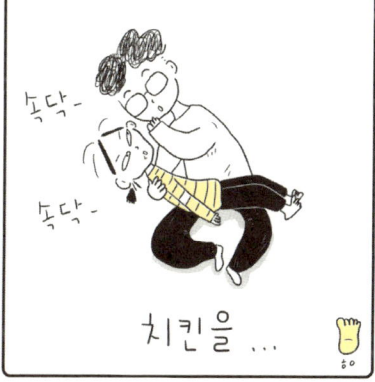

쪽닥~

쪽닥~

치킨을...

상봉이의 꿈속에서 ②

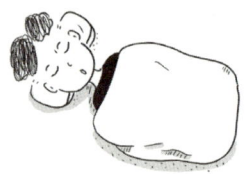

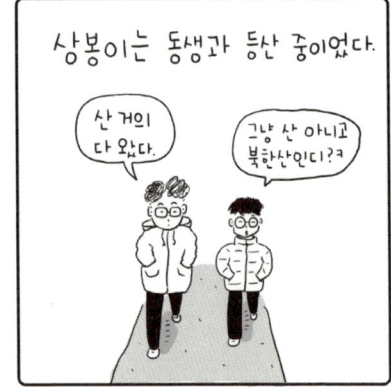

상봉이는 동생과 등산 중이었다.

> 산 거의 다 왔다.

> 그냥 산 아니고 북한산인디? ㅋ

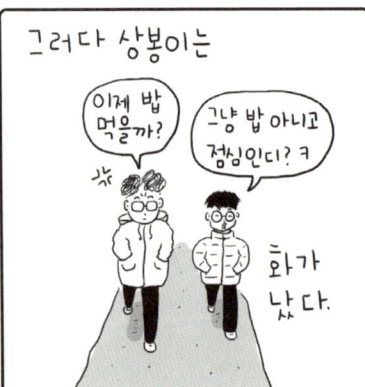

그러다 상봉이는

> 이제 밥 먹을까?

> 그냥 밥 아니고 점심인디? ㅋ

화가 났다.

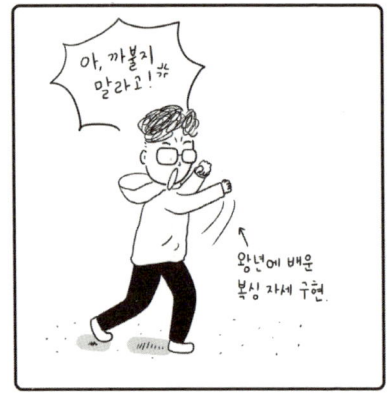

> 아, 까불지 말라고!

← 왕년에 배운 복싱 자세 구현.

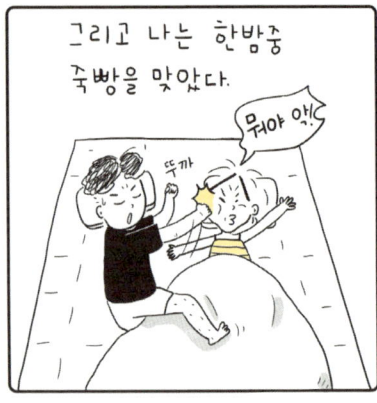

그리고 나는 한밤중 죽빵을 맞았다.

> 뭐야 악!

뚜까

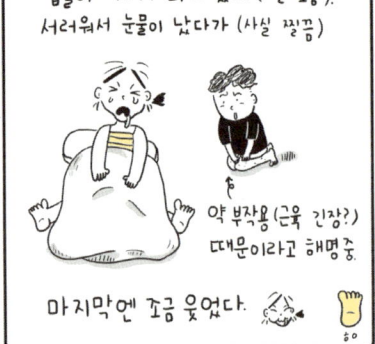

입술이 터져서 피가 났다(사실 쪼끔).
서러워서 눈물이 났다가 (사실 찔끔)

약 부작용(근육 긴장?)
때문이라고 해명 중.

마지막엔 조금 웃었다.

강박증

상봉이의 우울증이 깊어지면서
강박증이 동반됐다.

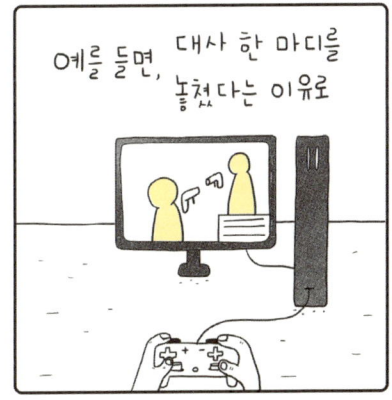

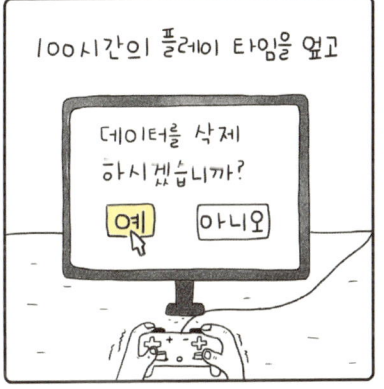

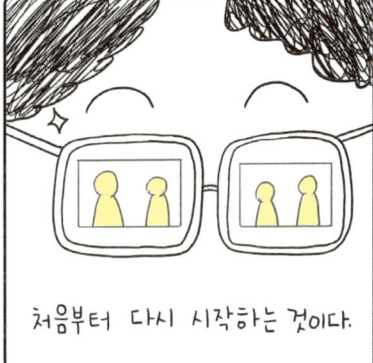

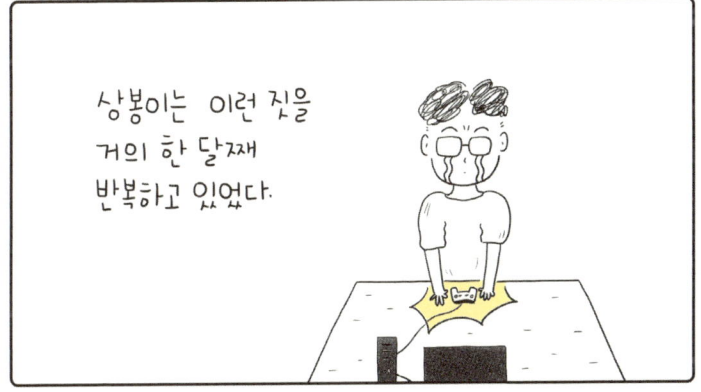

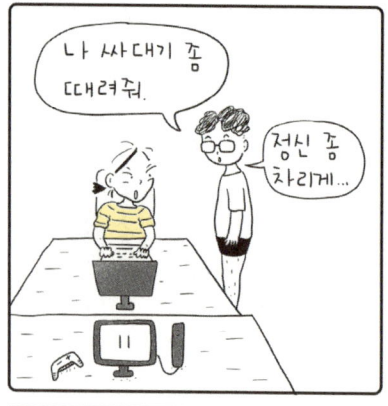

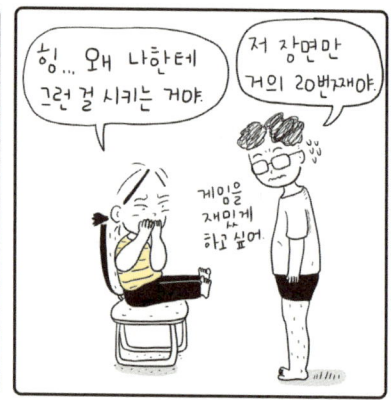

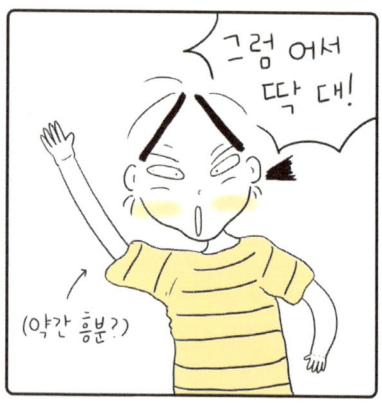

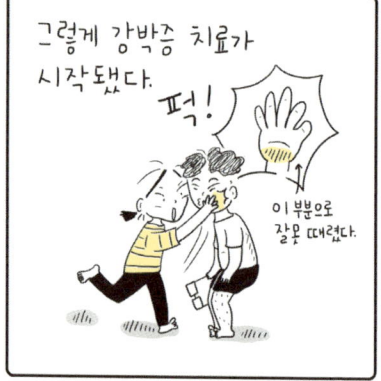

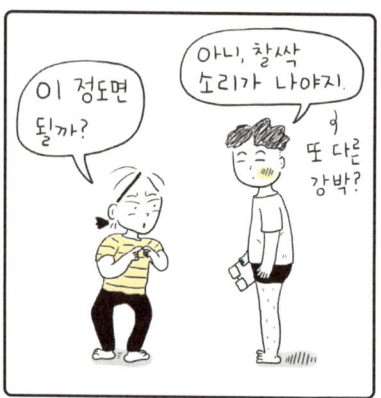

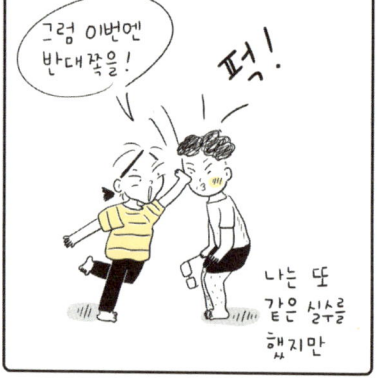

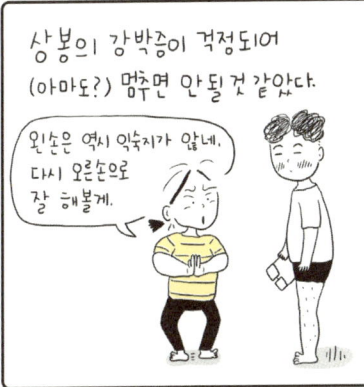

상봉의 강박증이 걱정되어
(아마도?) 멈추면 안될것 같았다.

왼손은 역시 익숙치가 않네.
다시 오른손으로
잘 해볼게.

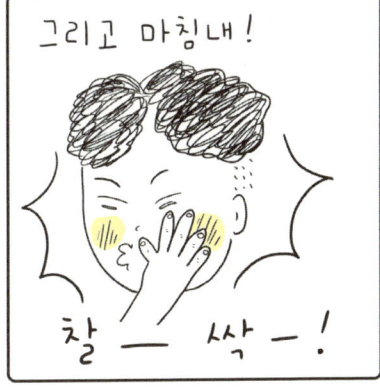

그리고 마침내!

찰ㅡ싹ㅡ!

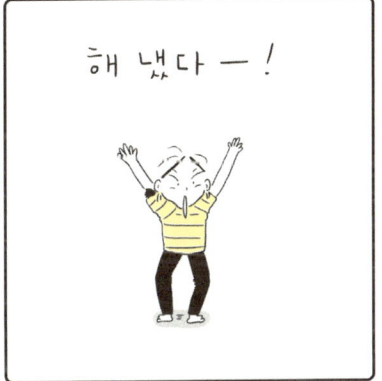

해 냈다ㅡ!

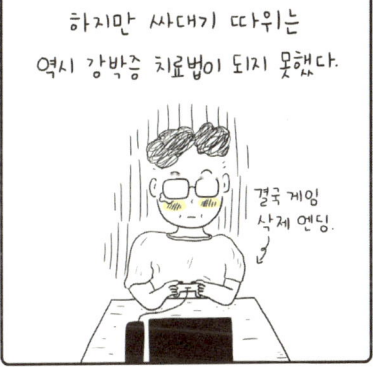

하지만 싸대기 따위는
역시 강박증 치료법이 되지 못했다.

결국 게임
삭제 엔딩.

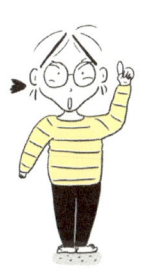

의사 선생님 말씀으로,
강박 행동은 집착할수록
증세가 악화되기 때문에
최대한 무시하는 자세가
필요하다고 합니다.

스포일러

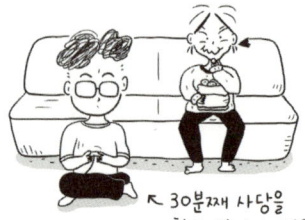

↖ 30분째 사당을 찾고 있다. (게임중)

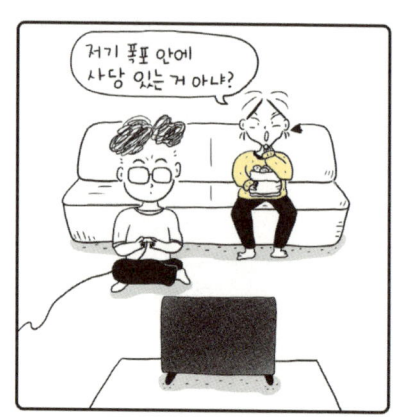

거기 폭포 안에 사당 있는 거 아냐?

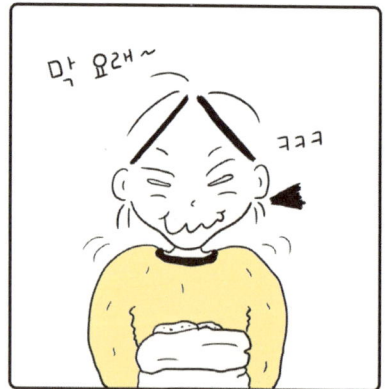

막 요래~

ㅋㅋㅋ

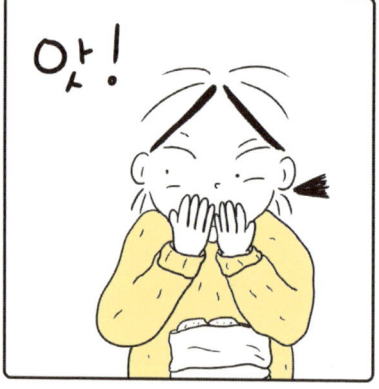

앗!

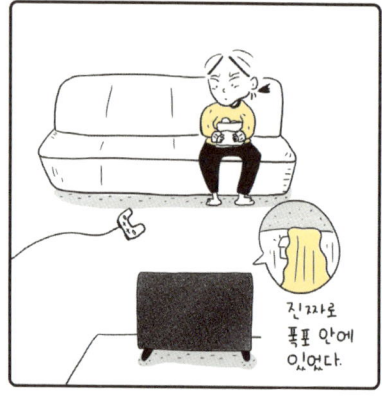

진짜로 폭포 안에 있었다.

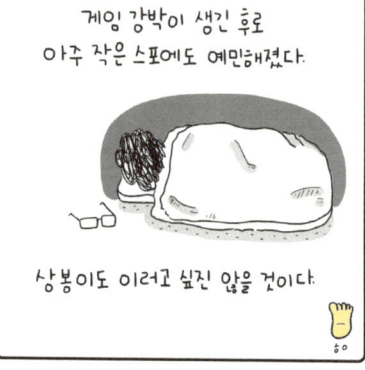

게임 강박이 생긴 후로 아주 작은 스포에도 예민해졌다.

상봉이도 이러고 싶진 않을 것이다.

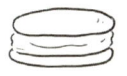

마카롱 사건

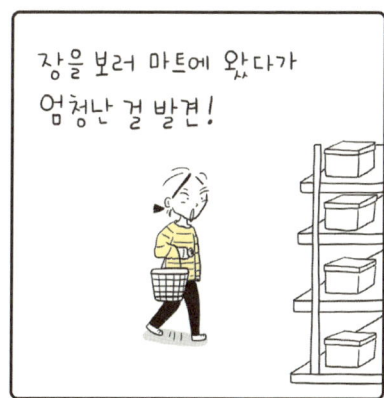

장을 보러 마트에 왔다가 엄청난 걸 발견!

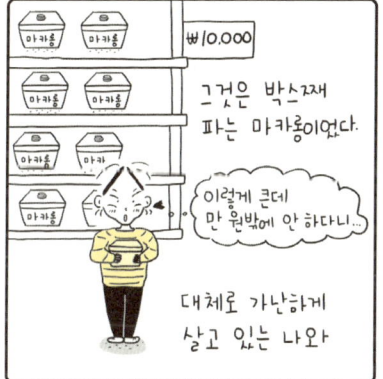

₩10,000

그것은 박스째 파는 마카롱이었다.

이렇게 큰데 만 원밖에 안 하다니...

대체로 가난하게 살고 있는 나와

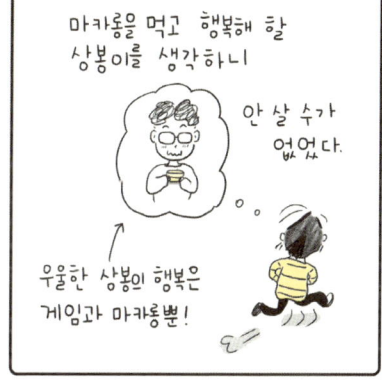

마카롱을 먹고 행복해 할 상봉이를 생각하니

안 살 수가 없었다.

우울한 상봉이 행복은 게임과 마카롱뿐!

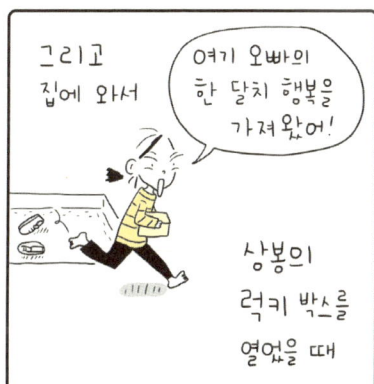

그리고 집에 와서

여기 오빠의 한 달치 행복을 가져왔어!

상봉이 럭키 박스를 열었을 때

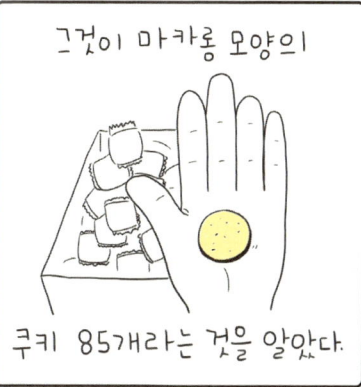

그것이 마카롱 모양의

쿠키 85개라는 것을 알았다.

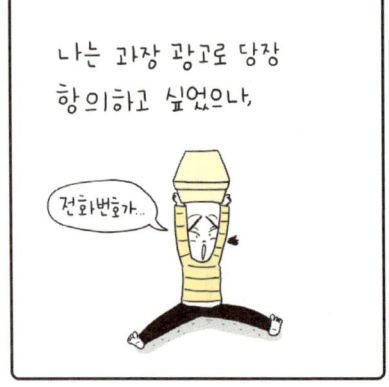

나는 과장 광고로 당장 항의하고 싶었으나,

전화번호가...

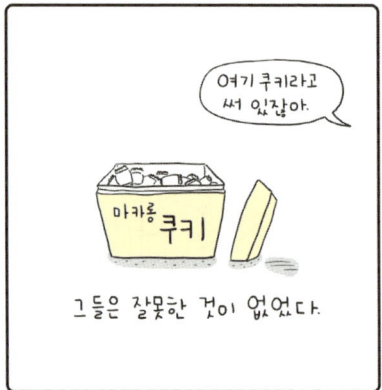

여기 쿠키라고 써 있잖아.

마카롱 쿠키

그들은 잘못한 것이 없었다.

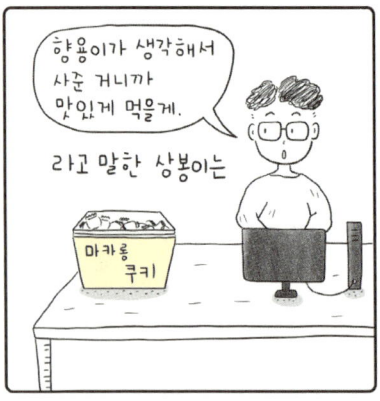

향윤이가 생각해서 사준 거니까 맛있게 먹을게.

라고 말한 상봉이는

마카롱 쿠키

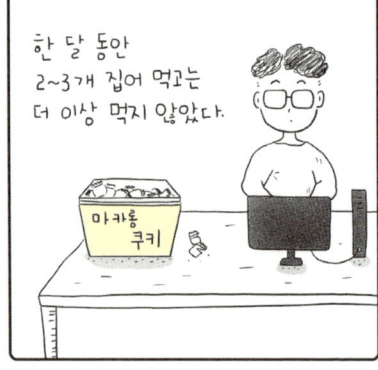

한 달 동안 2~3개 집어 먹고는 더 이상 먹지 않았다.

마카롱 쿠키

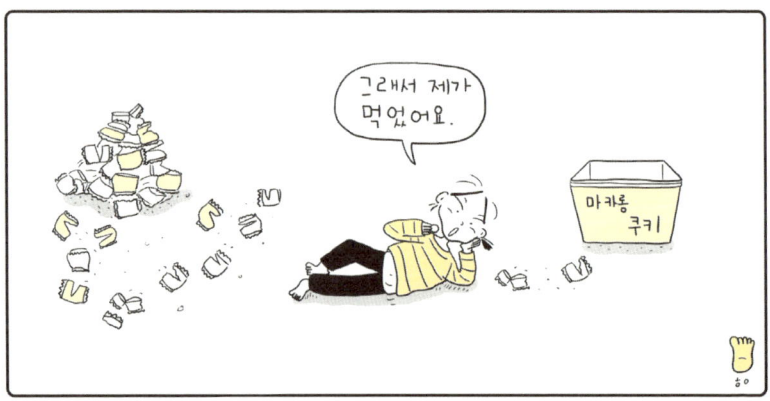

그래서 제가 먹었어요.

마카롱 쿠키

상봉이를
힘들게 하는 것

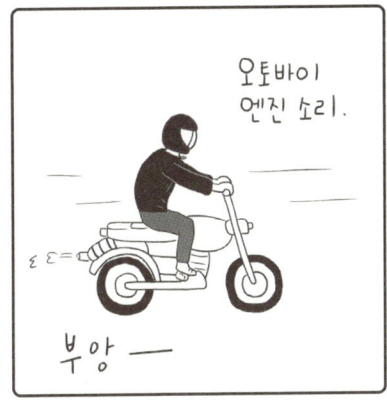

오토바이
엔진 소리.

부앙—

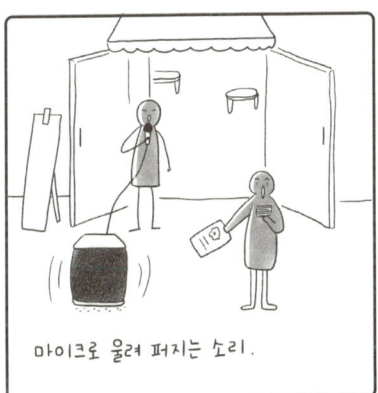

마이크로 울려 퍼지는 소리.

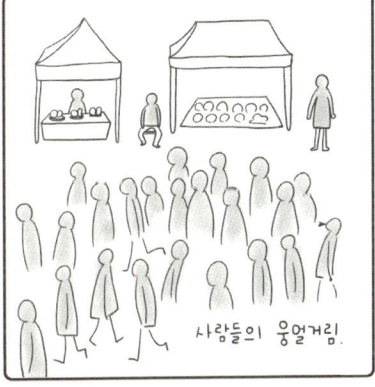

사람들의 웅얼거림.

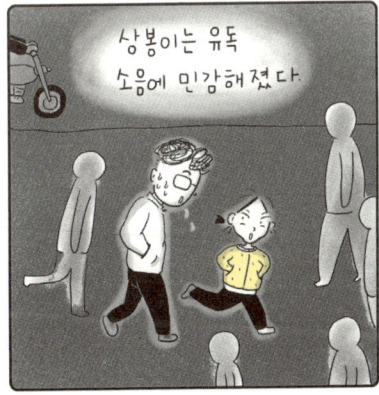

상봉이는 유독
소음에 민감해졌다.

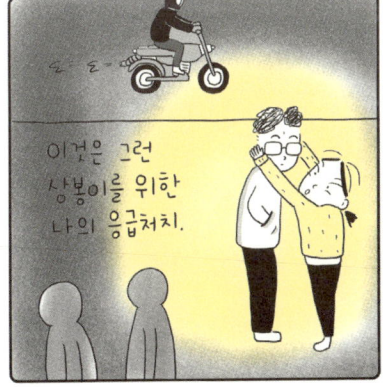

이것은 그런
상봉이를 위한
나의 응급처치.

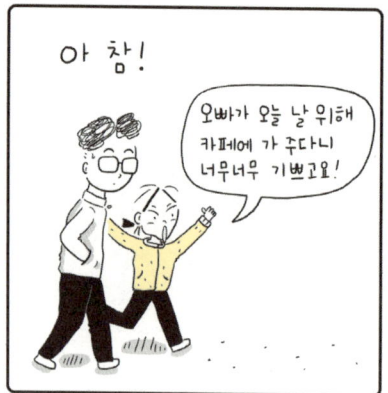

아 참!

오빠가 오늘 날 위해 카페에 가 주다니 너무너무 기쁘고요!

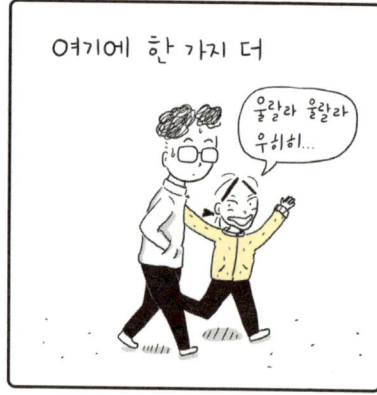

여기에 한 가지 더

울랄라 울랄라 우히히...

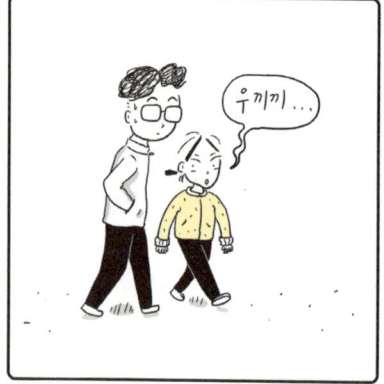

우끼끼...

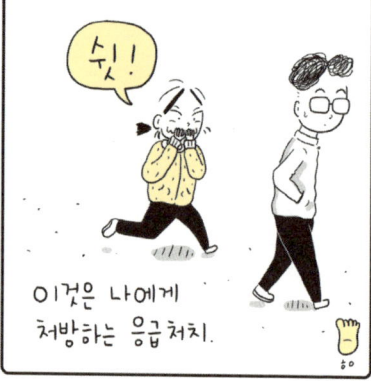

쉿!

이것은 나에게 처방하는 응급 처치.

그리고 카페에서

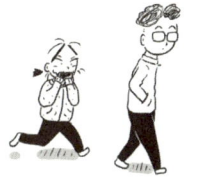

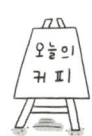

오늘의
커피

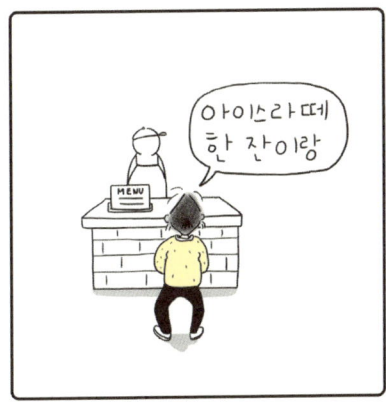

아이스라떼
한 잔이랑

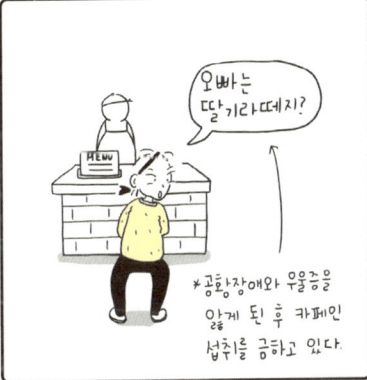

오빠는
딸기라떼지?

*공황장애와 우울증을
알게 된 후 카페인
섭취를 금하고 있다.

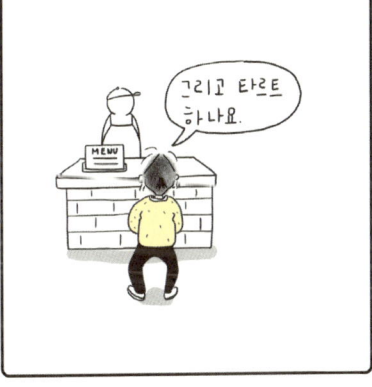

그리고 타르트
하나요.

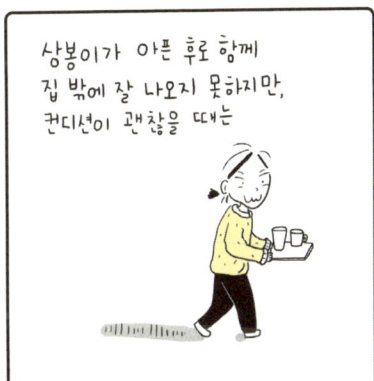

상봉이가 아픈 후로 함께
집 밖에 잘 나오지 못하지만,
컨디션이 괜찮을 때는

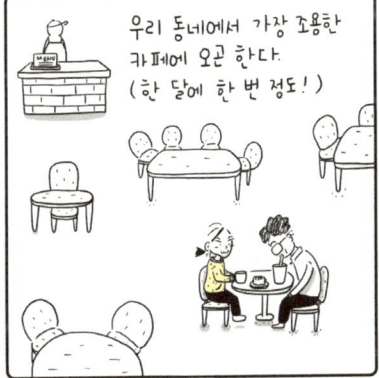

우리 동네에서 가장 조용한
카페에 오곤 한다.
(한 달에 한 번 정도!)

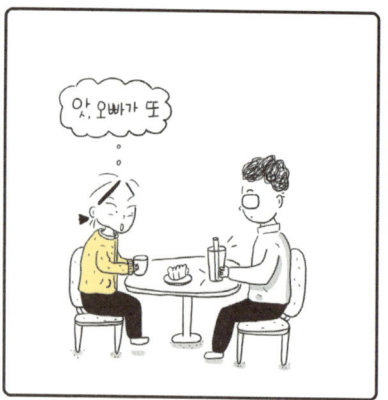

앗, 오빠가 또

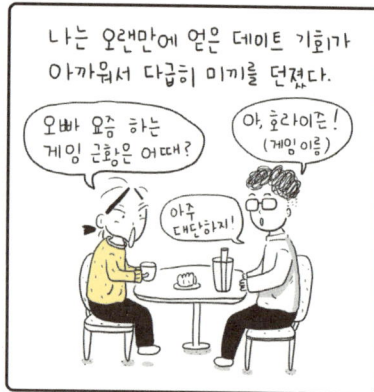

나는 오랜만에 얻은 데이트 기회가
아까워서 다급히 미끼를 던졌다.

오빠 요즘 하는
게임 근황은 어때?

아, 호라이즌!
(게임 이름)

아주
대단하지!

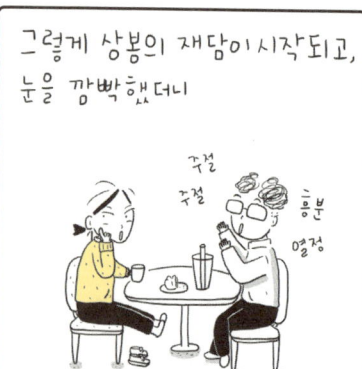

그렇게 상봉의 재담이 시작되고,
눈을 깜빡했더니

주절
주절

흥분
열정

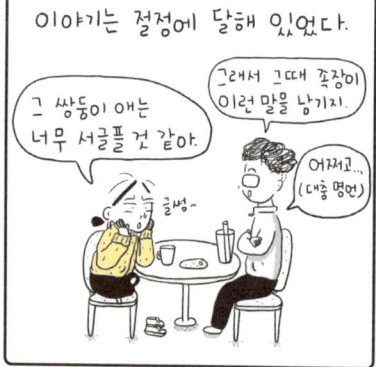

이야기는 절정에 달해 있었다.

그 쌍둥이 애는
너무 서글플 것 같아.

그래서 그때 쪽장이
이런 말을 남기지.

어쩌고...
(대충 명언)

글썽~

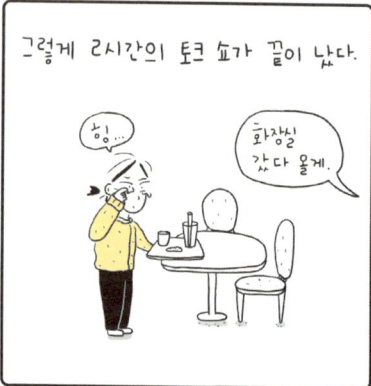

그렇게 2시간의 토크 쇼가 끝이 났다.

흥ㅡ

화장실
갔다 올게.

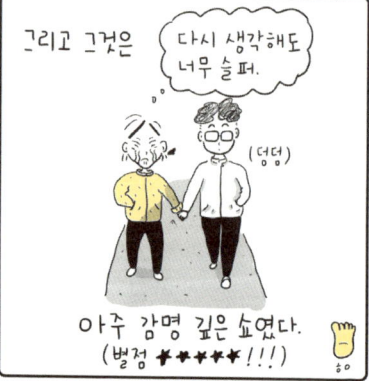

그리고 그것은

다시 생각해도
너무 슬퍼.

(덩덩)

아주 감명 깊은 쇼였다.
(별점 ★★★★!!!)

흐응

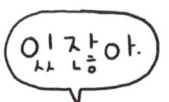

가혹한 말

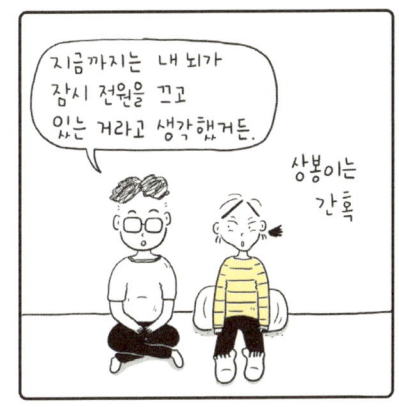

지금까지는 내 뇌가 잠시 전원을 끄고 있는 거라고 생각했거든.

상봉이는 간혹

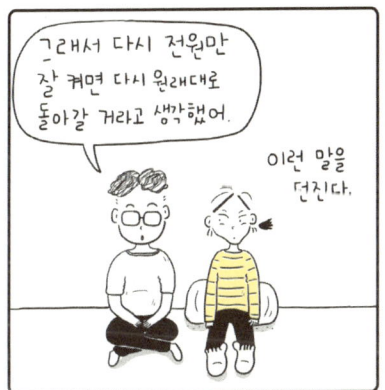

그래서 다시 전원만 잘 켜면 다시 원래대로 돌아갈 거라고 생각했어.

이런 말을 던진다.

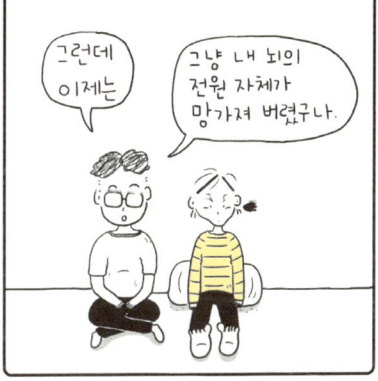

그런데 이제는

그냥 내 뇌의 전원 자체가 망가져 버렸구나.

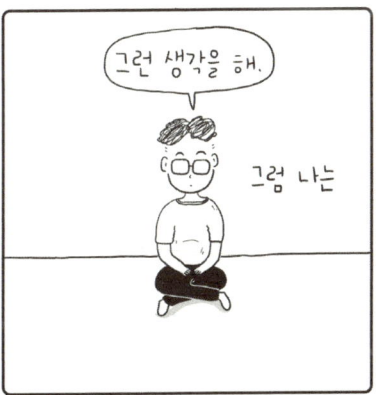

그런 생각을 해.

그럼 나는

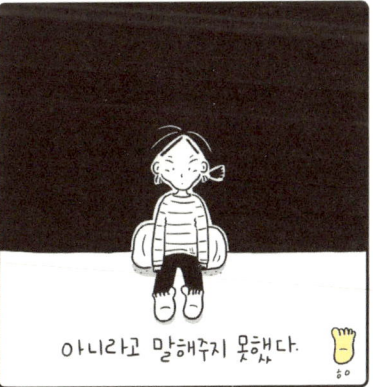

아니라고 말해주지 못했다.

과장 없는 시간 ②

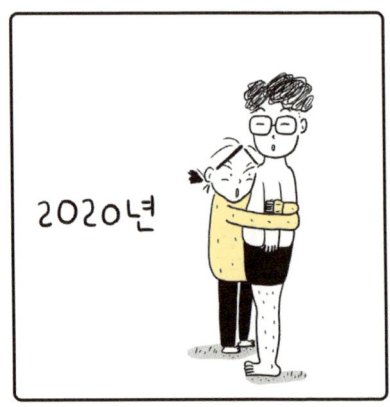

2020년

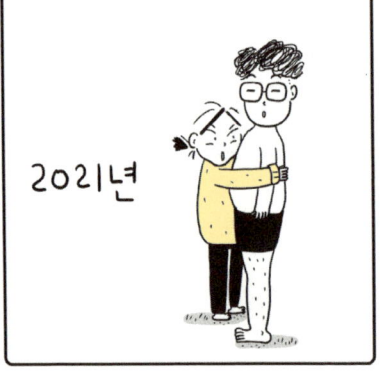

2021년

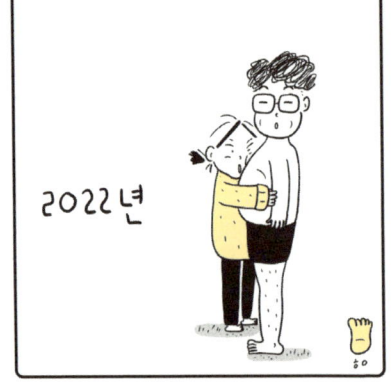

2022년

4장

내 남자친구의

진짜 우울증

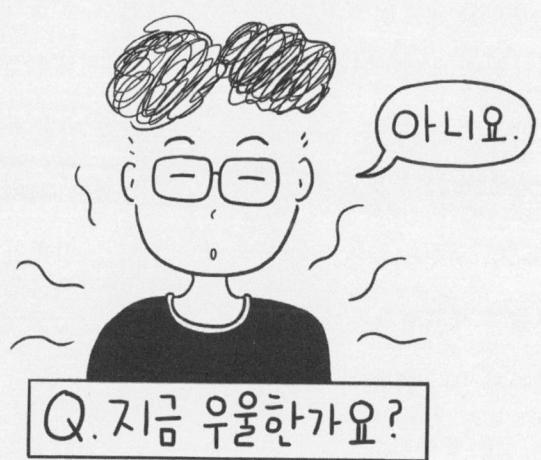

우울증은 '여기가 바닥이구나'라는 생각이 들면 머지 않아 그게 바닥이 아니었다는 걸 알게 한다. 2021년 3월은 바로 그런 달이었다. 우울증이 지나가길 바라며 보냈던 2년 간의 대학원 휴학을 끝내고 상봉이는 복학을 했다. 그런데 일주일도 채 다니지 못하고 다시 드러눕는 신세가 되고 말았다. 주말이 가고 월요일이 돼도 일어나지 못했다. 상봉이가 다니고 있던 대학원은 휴학 기간이 최대 2년밖에 주어지지 않기 때문에 결국 자퇴서를 냈다. 곧바로 정신병동에 입원할 방법을 찾았다. 입학이 쉽지 않았던 전문 대학원을 포기하면서까지 정신병동에 입원해야겠다고 결심한 이유는, 죽고 싶은 마음을 넘어 죽을 '방법'을 구체적으로 계획했기 때문이라고 상봉이는 말했다. 다행히 평소 다니던 정신병원에서 상봉이의 심각성을 인지하고 대학병원의 폐쇄병동에 입원할 방법을 알아봐 주셨다. "꼭 다 나아서 돌아올게"라는 말을 남기고 상봉이는 떠났다.

늘 둘이 있던 집에 혼자 우두커니 앉아 방 안을 둘러 봤던 그날의 느낌이 여전히 생생하다. 이곳에서 상봉이는 죽음을 생각했구나. 눈이 닿는 곳곳에 내가 모르는 죽음이 산재해 있었다는 사실이 아찔했다. 불과 어제까지만 해도 상봉이가 수업에 적응하지 못하고 누워만 있는 것이 속상했는데 오늘은 오늘이 그 어제와 같지 않다는 사실에 슬펐다. 하루 대부분의 시간을 앉아 보낸 게임 의자는 더 이상 움직이지 않을 것 같았고, 24시간 돌아가던 게임기는 영원히 켜질 일이 없을 것처럼 보였다. 상봉이가 오래전 덮어 두었던 책들은 이대로 수북한 먼지에 묻혀 수명을 끝낼 것 같았다. 상봉이를 둘러쌌던 주변의 공기는 그대로 가라앉고 있었고, 상봉이의 시간은 이대로 멈춰 다시는 흘러가지 않을 것만 같았다.

도대체 왜 여기까지 왔을까.

어느 산책길에 상봉이는 '자신을 있는 그대로 받아들이고 사랑하라'는 말에 결코 가볍지 않은 무게가 담겨 있다는 걸 깨닫는 중이라고 말했다. 우울증을 인정하는 일은, 상봉이에게는 자신을 있는 그대로 받아들이는 과정이었고 나에게는 그런 그를 있는 모습 그대로 사랑하는 과정이었다. 흔하디흔한 그 말이 우리는 참 어려웠다.

은연중에 남자친구의 우울증을 피해 다녔던 날들이 떠올랐다. 저절로 증상이 사라지기를 기다렸던 시간, 사람들의 안부 인사에 단순히 심한 공황장애일 뿐이라고 얼버무렸던 말들, 남들과는 조금 다른 우울증이라며 합리화했던 순간들이 있었다. 슬럼프, 공황장애, 불안장애, 대인기피증… 의사가 일찍이 진단 내려준 '우울증'이라는 병명에 남자친구도 나도 덕지덕지 다른 이름들을 붙이며 2~3년을 도망쳤다. 그 사이 우울증은 더욱 몸집을 불리고 불려 다른 이름들로는 더 이상 가릴 수 없는 지경에 이르렀다. 그제야 나는 벌거벗고 서 있는 남자친구의 모습을 온전히 바라볼 수 있었다. 의사는 남자친구에게 '중증 우울 장애'라는 진단을 내렸고, 나는 이제 다른 사람들에게 내 남자친구는 우울증 환자라고 말한다.

어쩌면 상대를 거짓 없이 받아들일 줄 아는 일보다 그저 맹목적인 사랑을 쏟는 일이 훨씬 단순하고 쉬운 일일지도 모른다. 나에게는 사랑한다는 믿음 뒤로 몸을 숨긴 다른 마음들이 있었다. 그의 잔잔하고 평화로운 일상에 기대 나의 안녕을 바랐던 마음, 자식의 성공이 자신의 성공이 되는 부모의 마음처럼 상봉이를 바라보았던 마음들이 쭈뼛쭈뼛 서 있었다.

돌이켜 보면 나는 늘 사람들에게 해명을 하고 있었다. 내 남자친구는 우울증에 걸릴 만한 사람이 아닌데 그럼에도 우울증에 걸렸다고. 그런데 실은 나도 몰래 생각하곤 했다. 다른 사람이었다면 우울증에 걸리지 않았을지도 모른다는 생각, 이렇게 긴 시간 우울증에서 헤어 나오지 못하는 것은 실은 마음의 문제일지도 모르겠다는 생각, 다른 우울증 환자는 밖에도 잘만 나가고 친구들도 만나고 직장 생활도 무리 없이 하던데 라는 생각. 우울증이 의지의 영역이 아니라는 걸 사람들이 알아주길 바랐으면서도 실은 나조차도 우울증은 그런 것일지도 모르겠다고 내심 생각하고 있었다.

병원에 입원하던 그날 상봉이는 초라하고 쓸쓸해 보였다. 나는 꾹꾹 울음을 참는 그를 몸과 마음을 다해 꼬옥 안아주었다. 그런데 그 순간! 그에게 대체 왜 이런 일이 닥친 것인지, 우울증은 운이 나빠 발생한 신경회로의 문제인지 나약함 때문인지, 대체 낫기는 하는 병인지 그 어떤 것도 궁금하지 않아졌다. 그런 건 더 이상 중요한 문제가 아니었다. 대신 지금 힘든 상봉이를 꼬옥 안아줄 수 있다는 것, 상봉이가 죽지 않아서 이 온기를 느낄 수 있는 것이 참 다행이라고 생각했다. 내 연인이 제일 작아 보인 그 순간 도리어 애틋하고 아련하고 소중한 기운이 나를 에워싼 채 뿔록뿔록 숨을 쉬었다.

우울 경보

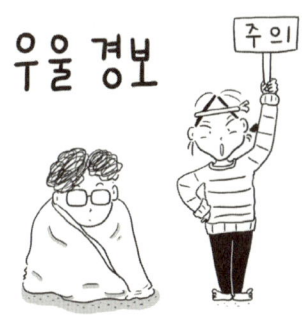

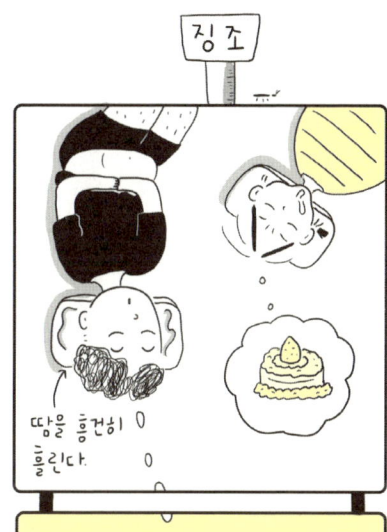

주의

징조

매일 하던 청소를
5일째 하지 않는다.

진행

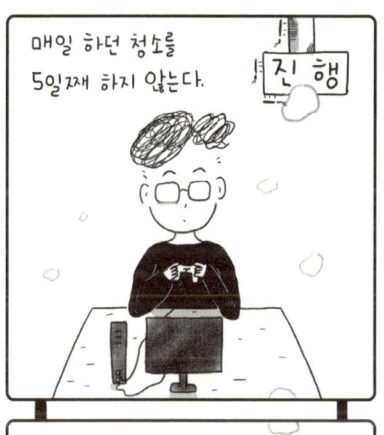

땀을 흥건히
흘린다.

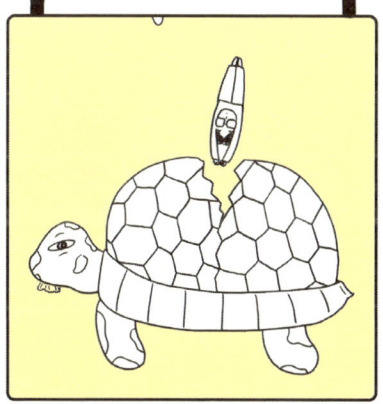

그렇다고 내가 하는 건 아니고요.

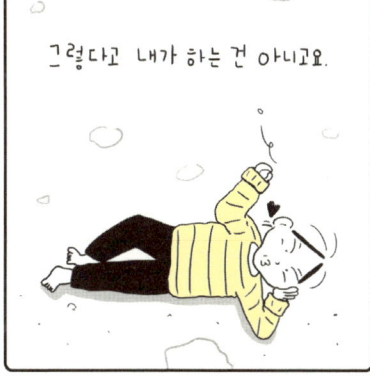

↖ 평소 꾸지 않는
영묘하고 신화 같은
꿈을 꾼다.

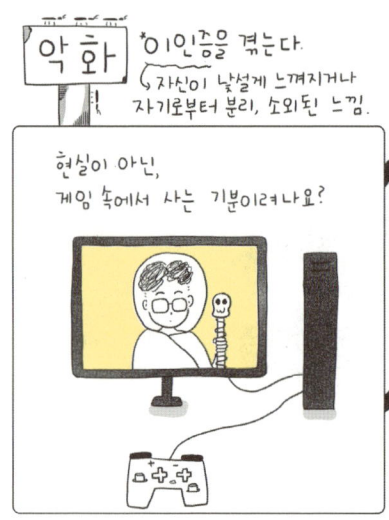

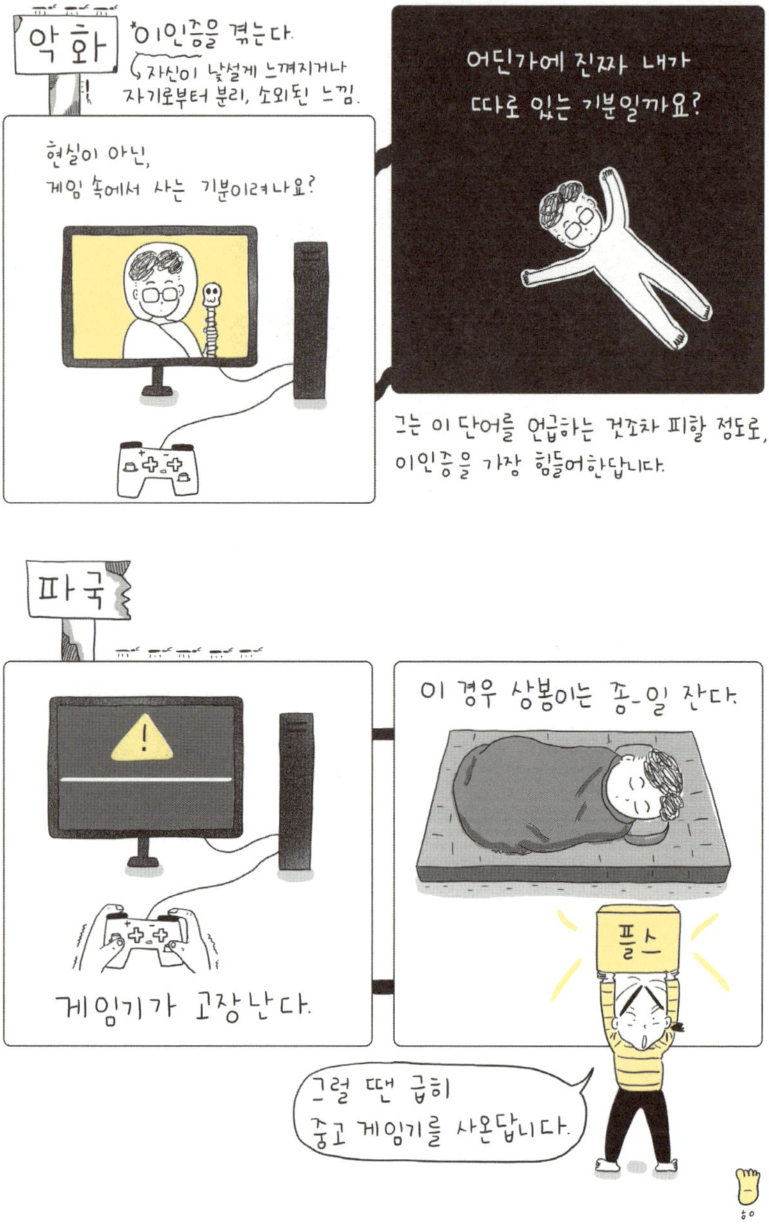

악화

*이인증을 겪는다.
자신이 낯설게 느껴지거나
자기로부터 분리, 소외된 느낌.

현실이 아닌,
게임 속에서 사는 기분이래나요?

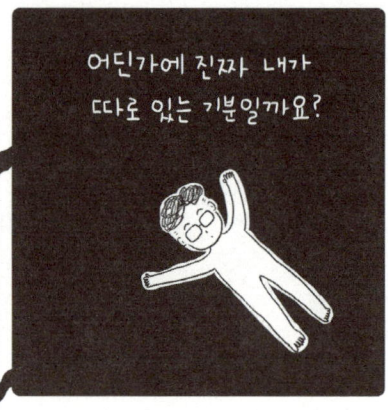

어딘가에 진짜 내가
따로 있는 기분일까요?

그는 이 단어를 언급하는 것조차 피할 정도로,
이인증을 가장 힘들어한답니다.

파국

이 경우 상봉이는 종-일 잔다.

게임기가 고장난다.

플스

그럴 땐 급히
중고 게임기를 사온답니다.

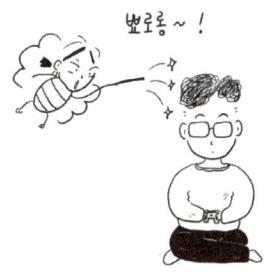

뾰로롱~!

치료의 시작

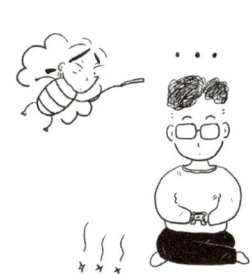

. . .

상봉이가 좋아하는
마카롱을 잔뜩 사서
돌아왔더니

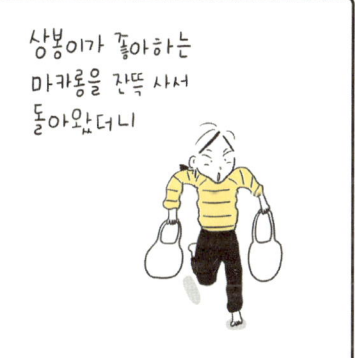

깜짝 선물로 캔들 + 워머를 켜두고
날 맞이해 주었다.

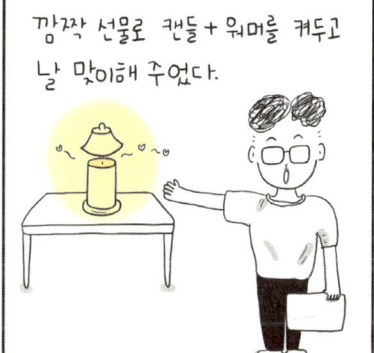

그것은 상봉이가
우울증이 나은 기념으로
날 위해 준비한 것이었다.

그동안 아픈 나를
잘 돌봐줘서 고마워.

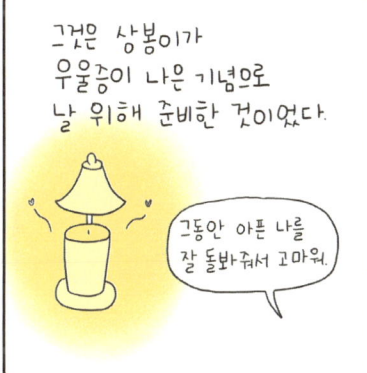

이거는 손수 프린트까지
한 선물 보고서.

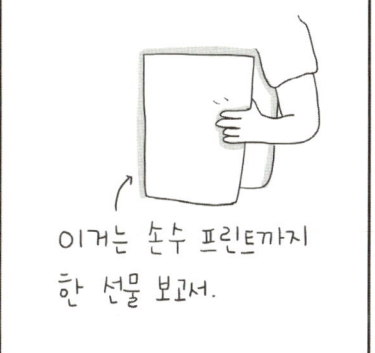

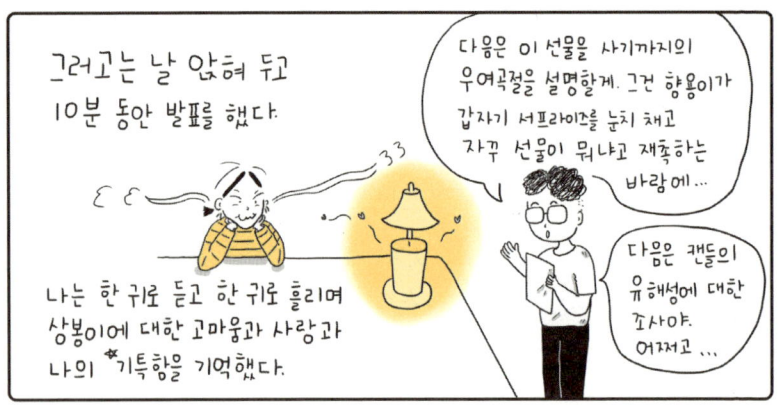

그러고는 날 앉혀 두고
10분 동안 발표를 했다.

다음은 이 선물을 사기까지의
우여곡절을 설명할게. 그건 향용이가
갑자기 서프라이즈를 눈치 채고
자꾸 선물이 뭐냐고 재촉하는
바람에...

다음은 캔들의
유해성에 대한
조사야.
어쩌고...

나는 한 귀로 듣고 한 귀로 흘리며
상봉이에 대한 고마움과 사랑과
나의 *기특함을 기억했다.

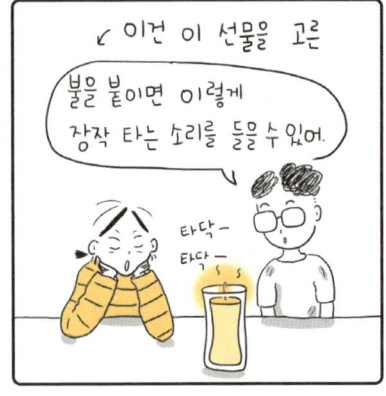

↙이건 이 선물을 고른

불을 붙이면 이렇게
장작 타는 소리를 들을 수 있어.

타닥—
타닥—

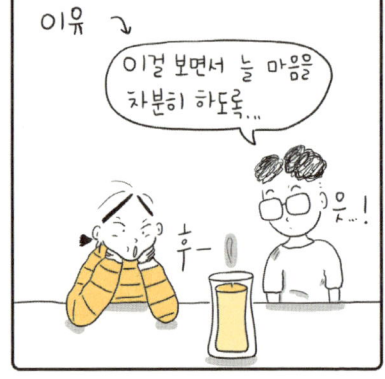

이유 ↘

이걸 보면서 늘 마음을
차분히 하도록...

후—

응!

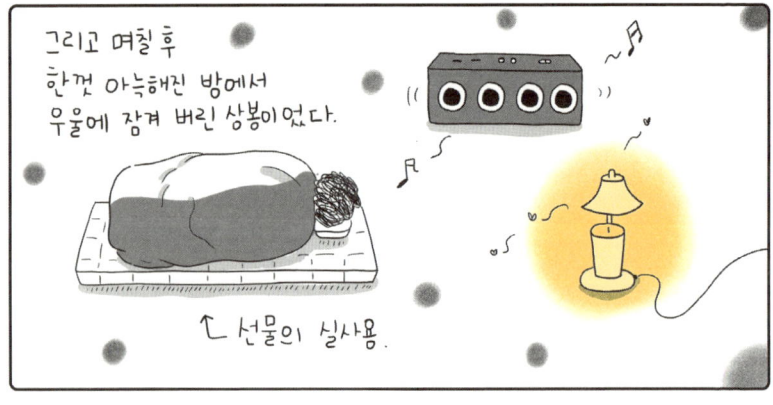

그리고 며칠 후
한껏 아늑해진 방에서
우울에 잠겨 버린 상봉이었다.

~♪

♬

↖ 선물의 실사용.

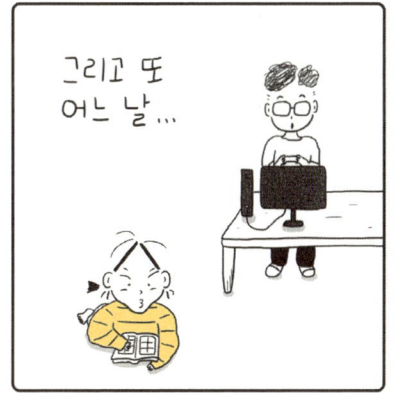

그리고 또
어느 날...

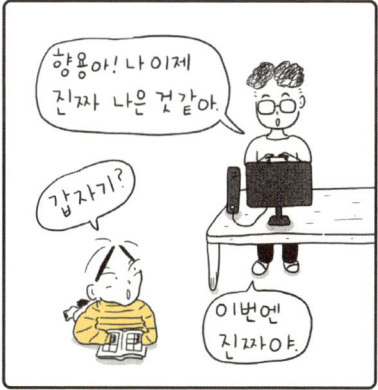

향용아! 나 이제
진짜 나은 것 같아.

갑자기?

이번엔
진짜야.

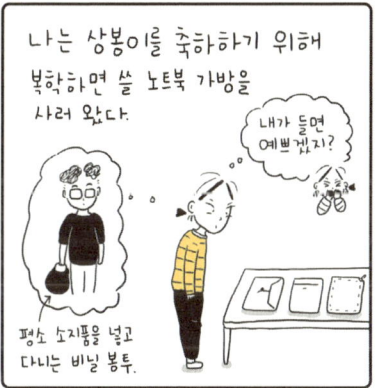

나는 상봉이를 축하하기 위해
복학하면 쓸 노트북 가방을
사러 왔다.

내가 들면
예쁘겠지?

평소 소지품을 넣고
다니는 비닐 봉투.

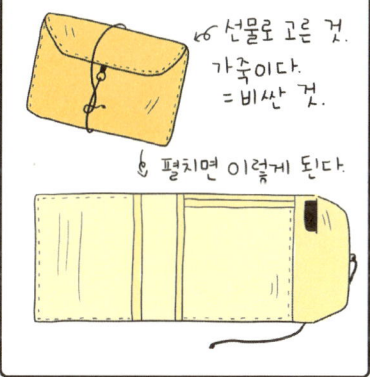

선물로 고른 것.
가죽이다.
=비싼 것.

펼치면 이렇게 된다.

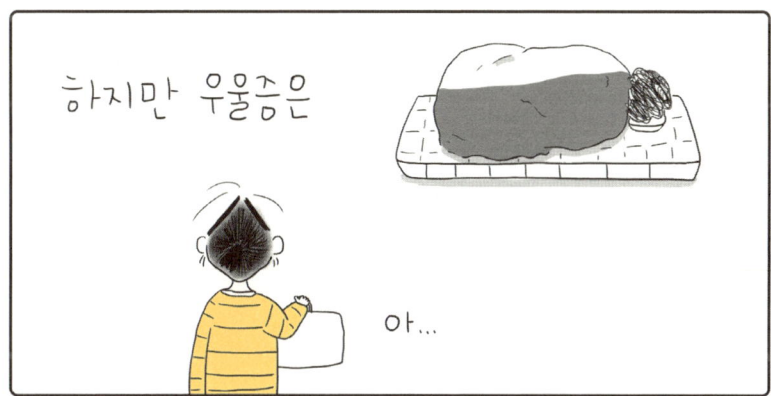

하지만 우울증은

아...

뿡! 하면

　　뿡! 하고

사라지는

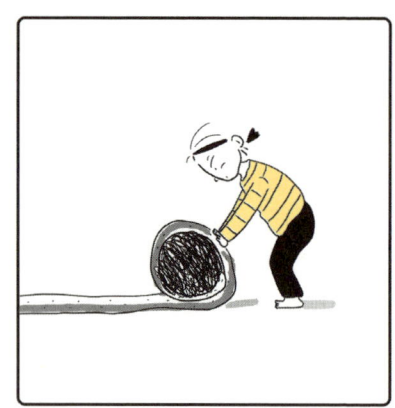

그런 것이

　　아니었다.

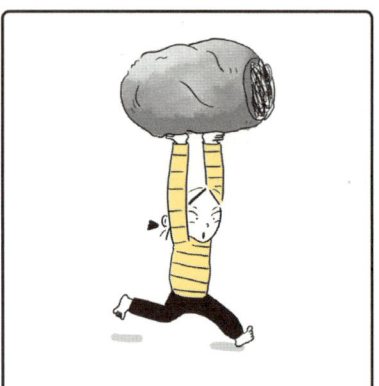

우리는 우울증을 너무 몰랐다.

삐뽀ー
　삐뽀ー

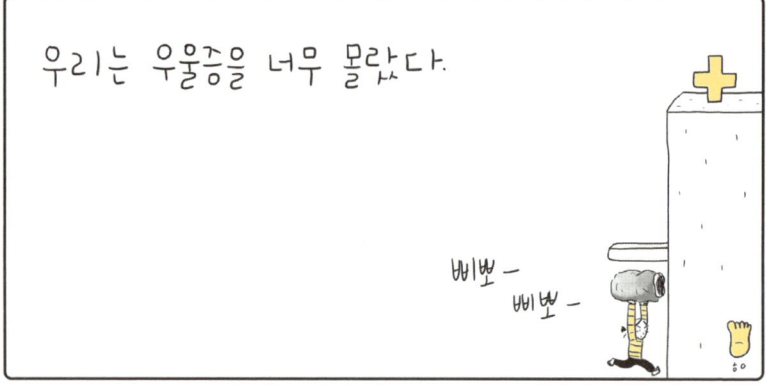

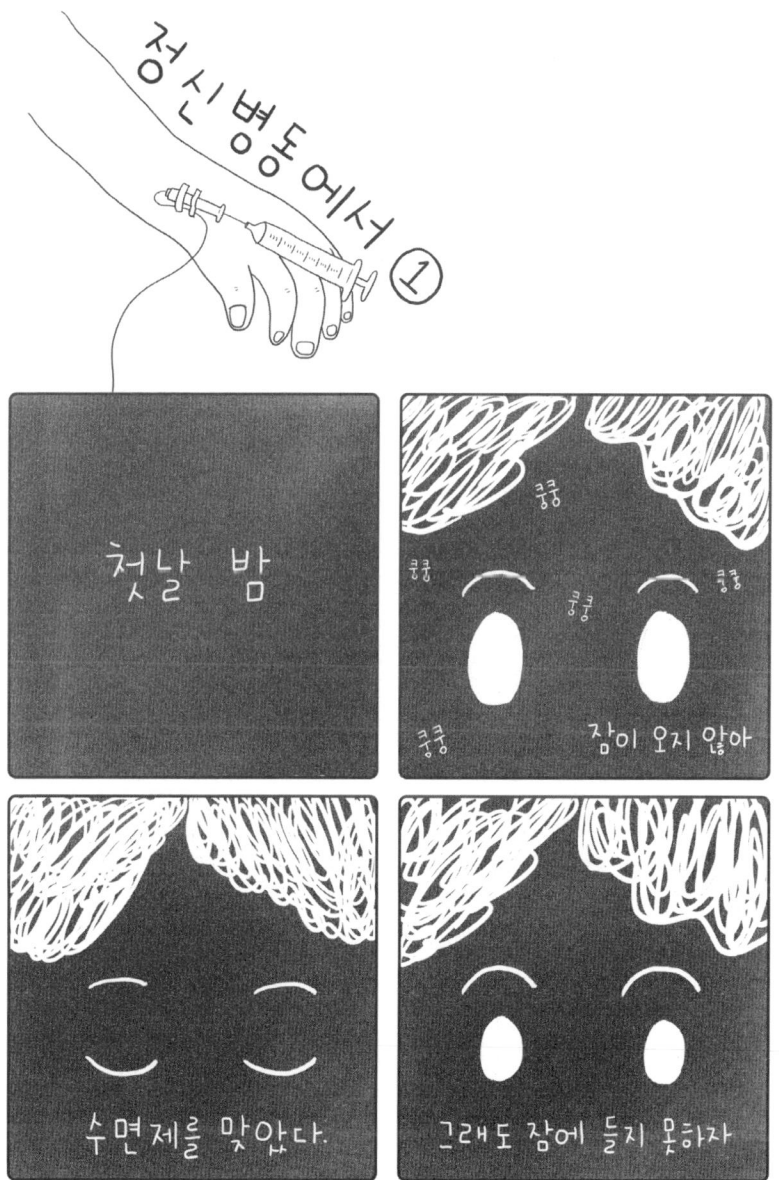

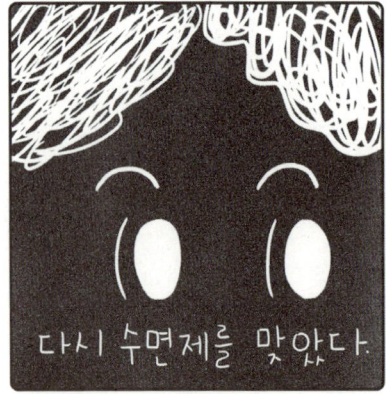

다시 수면제를 맞았다.

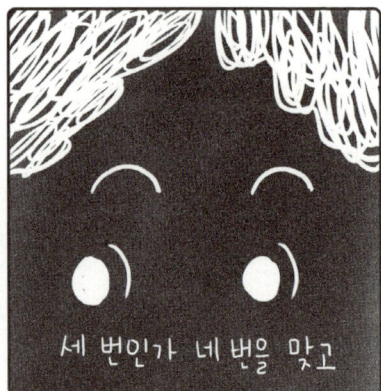

세 번인가 네 번을 맞고

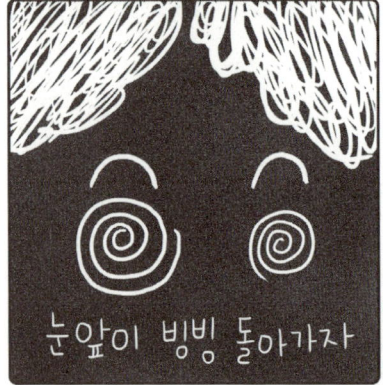

눈앞이 빙빙 돌아가자

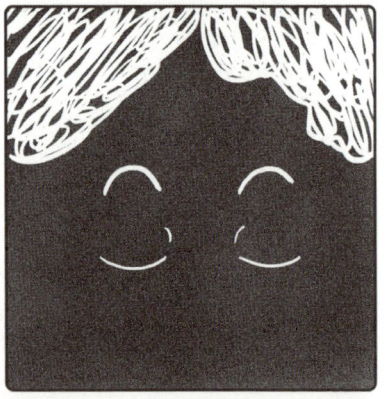

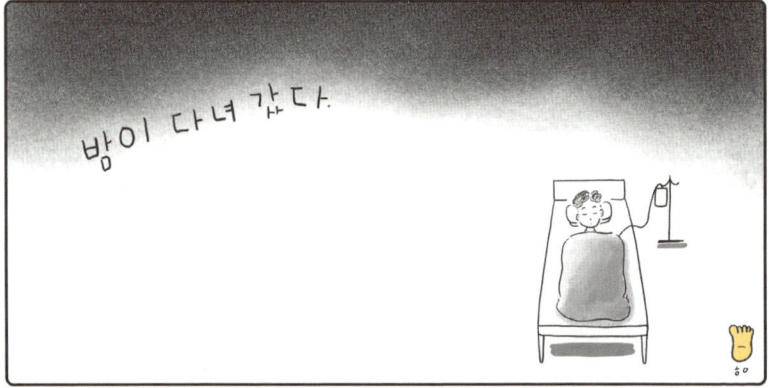

밤이 다녀갔다.

정신병동에서 ②

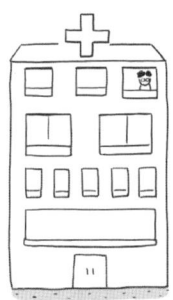

야! 내가 지금 어디에 있는지 아냐?

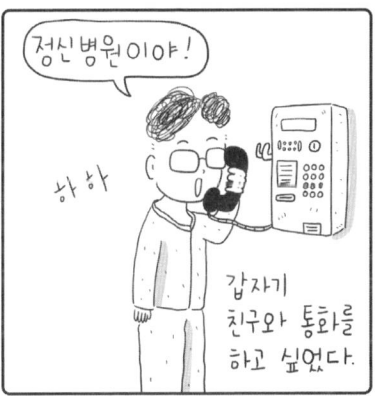

정신병원이야!

하하

갑자기 친구와 통화를 하고 싶었다.

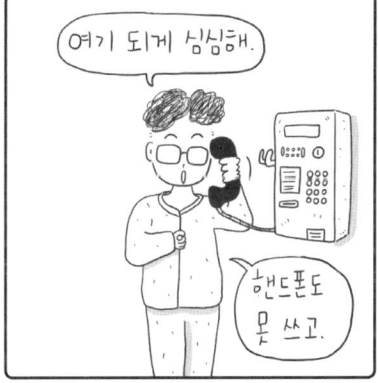

여기 되게 심심해.

핸드폰도 못 쓰고.

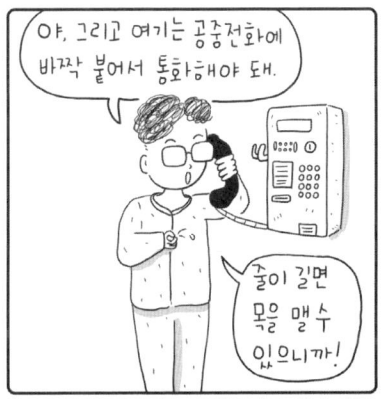

야, 그리고 여기는 공중전화에 바짝 붙어서 통화해야 돼.

줄이 길면 목을 맬 수 있으니까!

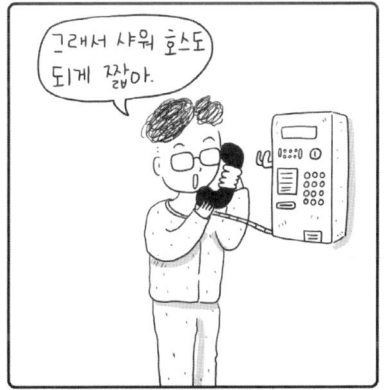

그래서 샤워 호스도 되게 짧아.

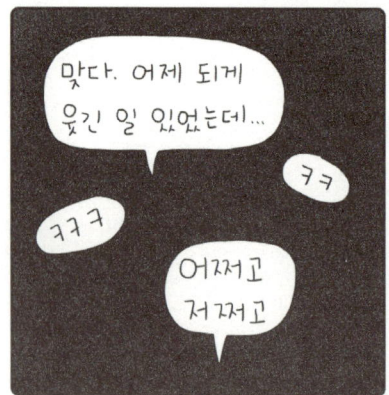

맞다. 어제 되게
웃긴 일 있었는데...

ㅋㅋ

ㅋㅋㅋ

어쩌고
저쩌고

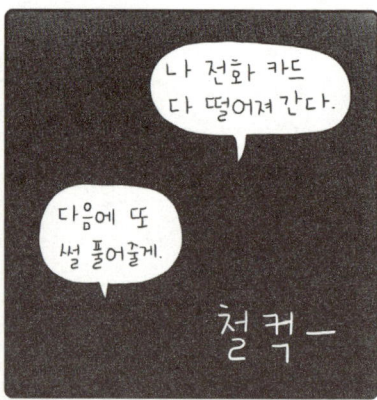

나 전화 카드
다 떨어져 간다.

다음에 또
썰 풀어줄게.

철컥—

3년 만에 친구에게 건 전화였다.

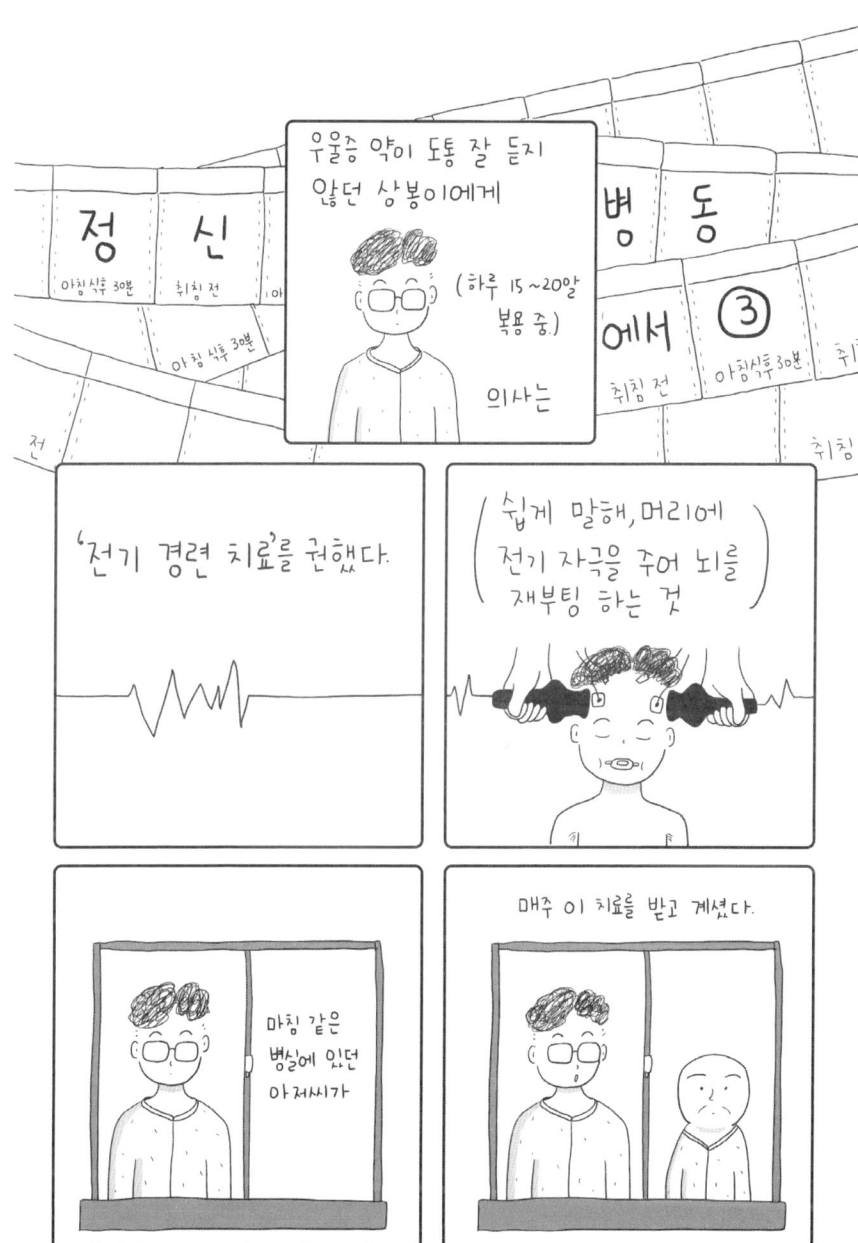

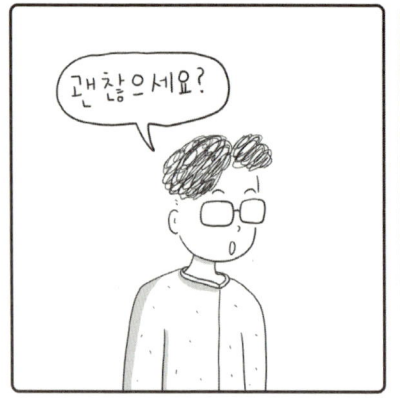

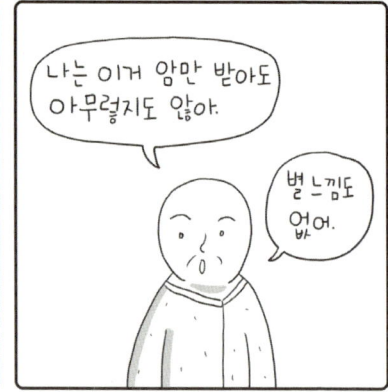

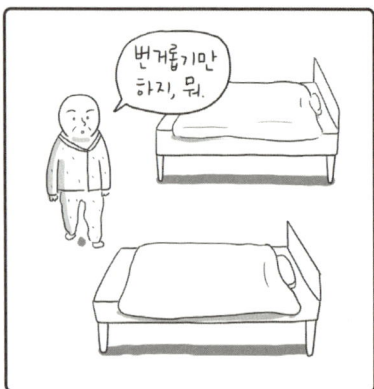

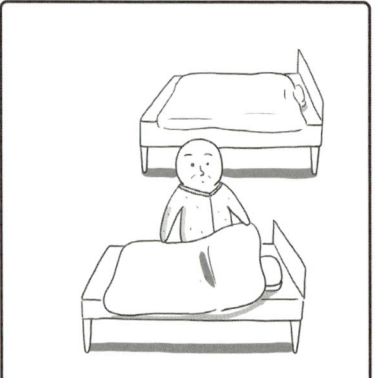

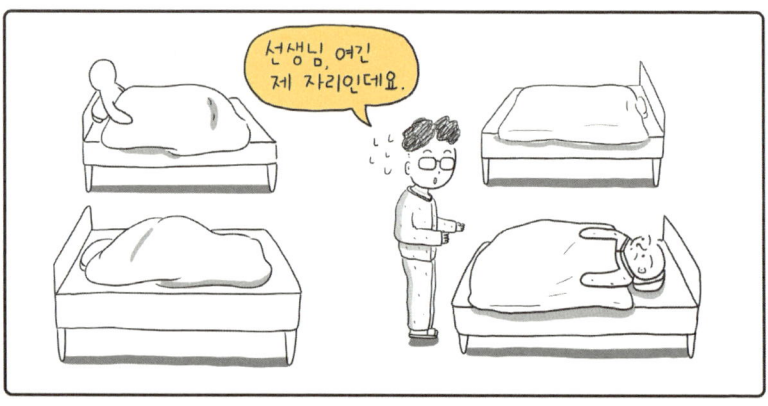

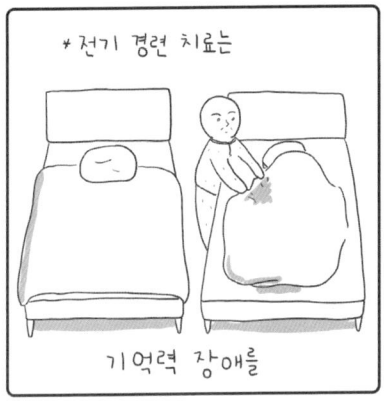

* 전기 경련 치료는

기억력 장애를

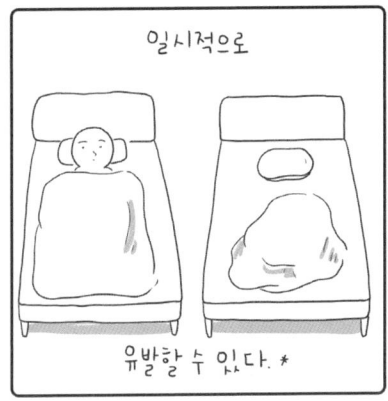

일시적으로

유발할 수 있다. *

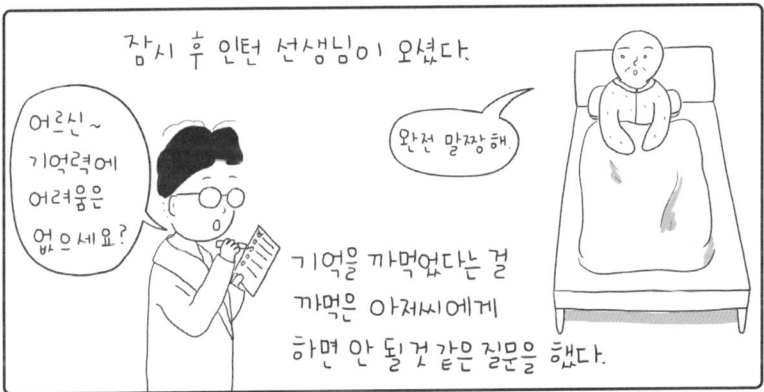

잠시 후 인턴 선생님이 오셨다.

어르신~
기억력에
어려움은
없으세요?

완전 말짱해

기억을 까먹었다는 걸
까먹은 아저씨에게
하면 안 될 것 같은 질문을 했다.

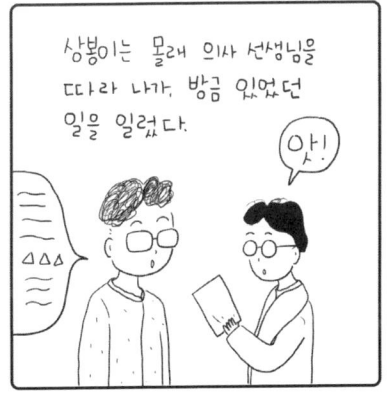

상봉이는 몰래 의사 선생님을
따라 나가, 방금 있었던
일을 일렀다.

△△△

앗!

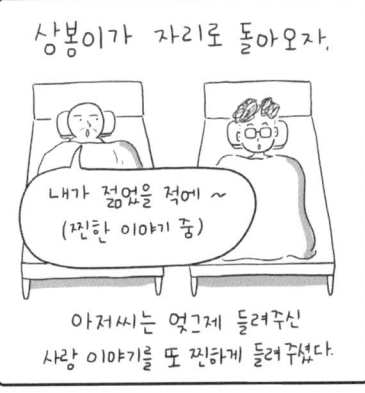

상봉이가 자리로 돌아오자,

내가 젊었을 적에~
(찐한 이야기 중)

아저씨는 엊그제 들려주신
사랑 이야기를 또 찐하게 들려주셨다.

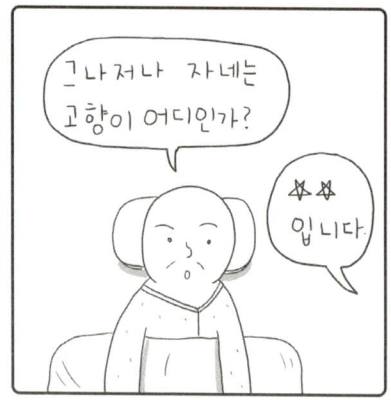

그나저나 자네는 고향이 어디인가?

✕✕입니다.

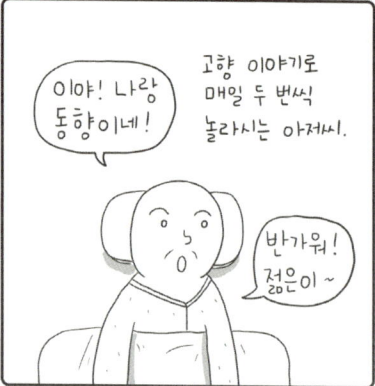

이야! 나랑 동향이네!

고향 이야기로 매일 두 번씩 놀라시는 아저씨.

반가워! 젊은이~

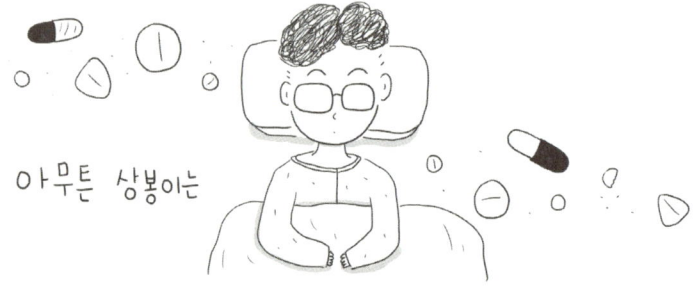

아무튼 상봉이는

약물 치료를 더 받아보기로 했다.

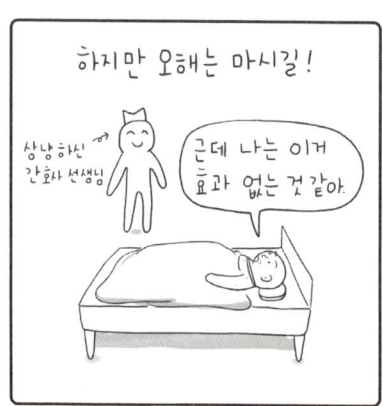

하지만 오해는 마시길!

상냥하신 간호사 선생님

근데 나는 이거 효과 없는 것 같아.

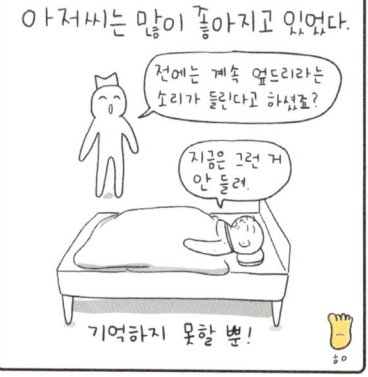

아저씨는 많이 좋아지고 있었다.

전에는 계속 엎드리라는 소리가 들린다고 하셨죠?

지금은 그런 거 안 들려.

기억하지 못할 뿐!

내가 할 수 있는 일

o

o

o

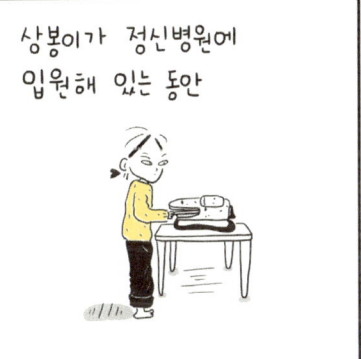

상봉이가 정신병원에
입원해 있는 동안

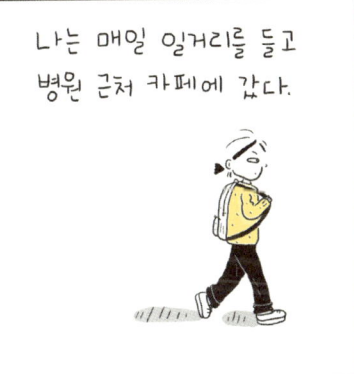

나는 매일 일거리를 들고
병원 근처 카페에 갔다.

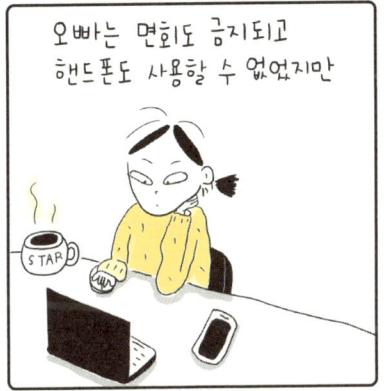

오빠는 면회도 금지되고
핸드폰도 사용할 수 없었지만

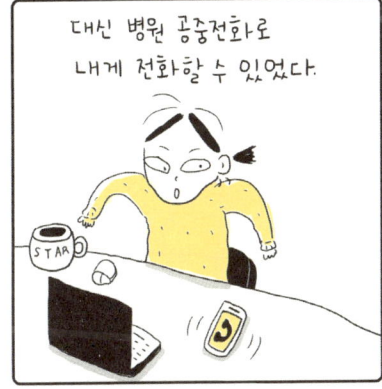

대신 병원 공중전화로
내게 전화할 수 있었다.

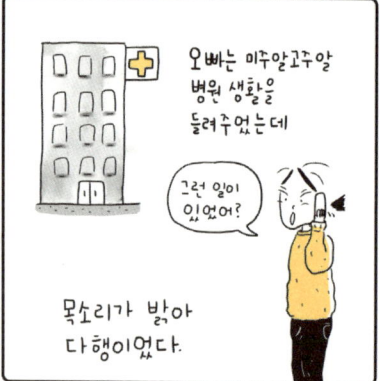

오빠는 미주알고주알 병원 생활을 들려주었는데

그런 일이 있었어?

목소리가 밝아 다행이었다.

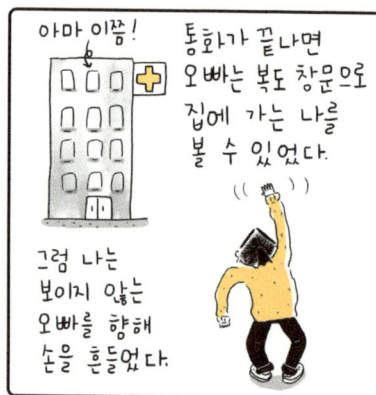

아마 이쯤!

통화가 끝나면 오빠는 복도 창문으로 집에 가는 나를 볼 수 있었다.

그럼 나는 보이지 않는 오빠를 향해 손을 흔들었다.

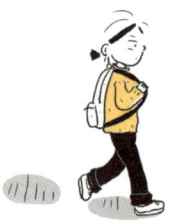

그렇게 매일
얼굴이라도 보여주면

오빠가 조금 덜 죽고 싶어지지 않을까...
그러니 안 갈 수가 없는 것이었다.

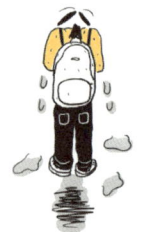

아무 하루 모음 ①

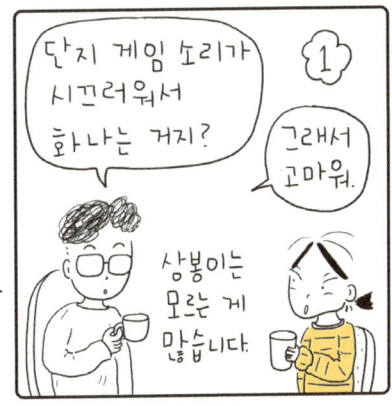

향용이는 내가 우울증 때문에 매일 집에서 게임만 해서 화나는 게 아니라

① 단지 게임 소리가 시끄러워서 화나는 거지?

그래서 고마워.

상봉이는 모르는 게 많습니다.

② 가끔 그의 친구들로부터 이런 문자를 받습니다.

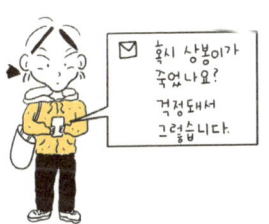

혹시 상봉이가 죽었나요? 걱정돼서 그럽니다.

마음의 여유가 없을 땐 무시하는 편입니다.

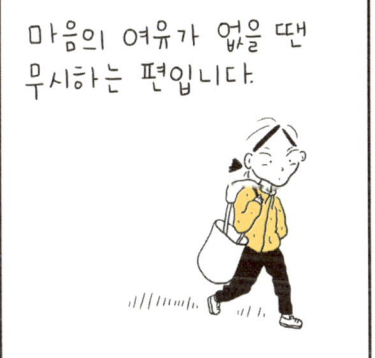

③

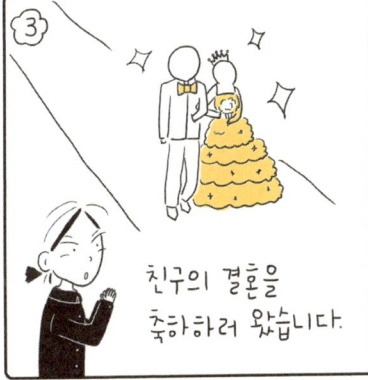

친구의 결혼을 축하하러 왔습니다.

평소 결혼의 로망도 없었으면서 병원에 있는 상봉이를 떠올리니 슬펐습니다.

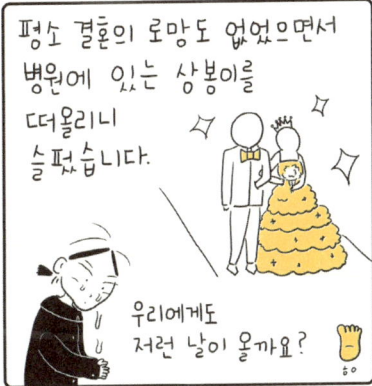

우리에게도 저런 날이 올까요?

111

5장

물들임

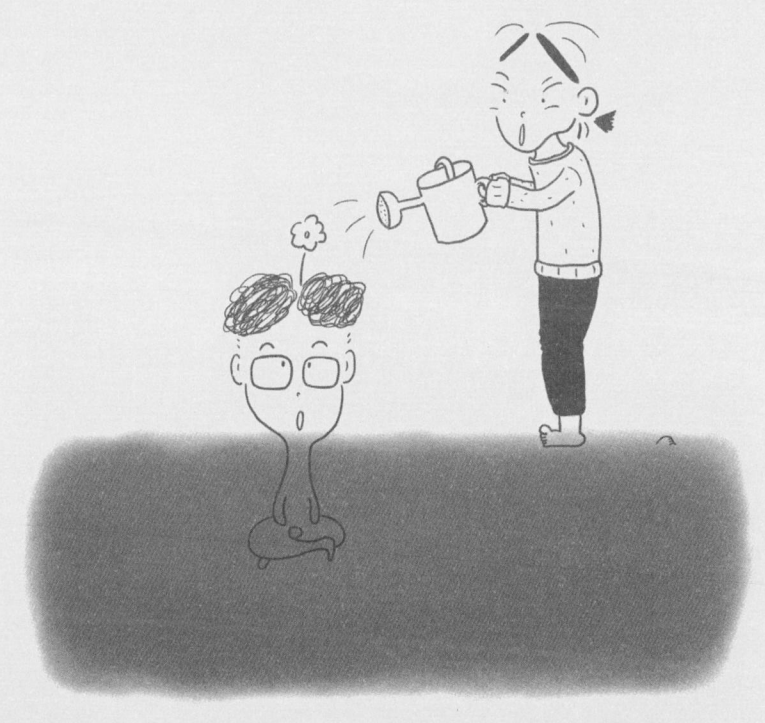

모두가 사는 동안 수없는 질문을 마주치고 스쳐 가고 외면하고 붙들고 산다. 삶의 의미는 무엇인지와 같이 근원적인 물음도 있고, 강아지파인지 고양이파인지와 같은 귀여운 궁금증도 있다. 다른 이들에겐 평생 일면식도 비추지 않는 질문에 운명처럼 매달려 사는 사람도 있고, 그 운명 같은 질문을 보고도 대수롭지 않게 흘려보내는 사람도 있다. 그러니 매일 만나는 새롭고 고리타분하고, 낯설고 낯익은 질문들 중 자신이 쥐고 온 질문이 무엇인지 나열해 보면 어떤 삶을 지나왔는지 엿볼 수 있을 것이다.

나는 늘 무거운 내 마음이 궁금했다. 내 마음이 어떻게 생겼는지를 고민하다 일기를 썼고 만화를 그렸다. 나는 무엇을 좋아하고 무엇을 싫어하는지, 그날은 왜 슬펐고 왜 기뻤는지. 내가 견딜 수 없는 것, 반면에 포기할 수 있는 것은 무엇인지를 살폈다. 내 마음에서 나아가 엄마 아빠를 생각해 보고 가족이나 친구들을 떠올린 날은 있었지만 그보다 더 나아간 궁금증을 가진 적은 잘 없었다.

고등학생 때 이 세계가 어떻게 생겨났고 굴러가는지

궁금했다던 상봉이는 대학에 입학한 후로는 철학을 공부했다. '존재하지 않는다는 것은 어떻게 증명할 수 있는지', '흰토끼가 모든 까마귀는 검다는 것의 증거가 될 수 있는지', '쌍둥이 지구가 있다고 가정하면 무슨 일이 생기는지'. 나는 한 번도 고민해 본 적 없는 물음이 남자친구의 세계를 꽉꽉 채우고 있었다. 그가 특히 신나 했던 주제는 언어의 의미였는데 틈만 나면 '샛별이 개밥바라기별인지'에 대해 들려주던 기억이 난다. 그때는 밥 먹을 때, 도서관에서 집에 갈 때, 자려고 누웠을 때도 이 얘기를 해줘서 철학을 공부한 적 없는 나 역시 서당개가 된 것처럼 같이 잘도 떠들 수 있었다.

나는 내가 품은 조촐하고 아기자기한 물음도 좋아했지만, 그동안 내가 접해보지 못한 질문을 끈질기게 물고 늘어지는 상봉이도 좋았다. 그래서 때로는 우주까지 넘나들던 그의 세계가 8평짜리 원룸만큼 작아졌을 때는, 사람들이 꽃 피우지 못한 청춘을 이야기하는 것처럼 안타까웠다. 결국 샛별은 개밥바라기별이 맞다는 건지 아니라는 건지, 애초에 무엇을 묻고자 했던 말이었는지… 나에게는 당

최 기억나질 않는 까마득한 이야깃거리가 되었고, 상봉이에게는 때를 놓친 물음이 많아졌다.

핸드폰도, 노트북도, 게임도 할 수 없는 병동에서 너무너무 심심했던 상봉이는 일기를 썼다고 한다. 그건 마침 연필이 손에 잡혀서, 마침 눈앞에 종이가 있어서 끄적인 낙서는 아닐 것이다. 연필이나 펜같이 뾰족한 물품은 자해의 위험이 있기 때문에 병동에서 그것을 소지하는 것은 금지되었고, 일기를 쓰기 위해서는 매번 간호사에게 연필을 빌리고 반납해야 했기 때문이다. 그러니 크든 작든 어떤 마음을 먹고 쓴 일기들인 것이다. 퇴원 후 그 일기장을 책꽂이에 꽂으며 남자친구는 꺼내 보지 말아 달라고 당부했다. 그래서 나는 아직까지도 그 안에 어떤 이야기가 있는지 알지 못한다. 아마 거기에는 그가 살면서 고민해 본 가장 작은 세계에 대한 물음이 적혀 있지 않을까.

병원에서 나온 후로도 그는 일주일에 한 번씩 상담 선생님을 통해 낯선 질문들을 만나야 했다. 게임을 하는 동안 잊고 싶은 기분은 무엇인지, 사람들에게 들키고 싶지 않은 모습은 어떤 건지, 그리고 왜 이 질문들에 답하고 싶지 않은지. 나에게는 익숙하고 능숙한 질문들이 남자친구에게는 얼떨떨하고 난처한 질문이 되었다. 답하는 것이 어려웠던 날은 상담을 빠지기도 하고, 다음에 풀 숙제로 미루는 날도 있었다. 그래도 때가 되면 꾸역꾸역 대답을 찾기 위해 애쓰는 것 같았다.

어느 날은 내게 사람들에게 오해받기 싫은 마음을 털어놓았다. 사람들과 자연스럽게 이야기하는 법을 모르겠다고도 했고, 그냥 무시하고 싶은데 잘되지 않아 힘든 마음도 있다고 했다. 나와 달라서 좋아했딘 싱봉이 이제는 나와 같은 지점에서 지치고 속을 끓이고 있었다. 그 모습을 보고 있자니 친구로서 위로를 건네주고 싶다는 마음이 일었다. 10여 년을 함께한 나의 연인이었고, 나의 보호자 같았고, 또 아픈 전우 같았던 그에게 갖는 생경한 애정이었다. 감정에서만큼은 교집합이 잘 없던 남자친구와 나 사이를 그동안 이어주던 것이 '그럴 수도 있겠구나'라는 이해였다면, 이때는 '그 기분 알아. 힘내'라는 공감에서 비롯한 마음이었던 것 같다.

평생을 함께하고 싶은 반려자를 만난 친구는, 웃을 수 있는 지점과 화를 내는 지점이 얼마나 비슷한지가 관계의 많은 걸 보여준다고 했다. 나는 처음부터 상봉이와 그 결이 얼마나 닿아 있었는지 모르겠다. 하지만 나 혼자서 인상 깊게 보았던 영화를 상봉이를 앉혀 놓고 굳이 다시 보는 이유도, 상봉이가 내 손에 게임기를 쥐여주고 옆에서 구경하는 이유도 결국은 상대를 물들이고 싶은 마음과 상대에게 물들고 싶은 마음 때문일 것이다. 분명한 건, 내가 새로이 좋아하게 된 것과 싫어하게 된 것, 지금 나를 웃게 하고 울게 하고 화나게 하는 것들에 그와 함께 지내온 시간이 스며 있다는 것이다. 그리고 상봉이가 아픈 후로 우리는 더 많은 지점에서 함께 울고 웃고 화내고 있다. 그렇게 마음의 궤적을 같이 그리다 보면, 각자 뿌리를 두고 자란 넝쿨과 넝쿨이 서로 얽히고설켜 나무를 타고, 담장을 넘고, 담벼락을 두르며 하나의 울타리를 이루는 기분이 든다.

우리는 아이의 손 대신 강아지의 산책 줄을 잡고 거니는 미래를 꿈꾼다. 그래서 아이를 낳지 않는 삶이 어느 날의 나를, 상봉이를 외롭게 할지를 자주 생각해 보곤 한다. 상봉이는 자신의 DNA가 세상에서 영원히 사라지는 일이 외로울 것 같다는, 다소 생물학적인 두려움을 이야기했지만 내가 떠올리는 외로움은 용기에 대한 것이었다. 누군가 떠난 세상을 홀로이 살아갈 자신이 있는가. 혼자 남겨지는 두려움에서 오는 것이었다. 이에 대한 답은 그 시간을 살아보지 않는 한 알 수 없는 것이라고 생각하면서도 상봉이와 산책하는 길에서, 가족을 꾸리며 사는 친구들을 보면서 나에게 과연 그럴 용기가 있는지 다시금 되묻곤 했다.

그리고 이제는 이에 대해 조금 다른 마음가짐을 갖는다. 서로에게 스며들고 물들수록, 우리가 외따로 지내는 날이 오더라도 혼자가 아닐 수도 있겠다는 생각이 드는 것이다. 서로 다른 질문을 고민하던 둘이 같은 물음에서 만난다는 건 세계가 비슷해진다는 신호다. 상봉이가 지금 맞이하고 있는 고민들도 자신의 몸 구석구석에 잘 기억해 주었으면 좋겠다.

○○ 싶어 ①

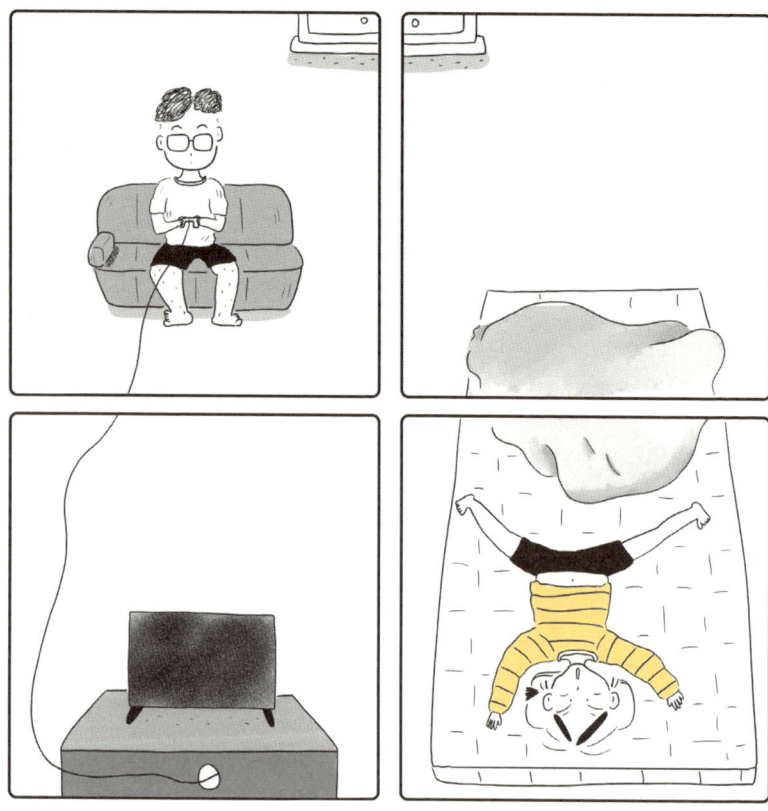

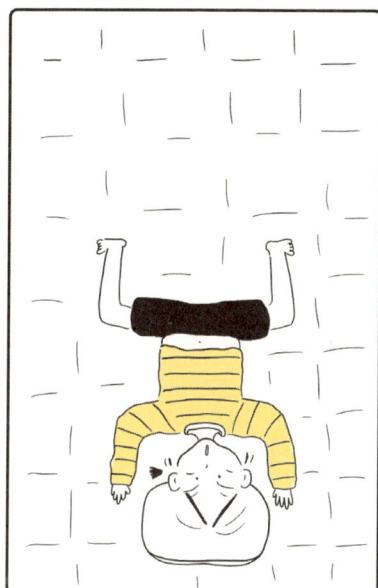
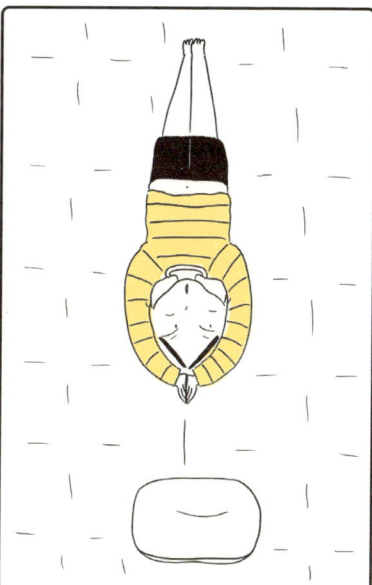
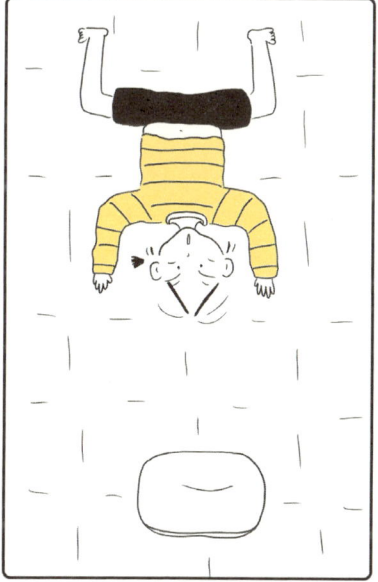
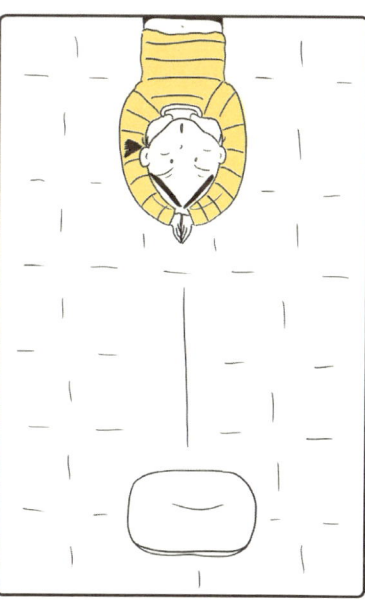

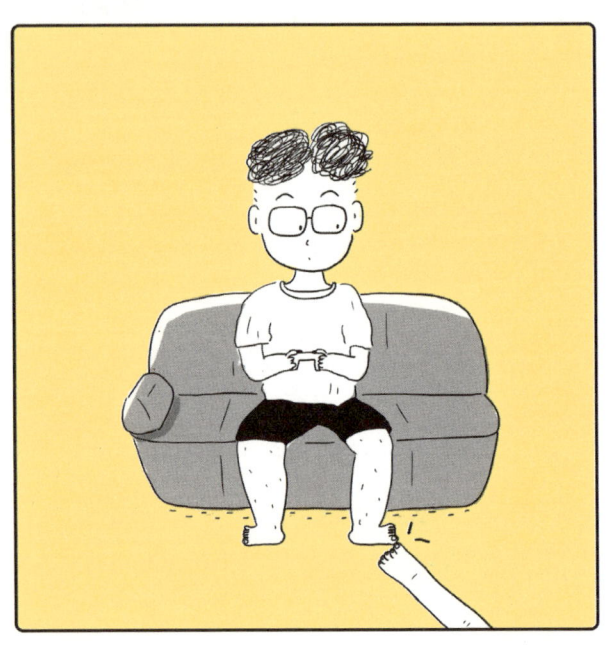

닿고 싶어.

○○ 싶어 ②

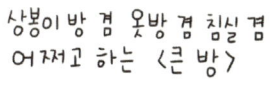

상봉이방 겸 옷방 겸 침실 겸 어쩌고 하는 〈큰 방〉

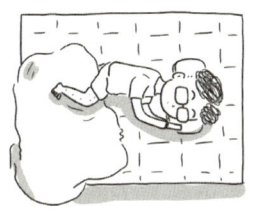

나의 〈작은 방〉

데스크톱.

그림 실력에 비해 대단한 장비.(부끄!)

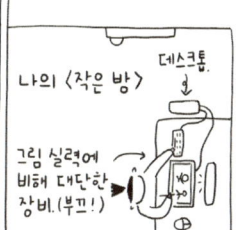

이것은 문서 작업용 노트북.

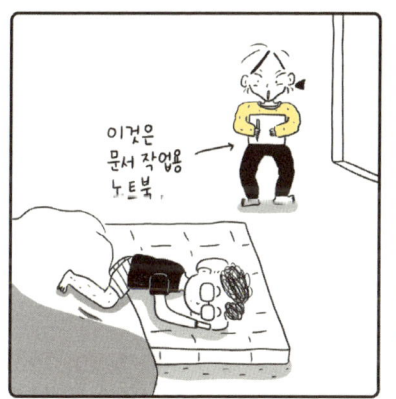

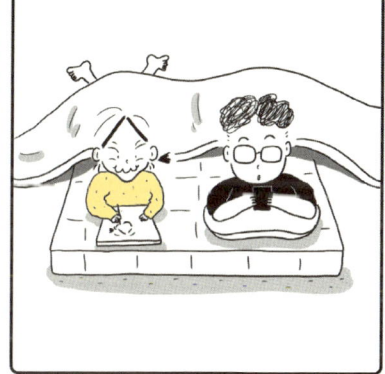

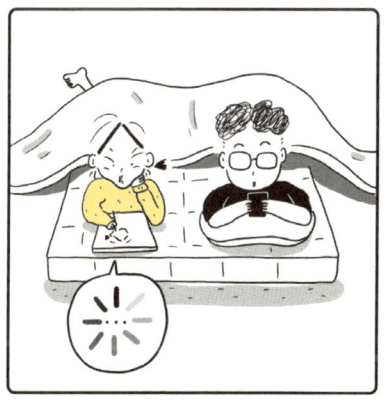

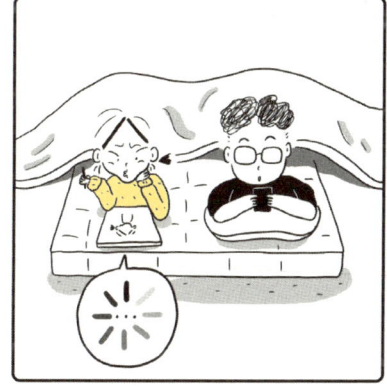

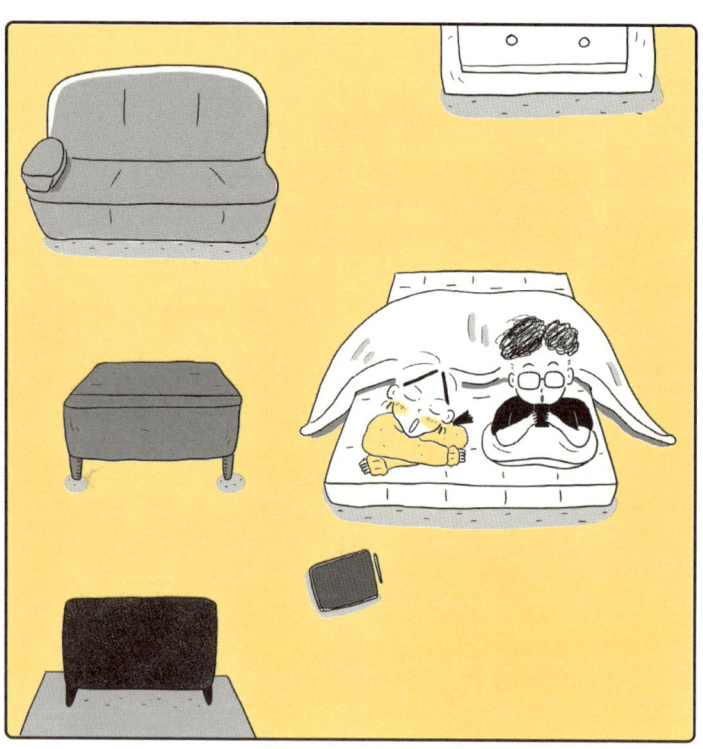

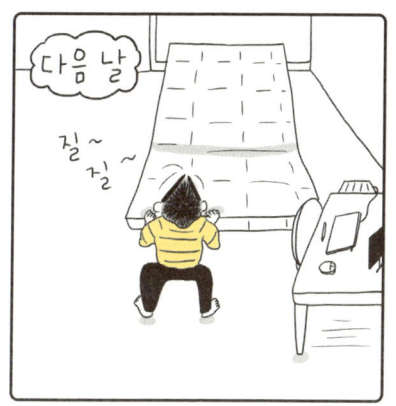

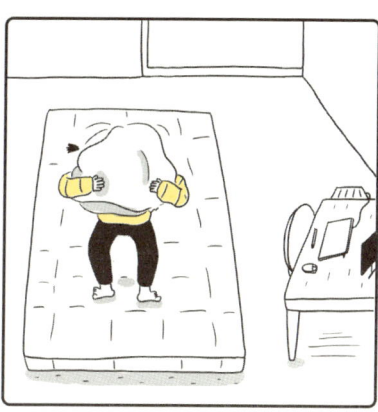

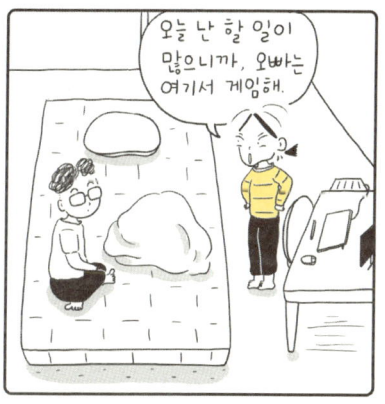

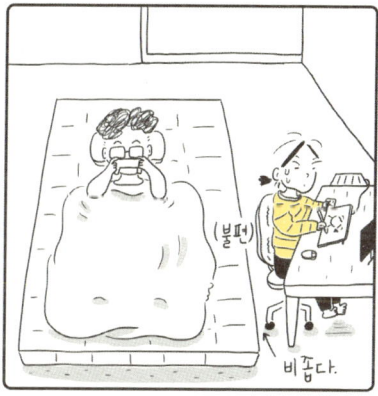

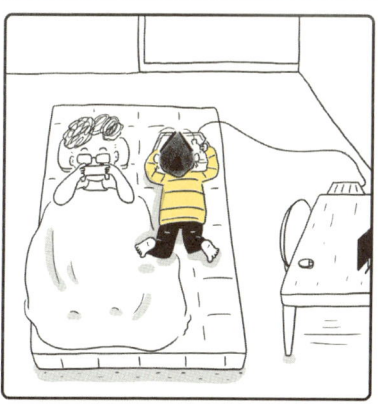

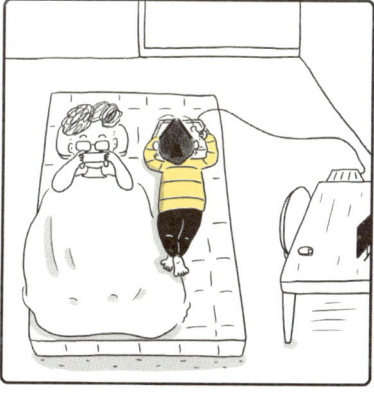

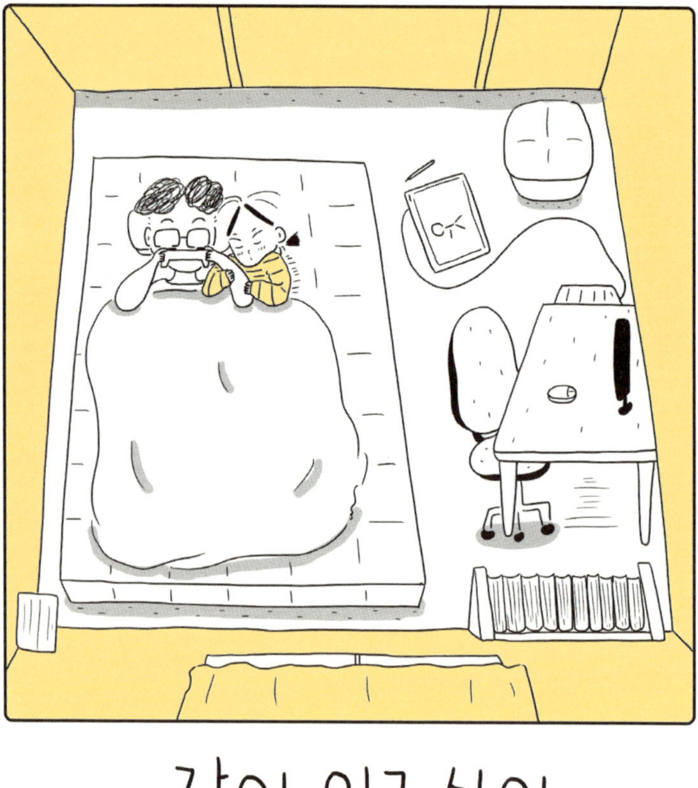

같이 있고 싶어.

향용이의 줏대

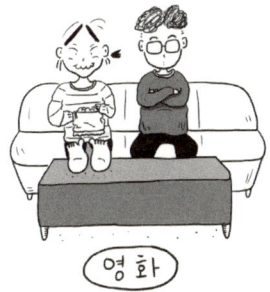

영화

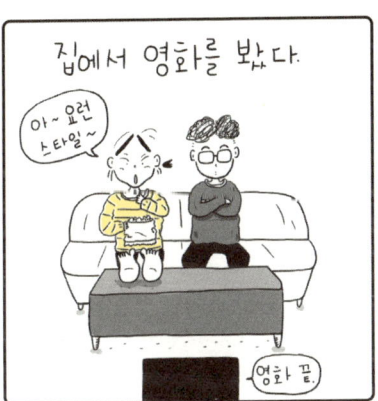

집에서 영화를 봤다.

아~ 요런 스타일~

영화 끝.

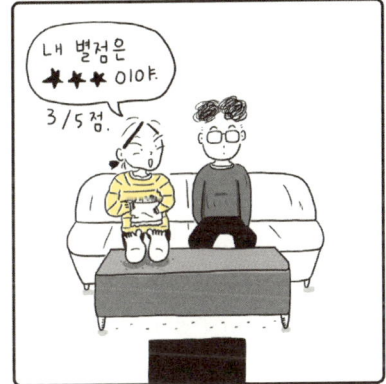

내 별점은 ✮✮✮ 이야.

3/5점.

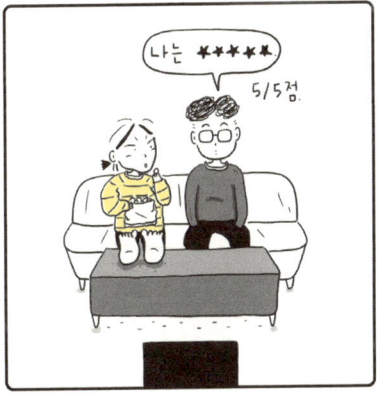

나는 ✮✮✮✮✮.

5/5점.

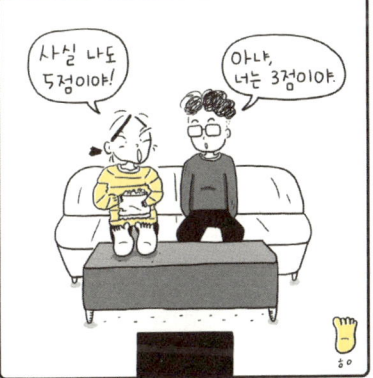

사실 나도 5점이야!

아냐, 너는 3점이야.

게임 구경

상봉이는 내가 게임하는 걸
좋아한다. (아마도?)

무작정 도망치지 말고,
피하면 되잖아.

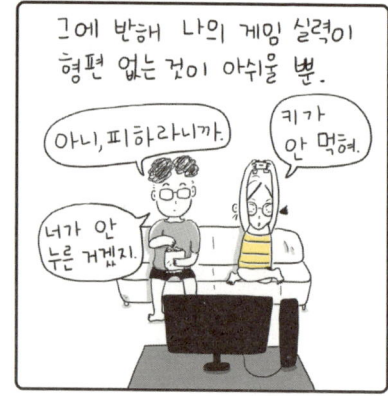

그에 반해 나의 게임 실력이
형편 없는 것이 아쉬울 뿐.

아니, 피하라니까.

키가
안 먹혀.

너가 안
누른 거겠지.

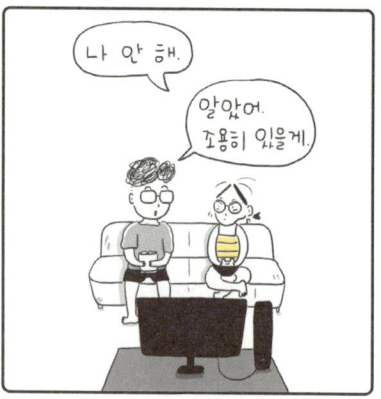

나 안 해.

알았어.
조용히 있을게.

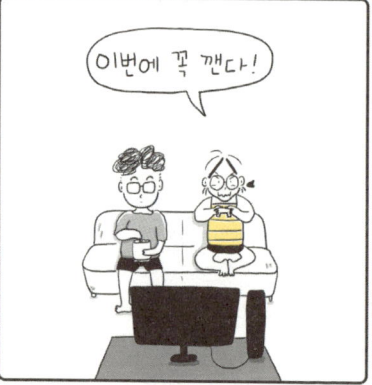

이번에 꼭 깬다!

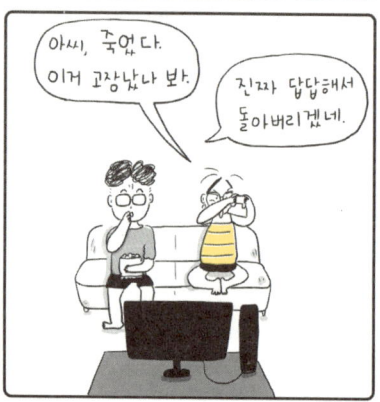

아씨, 죽었다.
이거 고장났나 봐.

진짜 답답해서
돌아버리겠네.

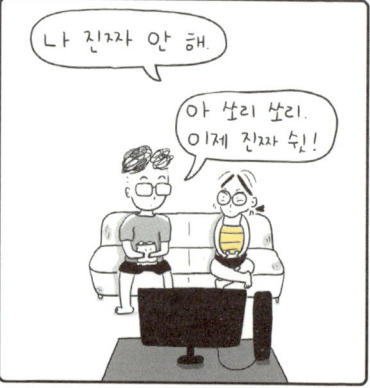

나 진짜 안 해.

아 시끄 시끄.
이제 진짜 쉿!

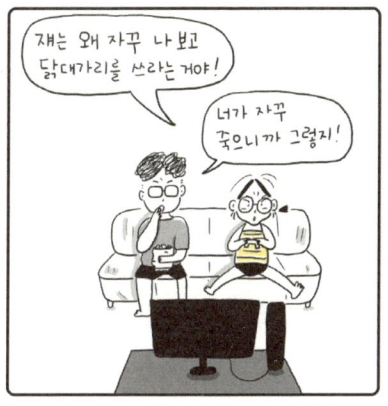

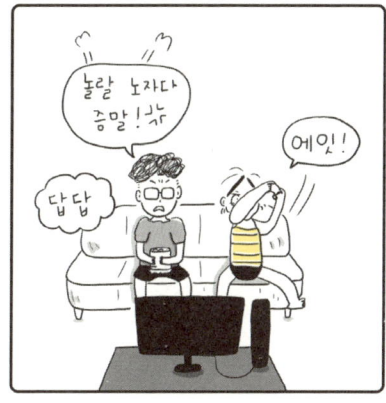

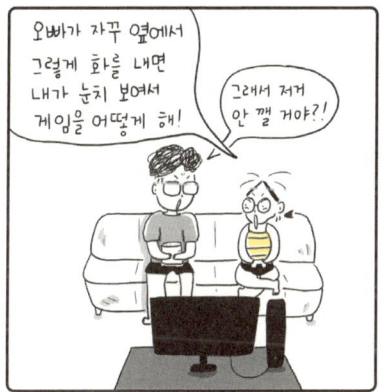

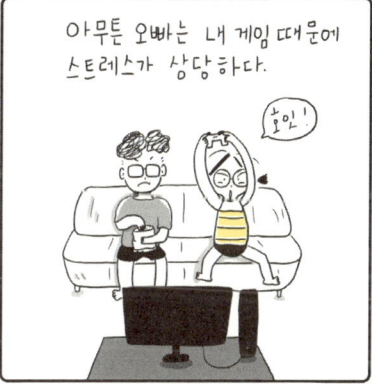

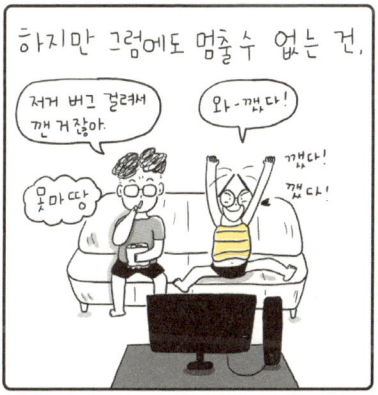

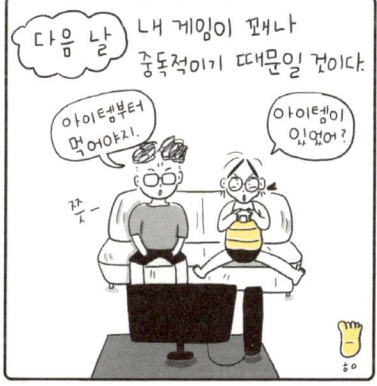

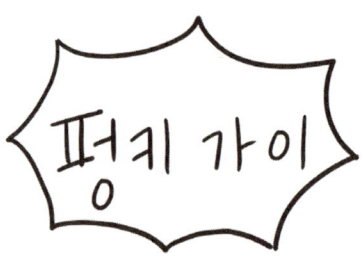

펑키 가이

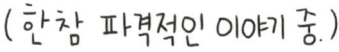

(한참 파격적인 이야기 중.)

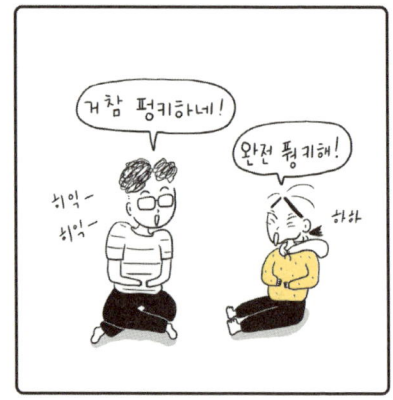

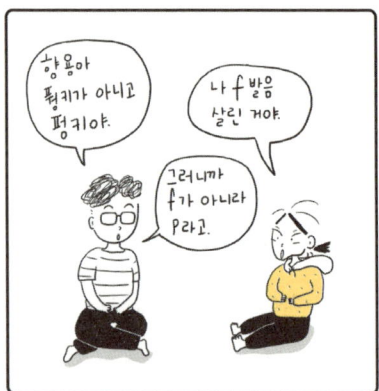

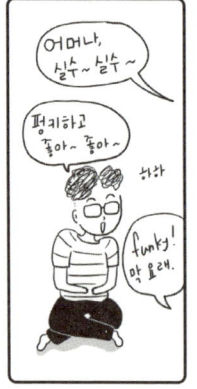

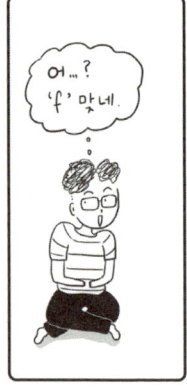

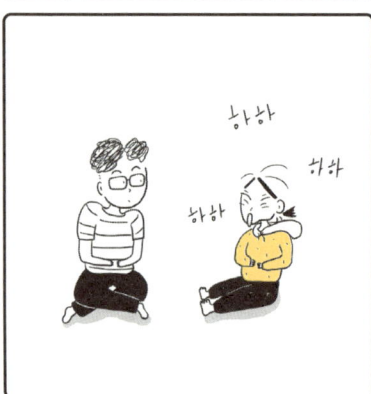

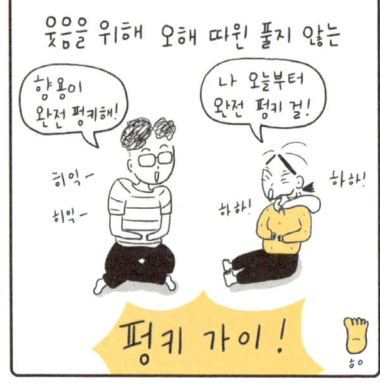

향용이의 인성

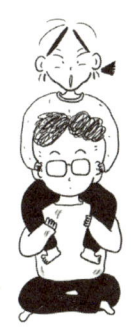

①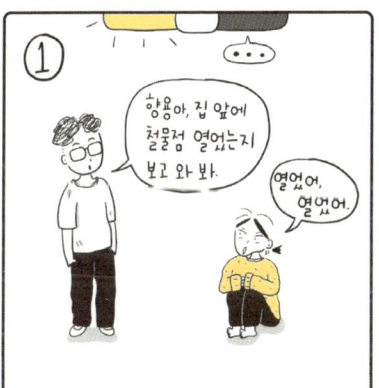

향용아, 집 앞에 철물점 열었는지 보고 와 봐.

열었어, 열었어.

그럼 가서 전등 좀 사 와.

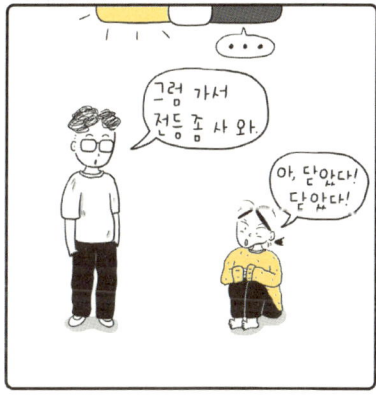

아, 닫았다! 닫았다!

② 오랜만에 어디선가 술을 먹고 숙취에 시달리고 있다.

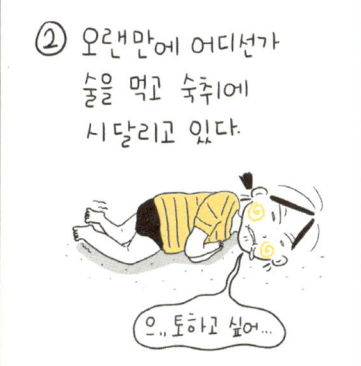

으..토하고 싶어...

상쾌한 토를 위해 변기 청소를 시킨다.

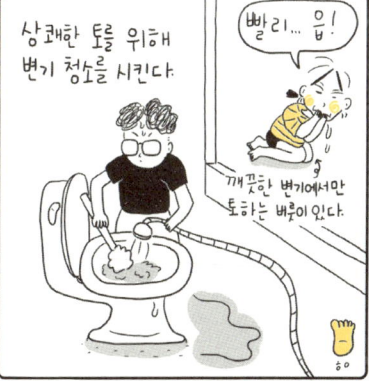

빨리... 읍!

깨끗한 변기에서만 토하는 버릇이 있다.

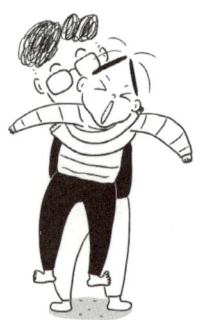

상봉이의
인성

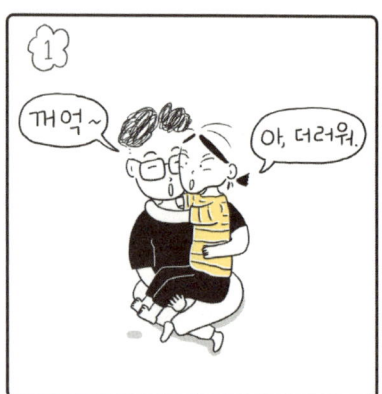

① 꺼억~

아, 더러워.

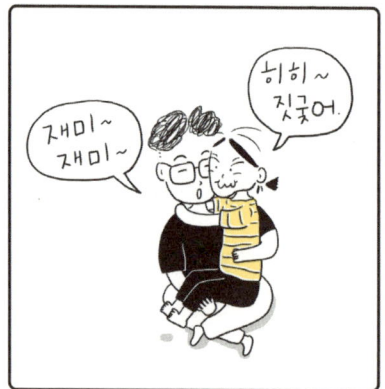

재미~ 재미~

히히~ 짓궂어.

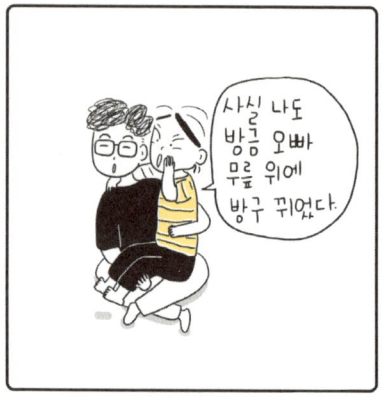

사실 나도 방금 오빠 무릎 위에 방구 뀌었다.

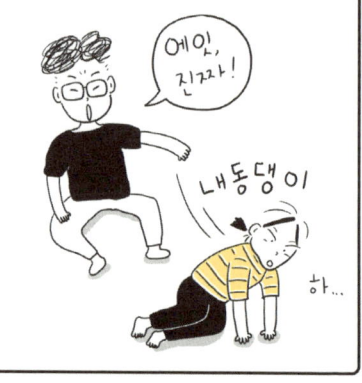

에이, 진짜!

내동댕이

하...

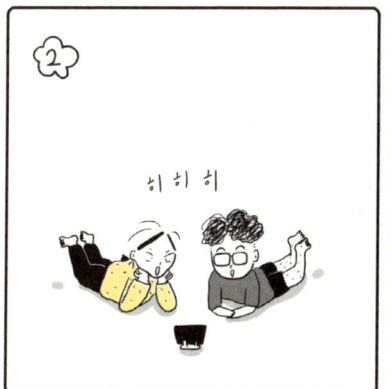

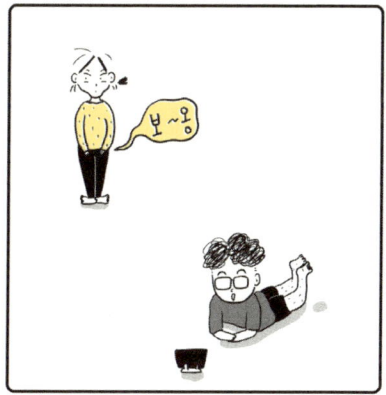

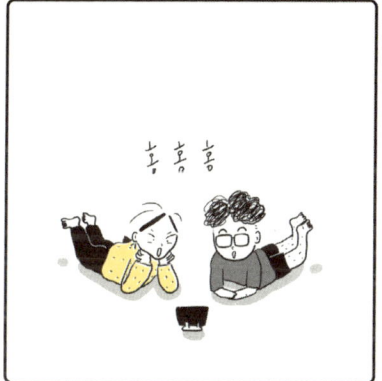

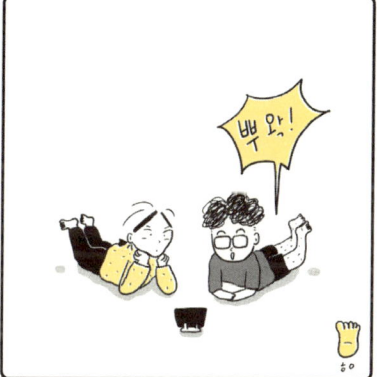

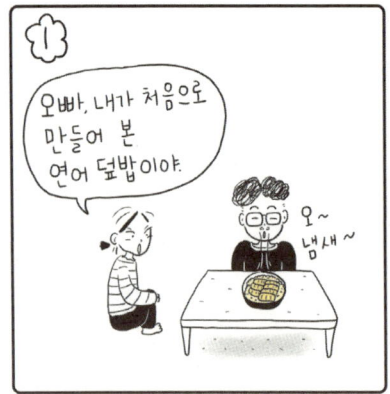

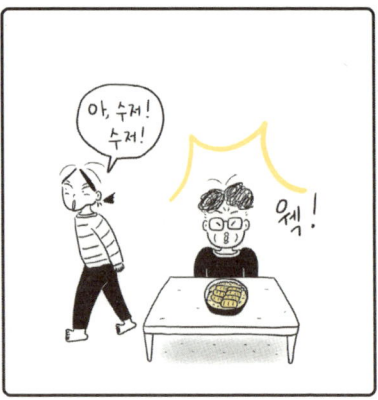

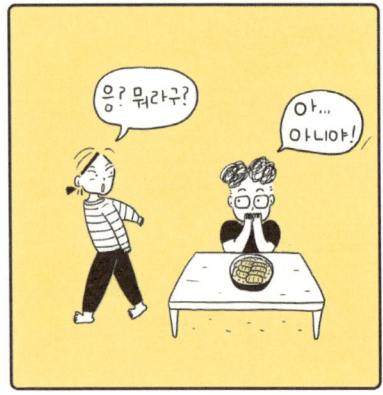

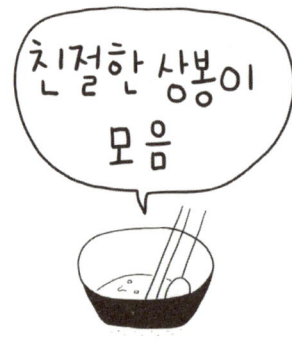

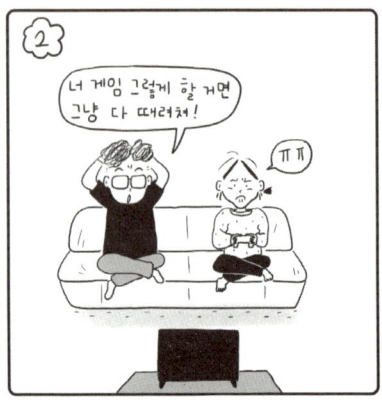

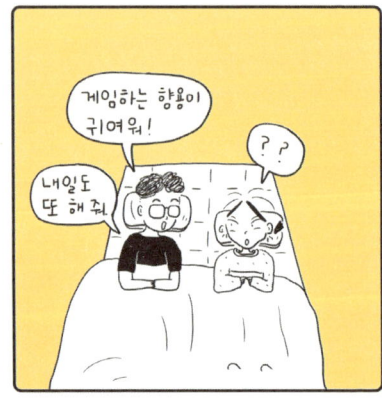

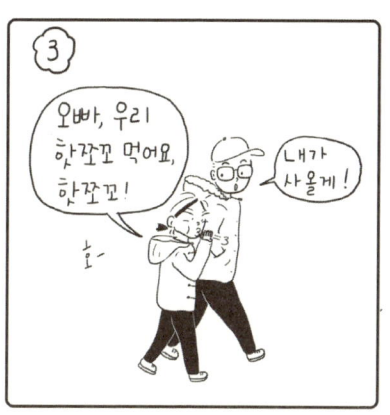

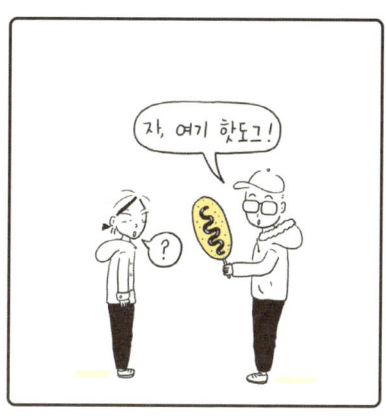

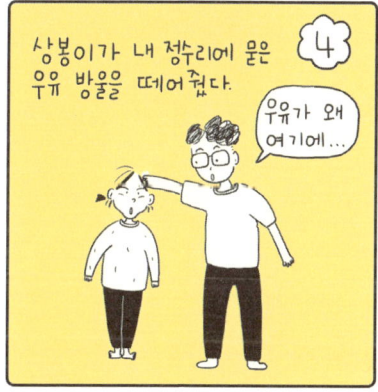

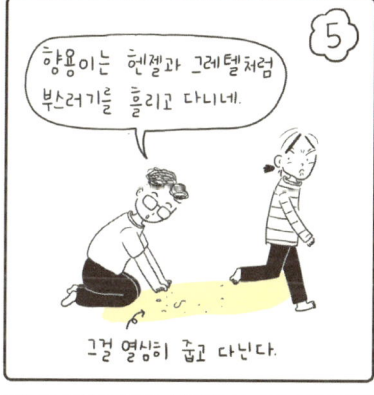

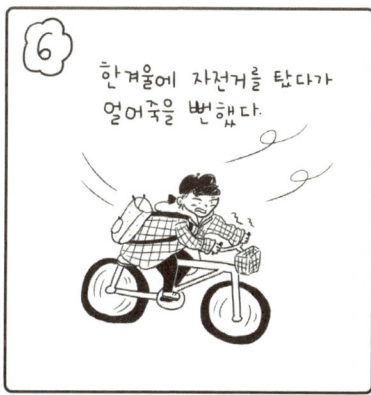

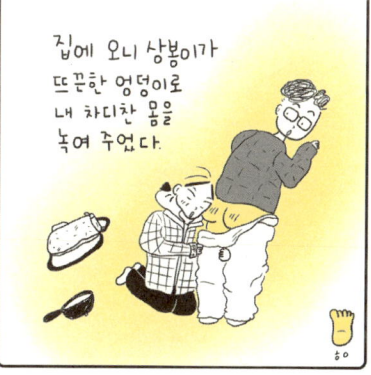

6장

방관자의 쓸모

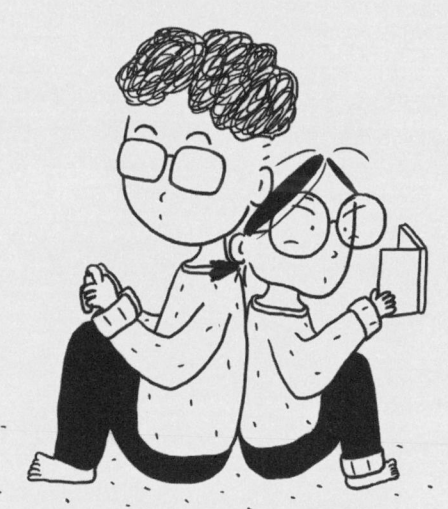

우울증을 겪어 보지 않은 사람이 우울증에 대해서 할 수 있는 말은 많지 않다. 나는 그저 상봉이가 가끔 해주던 말들, 그가 짓던 표정, 그가 보낸 하루를 보며 우울증은 이런 모양이기도 하구나, 윤곽만 더듬어 볼 수 있을 뿐이다. 이 글이 우울증에 관한 글이면서도 정작 우울증의 정의, 증상, 치료 방법에 대해 말할 수 없는 건 그 때문이다.

어느 날 상봉이는 달리는 사람이 되었다. 그가 처음에 어떻게 달리기를 시작했는지 기억은 안 나지만, 당장 우울증을 이길 순 없어도 육체적인 힘듦이라도 대신해서 이겨 보겠다던 그의 다짐이 생각난다. 이렇게 힘든 걸 꾹 참고 달리다 보면 언젠가 우울증도 이길 수 있을 만큼의 힘이 생길 거라는 소망이었다. 그래서 상봉이는 열심히 달렸다. 비가 와도 달리고 눈이 와도 달리고 땡볕 아래에서도 달렸다. 나는 매일 집에서 누워만 있거나 게임만 하던 상봉이가 밖으로 나갈 수 있게 된 일에 안도했다.

그런데 어느 시기부터 아침 7시, 밤 12시, 새벽 3시,

밤낮을 가리지 않고 하루 네다섯 번씩 뛰러 나갔다. 그는 수면제 말고는 생각을 멈출 수 있는 방법이 달리기밖에 없어서라고 했다. 그때부터는 안도감 대신 지금 그에게 밀려오고 있을 불안함, 초조함, 압박감 같은 것들이 보였다. 하지만 그걸 안다고 해서 정작 그 마음이 얼마나 무거운지 또 얼마나 깊이 내려앉아 있는지 체감할 수 있는 건 아니었다. 우리는 누군가 칼에 맞았다는 이야기를 듣고 그게 어떤 아픔일 거라고 상상할 순 있지만 막상 얼마나 많이 아픈지는 알지 못한다.

폭염주의보기 내린 어느 여름날, 산봉이가 10km 달리기 기록을 재보겠다고 했다. 나는 응원을 한다며 자전거를 타고 그 옆을 따라 달렸다. 자전거를 타고 달리는데도 내리쬐는 햇볕에 기진맥진해지는 날씨였다. 7km쯤 지났을까. 뒤를 돌아보니 땡볕 아래에서 웬 거구가 땀에 절어 울상인 얼굴로 혼신의 달리기를 하고 있었다. 나의 넘치는 숨과 에너지를 그에게 나눠줄 수 있다면 좋겠다고 생각했다. 하지만 내가 할 수 있는 건 그저 달리기가 빨리 끝나기를 바라는 마음으로 그를 따라가는 것뿐이었다. 달리기를 마친 상봉이는 잠시 혼자 있고 싶다고 했다. 하천 앞에 한참을 앉아 있는 그에게서 내가 대신 짊어져 줄 수 없는 마음의 무게 같은 것들이 얼핏얼핏 느껴졌다.

살아가기에는 저마다 짊어져야 할 고유의 몫이 있다는 사실을 아는 데에도 나는 이런 시간과 훈련이 필요했다. 처음에는 그걸 몰라서 '내가 옆에 있는데 오빠는 왜 매일 힘들까?'라는 생각이 자꾸만 나를 섭섭하게 했다. '삼시세끼 밥을 차려주는 날 위해 상담은 빠지지 않고 가줄 순 없는 거야?'라는 투정과 심술이 볼멘소리로 터져 나오던 여러 날들을 보냈다. 그때마다 그는 "지금 간신히 견디고 있는 중이야"라고 대답했고 그제야 나는 '아차!'하고 말았다.

아차 싶은 순간이 반복되면서 내가 취할 수 있는 가장 안전한 자세는 방관일지도 모르겠다는 생각이 들었다. 내가 그의 우울증을 낫게 할 순 없지만 적어도 악화시키지는 말아야지. 그 후로는 더 이상 상봉이가 왜 하루 종일 게임을 하는지 이유를 생각하지 않기로 했다. 매일 집에만 있는 그가 도저히 힘들어서 같이 장을 보러 나가지 못한다 말해도 별일 아니라고 생각했다. 그러다 보니 점점 '우울증이니까'라는 이유를 생각하지 않아도 그의 하루가 원래 그런 모양으로 생긴 것처럼 별나 보이지 않았다.

사실 방관에는 다른 이의 힘듦을 지켜봐 줄 수 있는 인내와 그가 자신의 몫을 해낼 것이라는 믿음이 필요하다. 그래서 애정하는 것에 쉬운 방관은 없다. 애정할수록 그의 힘듦은 나의 힘듦이 되고, 자신의 몫을 해낼 것이라는 믿음 뒤에는 혹시나 하는 염려가 자꾸만 자꾸만 따라붙기 때문이다. 특히 '죽음'이라는 단어가 나올 때는 더욱 그렇다. 죽고 싶다는 그 마음까지도 인내와 믿음으로 눈감아 줘야 하는 것인지, 그렇다면 도대체 방관자는 무슨 쓸모가 있는지 회의가 든다.

나는 우울한 상봉이가 어떤 생각을 하게 되고, 그것이 어느 결론에 이르게 되는지, 결코 그 생각의 속도를 쫓아가지 못할 것이다. 가끔 그가 용기 내어 들려주는 말을 통해 어떻게 그 마음까지 도달했는지 헤아리다 코끝만 찌

릿해질 뿐이다.

　그럼에도 방관자는 쓸모가 있다. '사랑은 아무 힘이 없어', '나는 별 존재가 아니야'라는 생각이 들 때 나의 작은 품으로 들어와 잠들던 110kg 상봉이의 거대한 몸뚱이를 기억한다. 그 밤이 나에게는 위로가 되었기 때문이다.

상봉이의
사생활

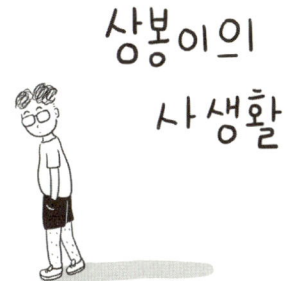

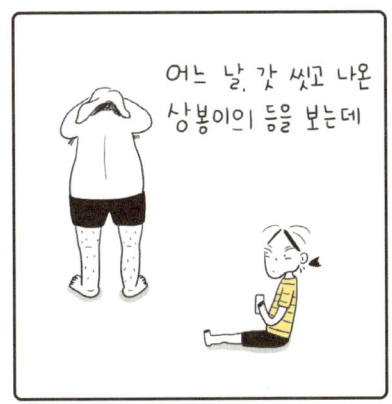

어느 날, 갓 씻고 나온
상봉이의 등을 보는데

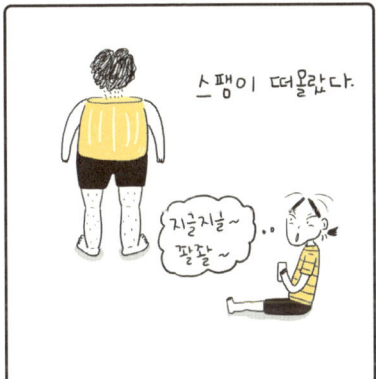

스팽이 떠올랐다.

지글지글~
팔딱~

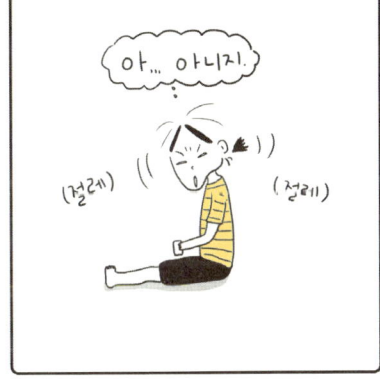

아... 아니지.

(절레)   (절레)

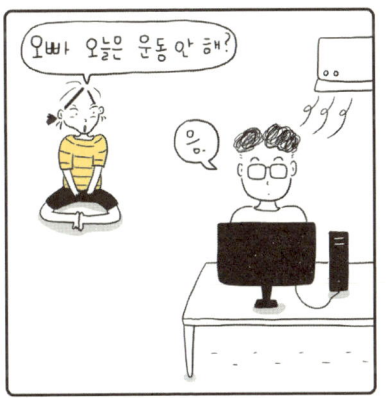

오빠 오늘은 운동 안 해?

응...

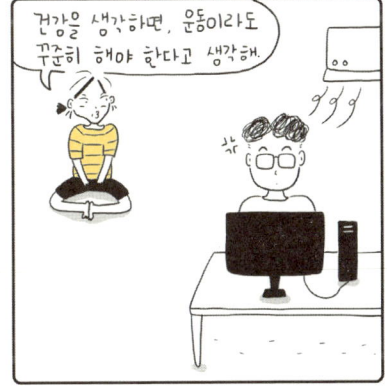

건강을 생각하면, 운동이라도
꾸준히 해야 한다고 생각해.

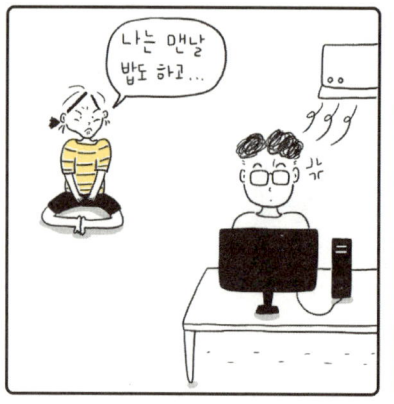

나는 맨날 밥도 하고...

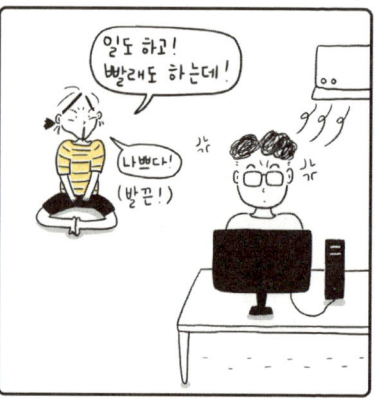

일도 하고! 빨래도 하는데!

나쁘다! (발끈!)

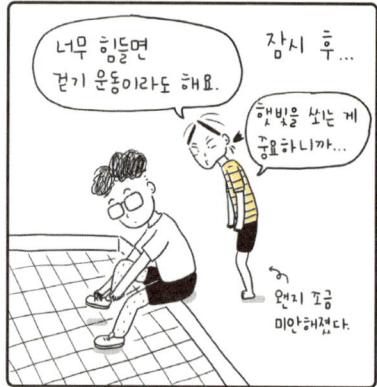

잠시 후...

너무 힘들면 걷기 운동이라도 해요.

햇빛을 쐬는 게 중요하니까...

왠지 조금 미안해졌다.

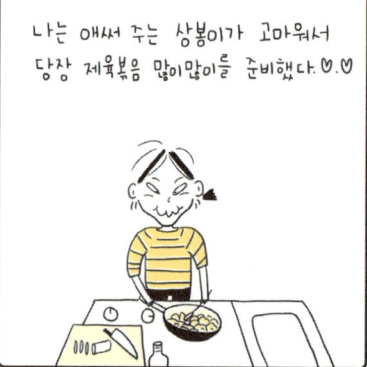

나는 애써 주는 상봉이가 고마워서 당장 제육볶음 많이많이를 준비했다. ♡.♡

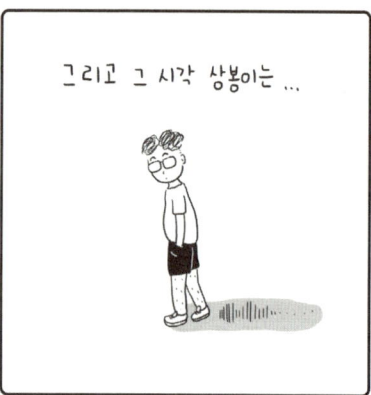

그리고 그 시각 상봉이는 ...

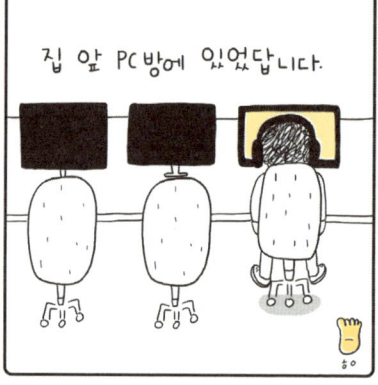

집 앞 PC방에 있었답니다.

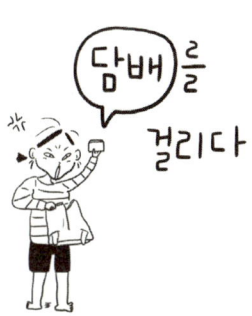

담배를 걸리다

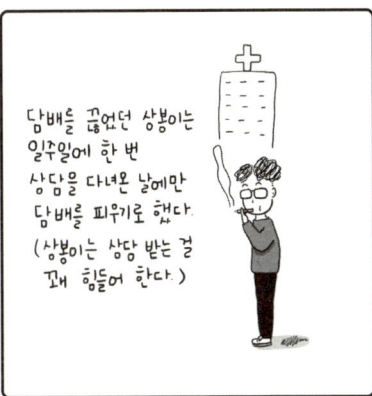

담배를 끊었던 상봉이는 일주일에 한 번 상담을 다녀온 날에만 담배를 피우기로 했다. (상봉이는 상담 받는 걸 꽤 힘들어 한다.)

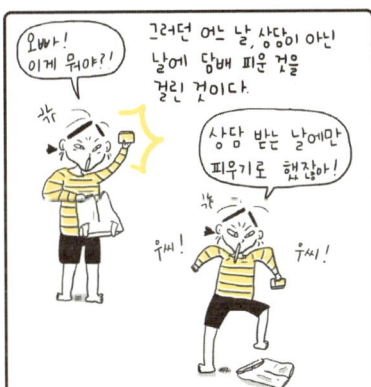

오빠! 이게 뭐야?!

그러던 어느 날 상담이 아닌 날에 담배 피운 것을 걸린 것이다.

상담 받는 날에만 피우기로 했잖아!

우씨!

우씨!

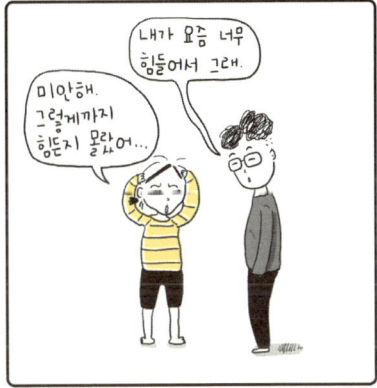

내가 요즘 너무 힘들어서 그래.

미안해. 그렇게까지 힘든지 몰랐어...

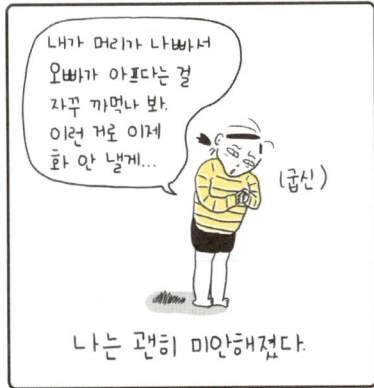

내가 머리가 나빠서 오빠가 아프다는 걸 자꾸 까먹나 봐. 이런 거로 이제 화 안 낼게...

(굽신)

나는 괜히 미안해졌다.

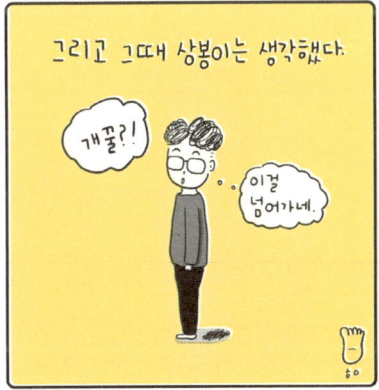

그리고 그때 상봉이는 생각했다.

개꿀?!

이걸 넘어가네.

145

좋은 일

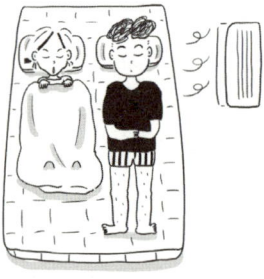

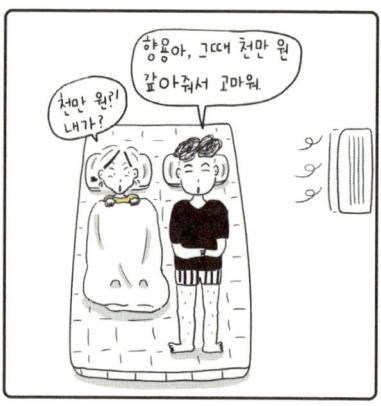

천만 원?! 내가?

향용아, 그때 천만 원 갚아줘서 고마워.

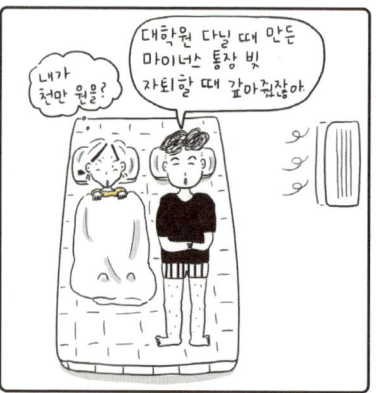

내가 천만 원을?

대학원 다닐 때 만든 마이너스 통장 빚 자퇴할 때 갚아줬잖아.

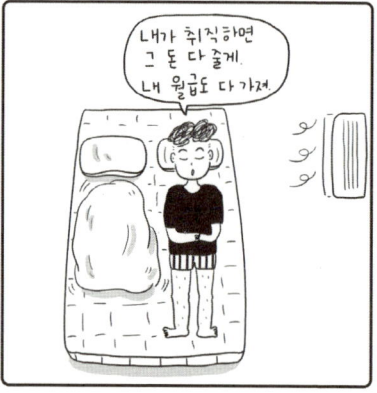

내가 취직하면 그 돈 다 줄게. 내 월급도 다 가져.

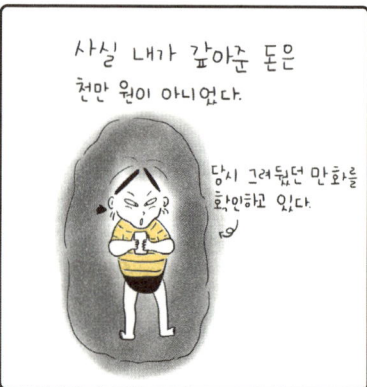

사실 내가 갚아준 돈은 천만 원이 아니었다.

당시 그려뒀던 만화를 확인하고 있다.

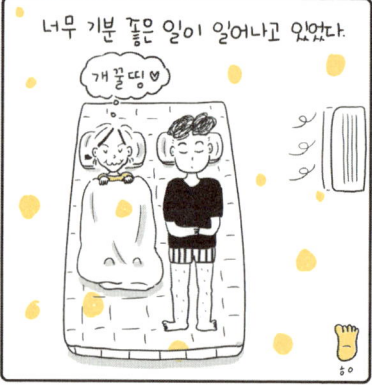

너무 기분 좋은 일이 일어나고 있었다.

개꿀띵 ♥

그날의 진실
(때는 2020년 10월 어느 날)

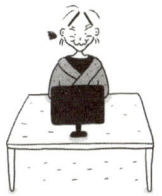

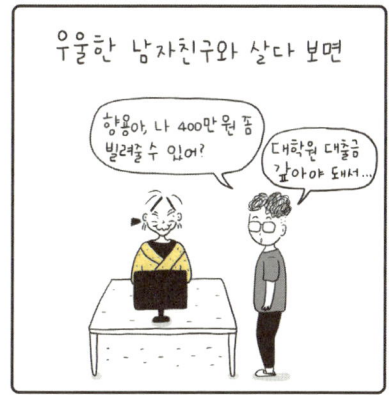

우울한 남자친구와 살다 보면

향용아, 나 400만 원 좀 빌려줄 수 있어?

대학원 대출금 갚아야 돼서...

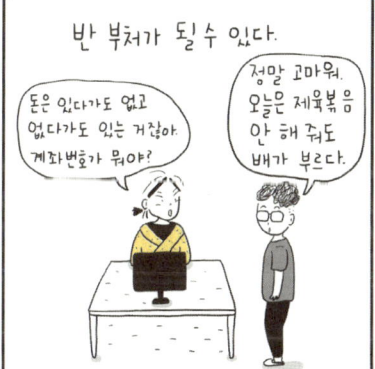

반 부처가 될 수 있다.

돈은 있다가도 없고 없다가도 있는 거잖아. 계좌번호가 뭐야?

정말 고마워. 오늘은 제육볶음 안 해 줘도 배가 부르다.

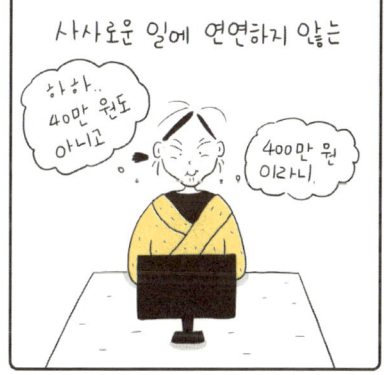

사사로운 일에 연연하지 않는

하하... 40만 원도 아니고

400만 원 이라니.

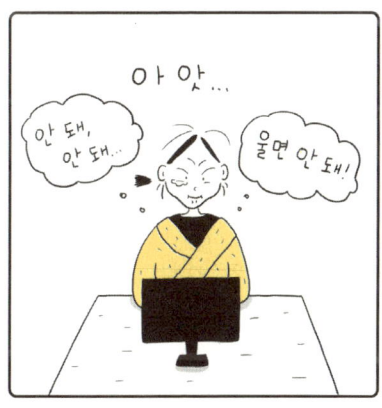

아 앗...

안 돼, 안 돼..

울면 안 돼!

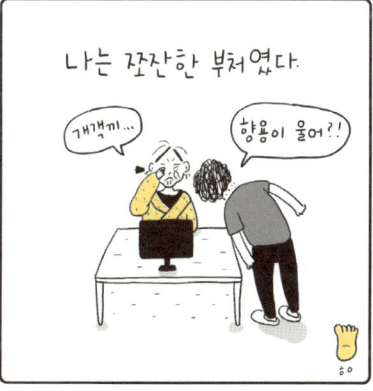

나는 잔잔한 부처였다.

깨깨끼...

향용이 울어?!

147

상봉이가
○○에 빠진 날

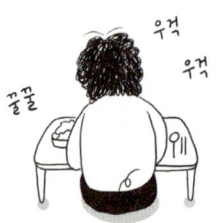

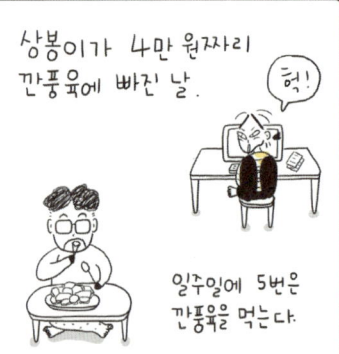

상봉이가 4만 원짜리
깐풍육에 빠진 날.

헉!

일주일에 5번은
깐풍육을 먹는다.

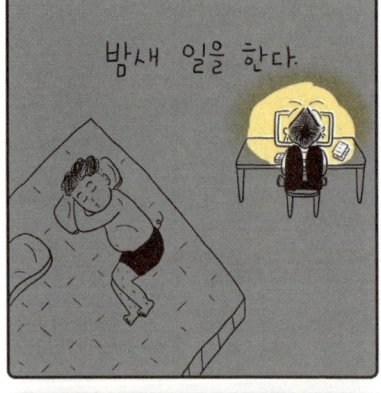

밤새 일을 한다.

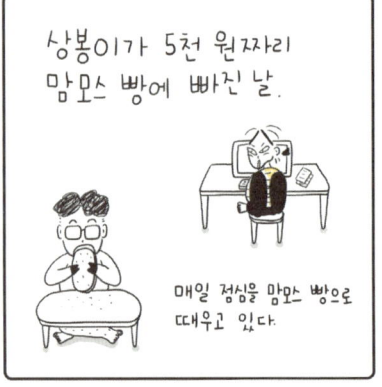

상봉이가 5천 원짜리
맘모스 빵에 빠진 날.

매일 점심을 맘모스 빵으로
때우고 있다.

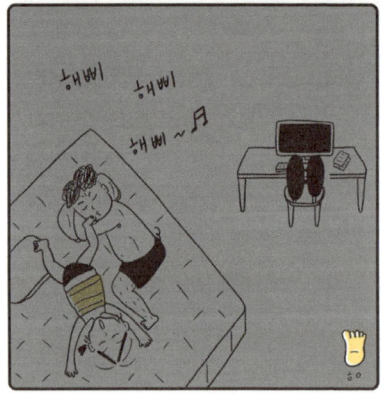

쿨쿨

쿨쿨

쿨쿨 ~ ♪

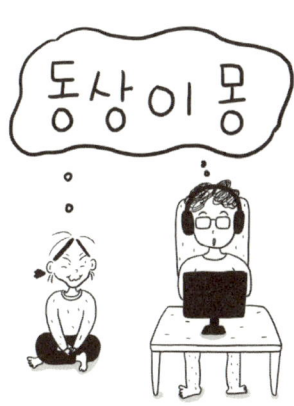

동상이몽

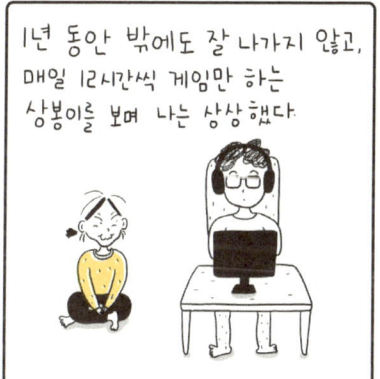

1년 동안 밖에도 잘 나가지 않고, 매일 12시간씩 게임만 하는 상봉이를 보며 나는 상상했다.

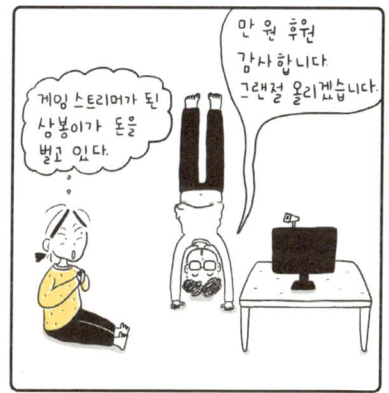

게임 스트리머가 된 상봉이가 돈을 벌고 있다.

만 원 후원 감사합니다. 그랜절 올리겠습니다.

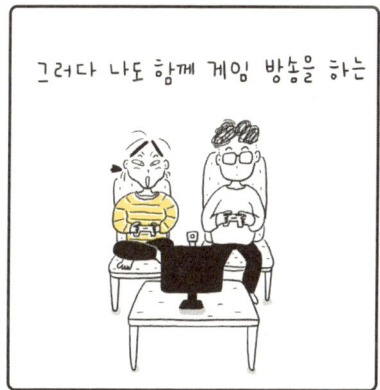

그러다 나도 함께 게임 방송을 하는

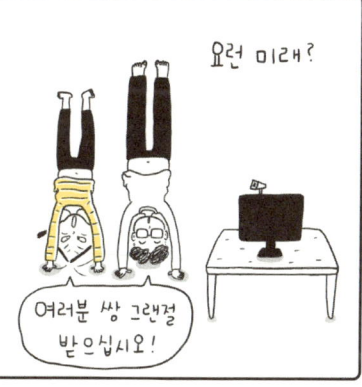

요런 미래?

여러분 쌍 그랜절 받으십시오!

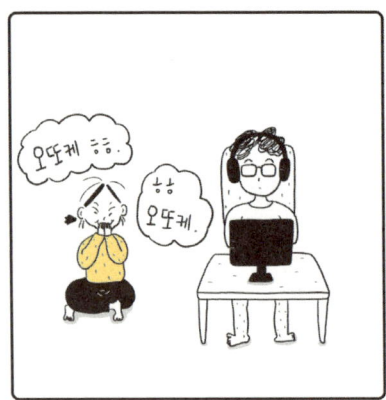

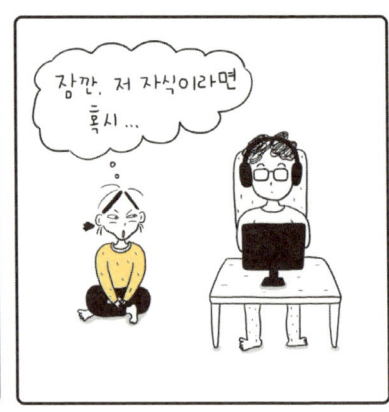

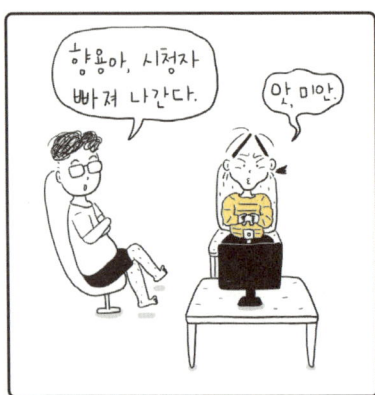

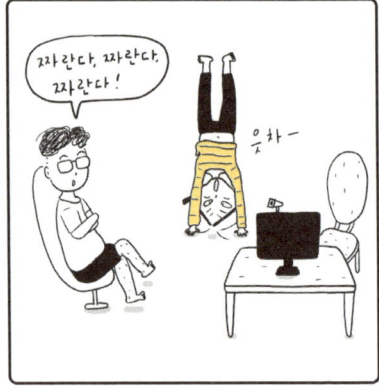

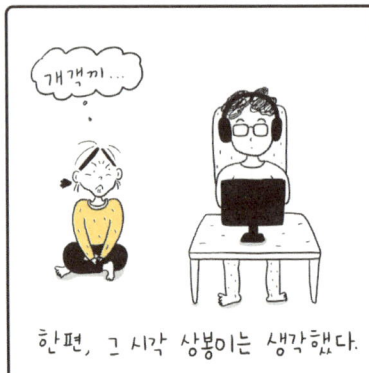

한편, 그 시각 상봉이는 생각했다.

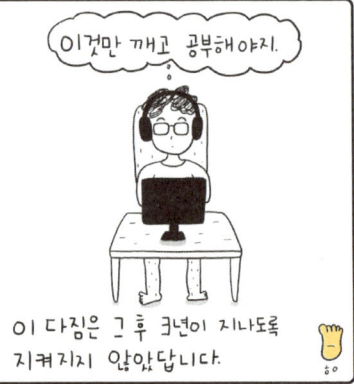

이 다짐은 그 후 3년이 지나도록 지켜지지 않았답니다.

외출 연습

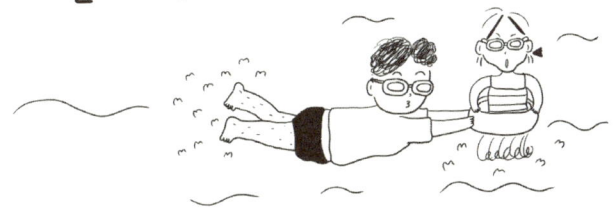

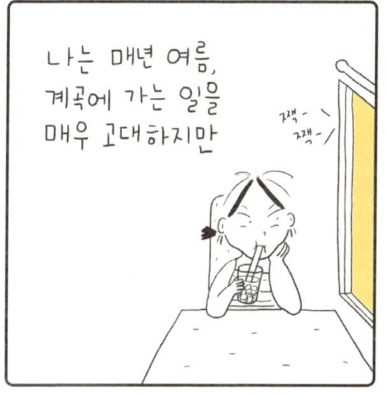

나는 매년 여름, 계곡에 가는 일을 매우 고대하지만

짹-
짹-

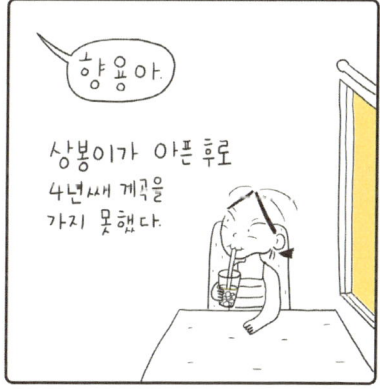

향용아.

상봉이가 아픈 후로 4년째 계곡을 가지 못했다.

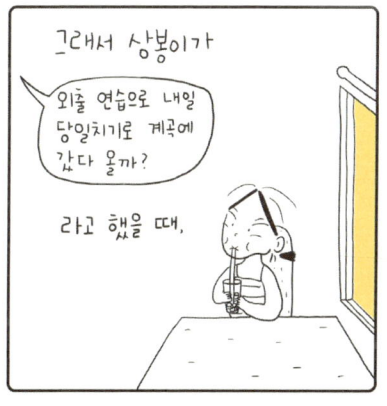

그래서 상봉이가

외출 연습으로 내일 당일치기로 계곡에 갔다 올까?

라고 했을 때,

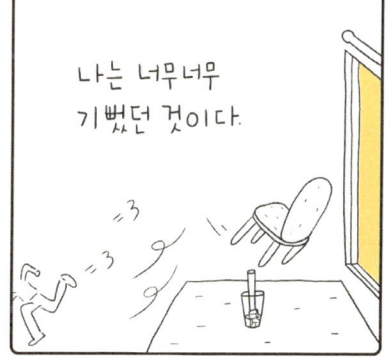

나는 너무너무 기뻤던 것이다.

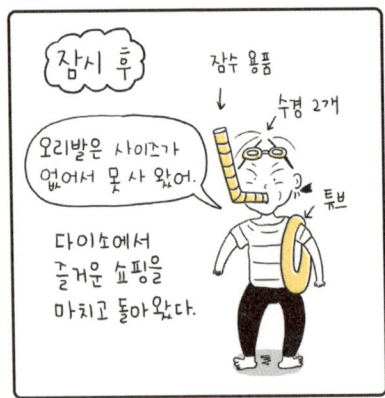

잠시 후

잠수 용품
↓
수경 2개

오리발은 사이즈가
없어서 못 사 왔어.

튜브

다이소에서
즐거운 쇼핑을
마치고 돌아왔다.

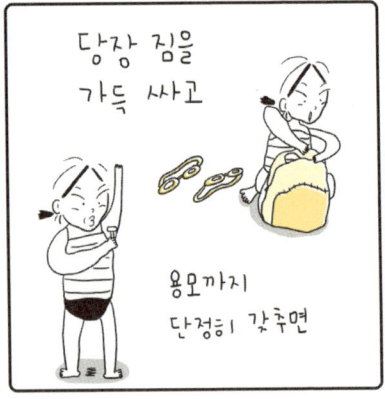

당장 짐을
가득 싸고

용모까지
단정히 갖추면

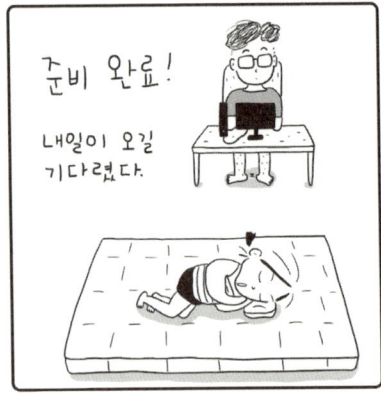

준비 완료!

내일이 오길
기다렸다.

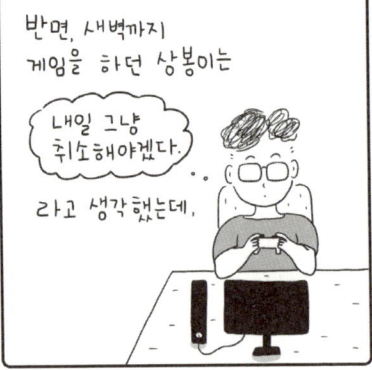

반면, 새벽까지
게임을 하던 상봉이는

내일 그냥
취소해야겠다...

라고 생각했는데,

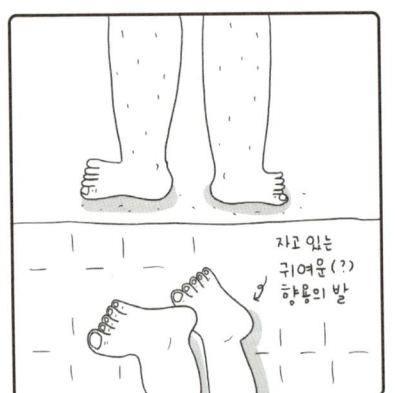

자고 있는
귀여운(?)
향용의 발

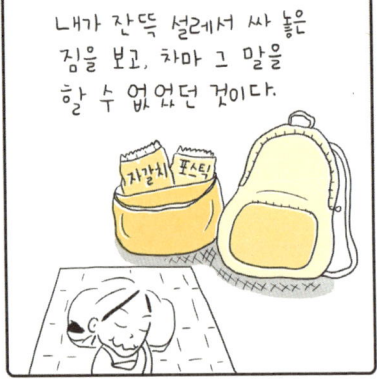

내가 잔뜩 설레서 싸 놓은
짐을 보고, 차마 그 말을
할 수 없었던 것이다.

자갈치 포스틱

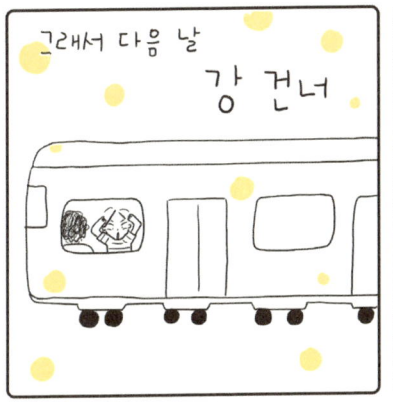

그래서 다음 날
강 건너

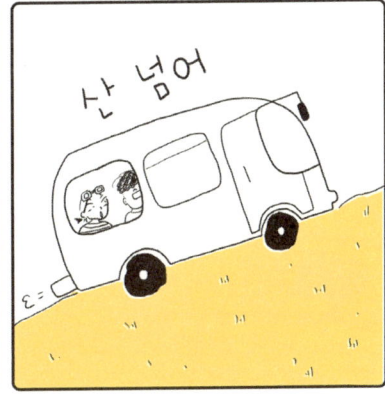

산 넘어

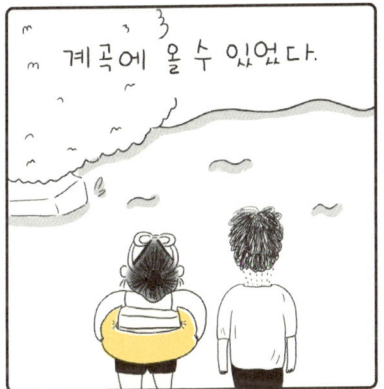

계곡에 올 수 있었다.

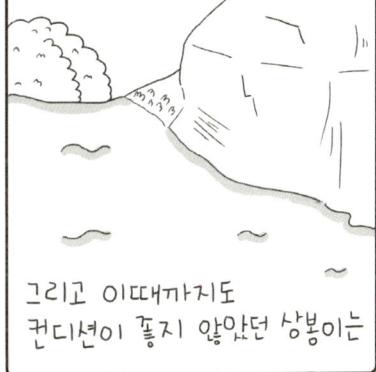

그리고 이때까지도
컨디션이 좋지 않았던 상봉이는

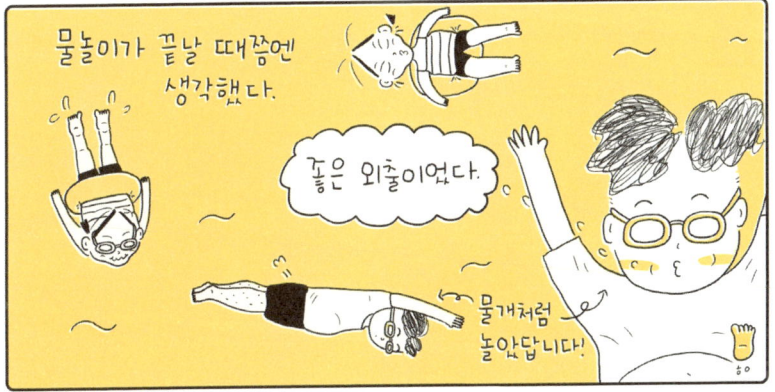

물놀이가 끝날 때쯤엔
생각했다.

좋은 외출이었다.

물개처럼
놀았답니다!

2017년 당시 이것은

나의 대단한 노트북

이었다.

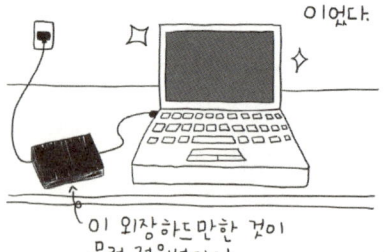

↑ 이 외장하드만한 것이
무려 전원선이다.

그때 나는 게임을 하지 않았으나.
이런저런 이유로 게이밍 노트북을
산 것이었다.

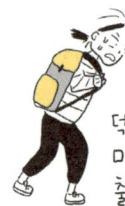

덕분에 3kg의 노트북을 이고
매일 등산하듯
출근해야 했다.

마침 당시는 태블릿PC와 소형 노트북이
한참 보급되던 때라. 회의 때마다
민망하기 일쑤였다.

전원을 켤 때마다
벌떼 같은 윙~3
소리를 낸다. 윙~3

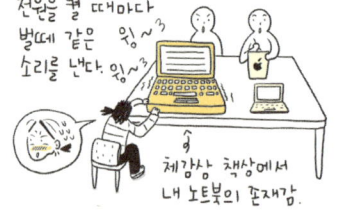

체감상 책상에서
내 노트북의 존재감.

아무튼 상봉이는
나의 거대하고 대단한 노트북을
호시탐탐 탐내고 있었다.

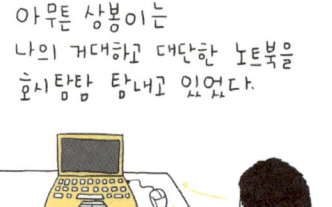

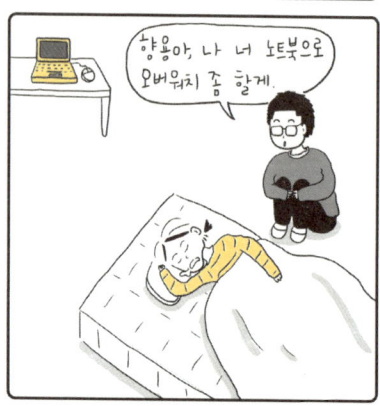

향용아, 나 너 노트북으로
오버워치 좀 할게.

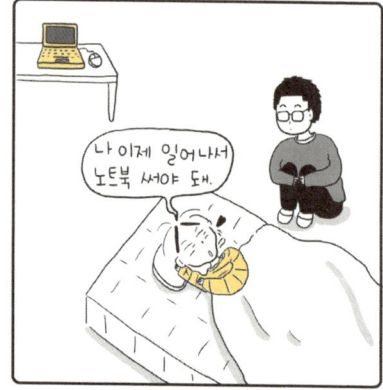

나 이제 일어나서
노트북 써야 돼.

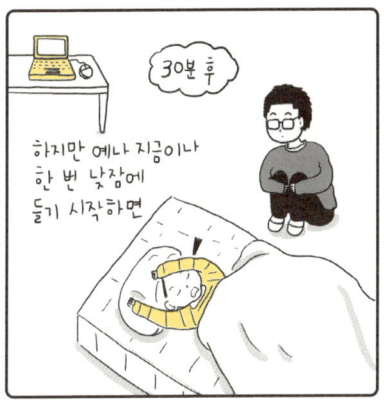

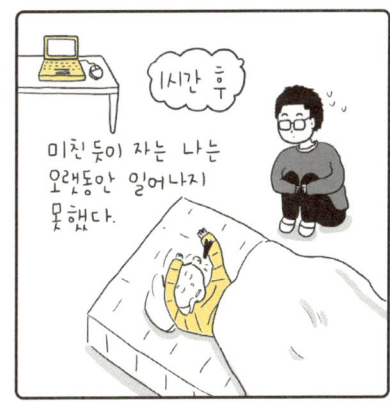

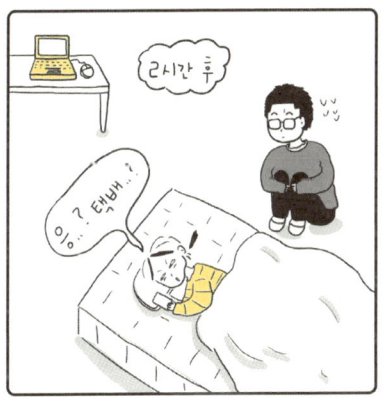

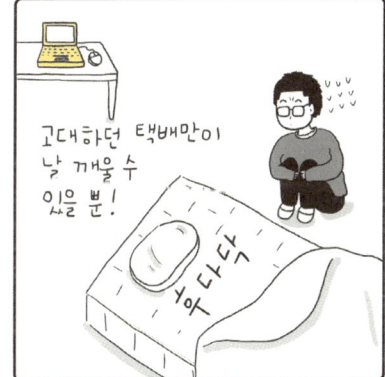

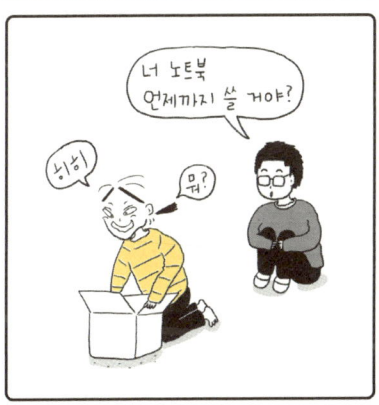

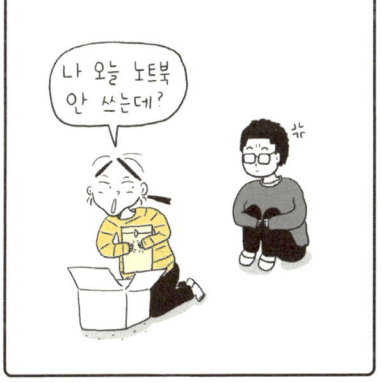

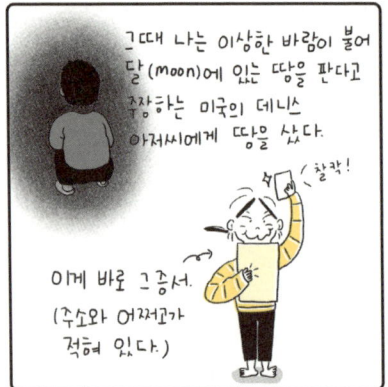

그때 나는 이상한 바람이 불어 달(moon)에 있는 땅을 판다고 주장하는 미국의 데니스 아저씨에게 땅을 샀다.

이게 바로 그 증서.
(주소와 어쩌고가 적혀 있다.)

찰칵!

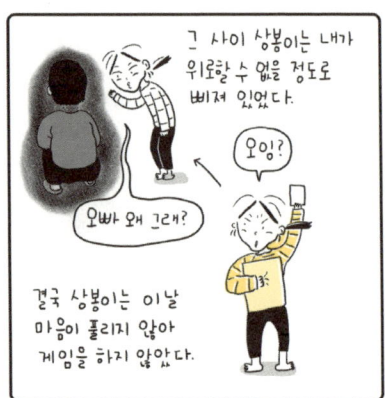

그 사이 상봉이는 내가 위로할 수 없을 정도로 삐져 있었다.

오잉?

오빠 왜 그래?

결국 상봉이는 이날 마음이 풀리지 않아 게임을 하지 않았다.

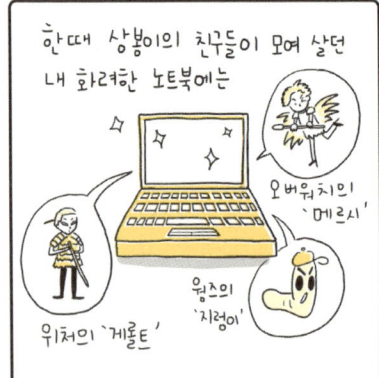

한때 상봉이의 친구들이 모여 살던 내 화려한 노트북에는

오버워치의 '메르시'

위쳐의 '게롤트'

웜즈의 '지렁이'

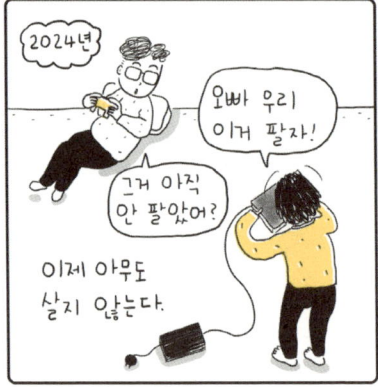

2024년

오빠 우리 이거 팔자!

그거 아직 안 팔았어?

이제 아무도 살지 않는다.

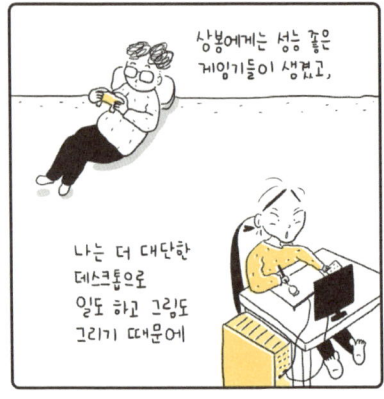

상봉에게는 성능 좋은 게임기들이 생겼고,

나는 더 대단한 데스크톱으로 일도 하고 그림도 그리기 때문에

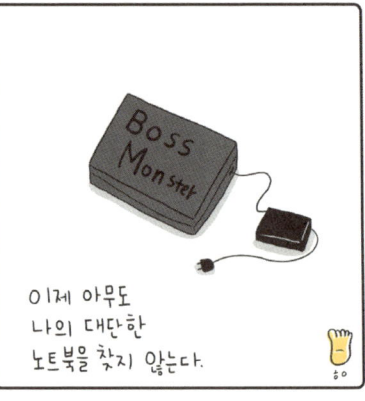

Boss Monster

이제 아무도 나의 대단한 노트북을 찾지 않는다.

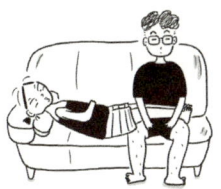

팬티의 주인

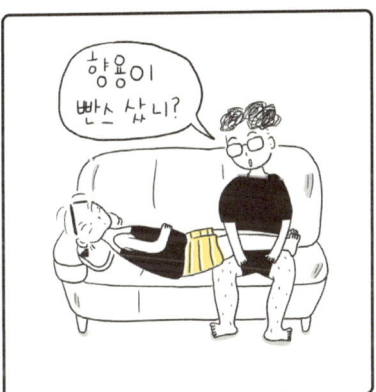

향용이 빤스 샀니?

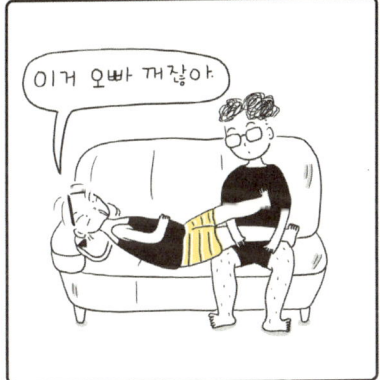

이거 오빠 께잖아.

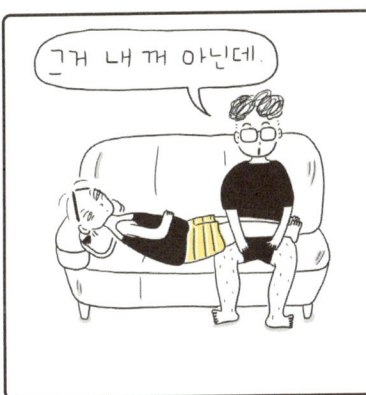

그거 내 꺼 아닌데.

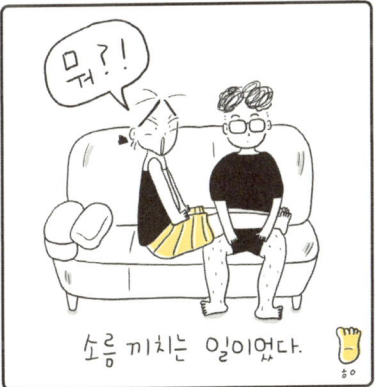

뭐?!

소름 끼치는 일이었다.

아무
하루
모음
②

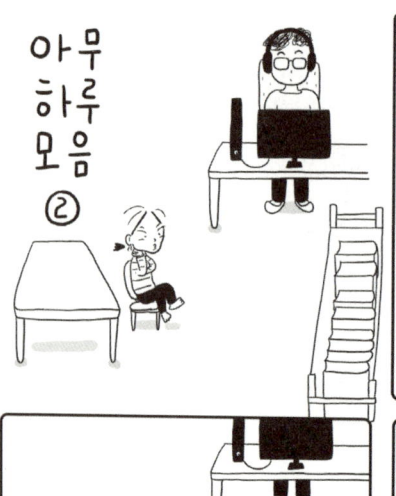

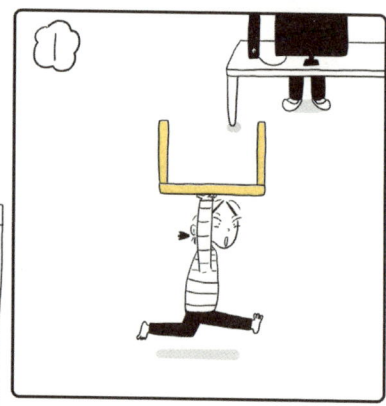

2시간 후...

먹어! 집이
딴판이 됐네!

같이 사는데 같이 살지 않는다.

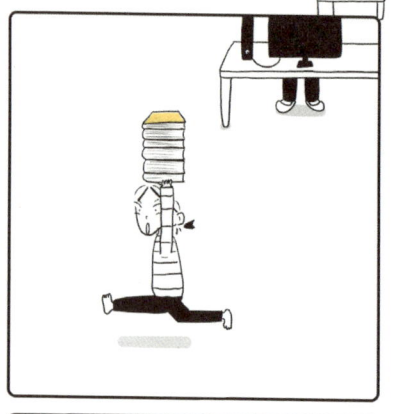

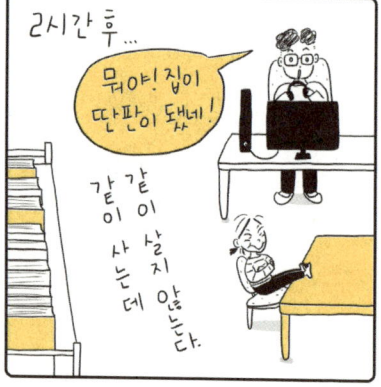

②

내가 바란 건 고작
하루 한 번
운동하기였는데
그마저도 안 해줄 땐

울화를 담아
쿵쾅쿵쾅 일한다.

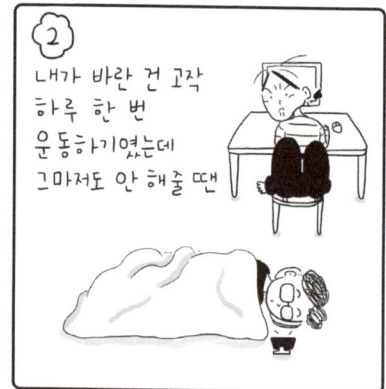

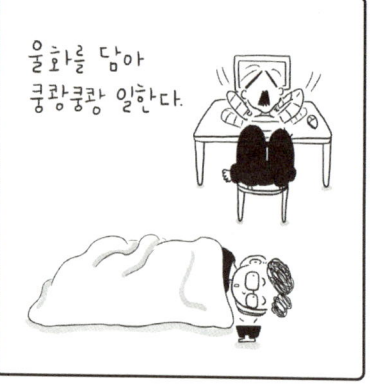

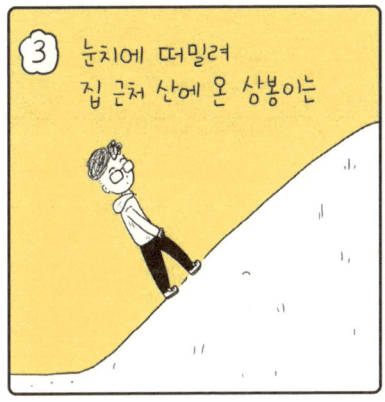

③ 눈치에 떠밀려
집 근처 산에 온 상봉이는

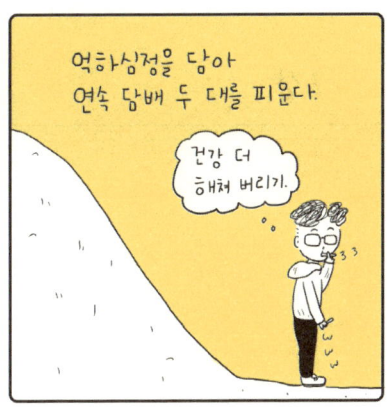

억하심정을 담아
연속 담배 두 대를 피운다.

건강 더
해쳐 버리기.

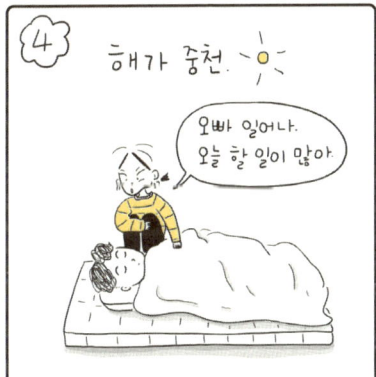

④ 해가 중천.

오빠 일어나.
오늘 할 일이 많아.

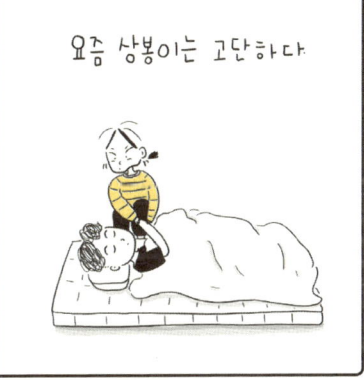

요즘 상봉이는 고단하다.

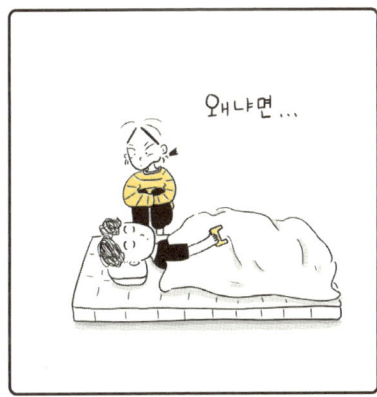

왜냐면...

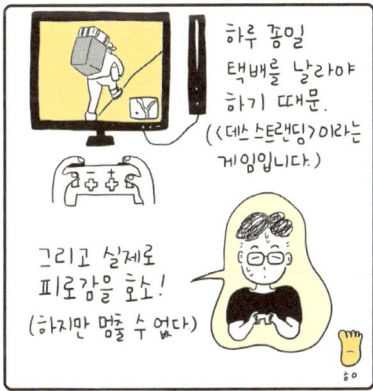

하루 종일
택배를 날라야
하기 때문.
(〈데스 스트랜딩〉이라는
게임입니다.)

그리고 실제로
피로감을 호소!
(하지만 멈출 수 없다)

159

7장

이별 말고 (독립)

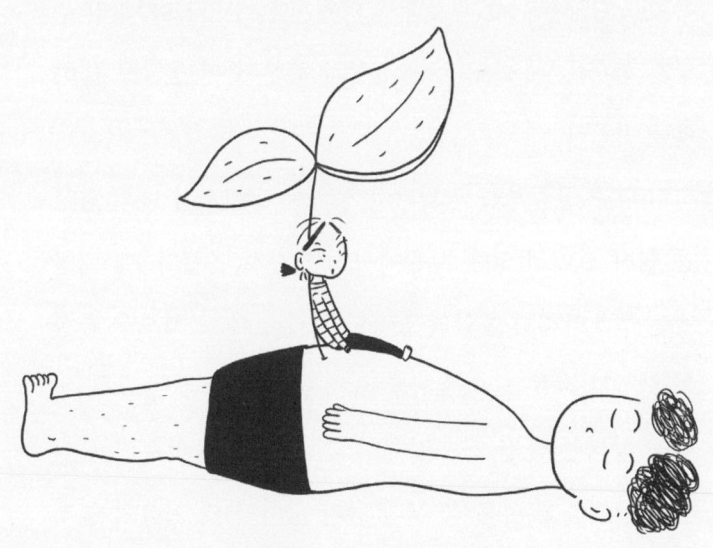

두루미는 얕은 물에 발을 담그고 잔다. 그건 자면서도 물의 진동을 통해 들짐승이 다가오는 것을 재빠르게 감지하기 위함이라고 한다. 포식자가 도사리는 야생에서 생존에 가장 유리한 감정은 불안일 것이다. 불안의 끈을 놓고 안심하는 순간 위험으로부터 도망칠 기회를 잃어버리게 될 테니 말이다. 하지만 굶어 죽지 않을 방법보다 어떻게 잘 살 것인지를 고민하게 된 인간사에서 불안은 퇴행하기에 딱 알맞은 감정이 되어 버렸다. 사회안전망이 생겼고 기회는 다양해져서 '잘못되면 어쩌지'의 염려보다 '일단 부딪쳐 보자!', '해보자!'라는 설렘과 흥분이 더 풍요로운 하루를 이끈다.

나는 남들보다 진화가 한참이나 뒤처져서 나의 감정은 원시 시대의 생존 차원에서 벗어나지 못했다. 내 내면에는 두루미처럼 불안의 강물이 깔려 있다. 평화로운 물결의 잔잔한 파동도, 짜릿함을 줄 너울도, 나에게는 모두 위험을 알리는 불안 신호일 뿐이다. 누군가 불러주면 꽃이 된다는 이름도 나는 꼭 재난 문자 같아서 내 이름이 들리면 긴장한다. 대화의 흐름이 바뀔 때는 그다음에 이어질 슬픈 말이 상상돼서 걱정부터 한다. 그래서 상봉이는 한참 대화 중에도 "이거 별일 아닌데"라는 말로 날 안심시키곤 했다.

언제부터 내 안에 그런 강물이 드리웠는지는 모르지만 내가 기억하는 가장 오래된 나조차도 그 강물에 발을 담그고 있다. 다섯 살 때인가 검지에 큰 나무 가시가 박혔다. 나는 그게 혼날 일이라고 생각했는지 가시가 박힌 손가락을 숨기고 다니느라 한동안 조마조마했다. 그렇게 며칠을 보냈을까. 어느 날 엄마 아빠가 나의 새까매진 손가락을 발견하고는 깜짝 놀라 급히 가시를 빼고 치료를 해주셨다. 내 검지는 거의 썩기 직전이었다.

그건 한때만 머물다 간 감정은 아니었다. 유치원 운동회 때 찍은 단체 사진 속에는 혼자서만 잔뜩 어깨를 웅크린 일곱 살의 내가 서 있다. 늘 어깨에 힘이 잔뜩 들어갔다. 힘 좀 빼라는 소리를 자주 들었다. 아마 그때도 내 심장은 무슨 일이 생기지 않을까 숨죽이며 콩닥콩닥 뛰고 있었을 것이다. 그래서인지 모두가 잠들어 아무 일도 벌어지지 않는 밤을 좋아했다. 우여곡절을 거듭하던 일들도 그 시간에는 잠시 유예 기간을 갖는 것 같았다.

　불행할까 봐 불안했던 나는 꽤 오랫동안 불행과 무궁화꽃이 피었습니다 놀이를 하듯 지냈다. 불행을 주시하고 있으면 그나마 거리 두기를 해주는 것 같았고, 눈길을 거두는 순간 불행이 성큼 눈앞으로 다가오는 것 같았다. 그래서 불행을 최대한 멀찌감치, 그러면서도 눈에 보이는 곳에 두는 게 조마조마하면서도 차라리 더 속 편한 일이었다. 누가 쥐여 준 적도 없는 짐을 남들보다 서너 개씩 더 어깨에 이고 사는 기분이었다. 내 목은 뻐근해지고 등은 자꾸만 안으로 말렸다.

　그런데 어느 날 만난 상봉이가 그동안 내가 이고 온 짐이 아무 쓸모도 없고 그 안에는 아무것도 없다고 일러주었다. 반신반의하며 짐을 내려놓았지만 그러면서도 언제든 다시 이고 갈 심산으로 내려놓은 짐을 돌아보곤 했다. 상봉이는 짐이 보이지 않는 곳까지 날 데려가 줬고 그곳에서 한참을 놀다 보면 내게도 짐의 존재를 까먹는 날이 생겼다. 얼추 짐을 이고 온 시간과 짐을 내려놓은 시간이 비슷해지니 때와 장소를 가리지 않고 나대기 바빴던 심장도 얌전해지는 방법을 찾아갔다.

중랑천을 달리며 어미 오리 옆에서 물장구질하는 새끼 오리들을 볼 때면 상봉이 옆에 있는 나를 떠올린다. 물살을 가를 줄도 모르고 날갯짓도 서툰 새끼 오리들이 텀벙텀벙 쏘다니길 좋아하고 기웃거릴 수 있는 이유는 어미가 지켜봐 줄 거라는 믿음 때문일 것이다. 언젠가 상봉이에게 직접 만들어 선물한 파우치에는 허송세월하는 그를 태우고 선장질을 하며 씩씩하게 항해하는 내가 ㄱ려져 있다. 상봉이 옆에서 나는 꽤나 대범하고 모험적이다. 하지만 그가 함께 타고 있지 않다면 배 위에는 이러지도 저러지도 못하고 울고 있는 내가 그려져 있을 것이다.

내 남자친구의 히키코모리 같은 우울증에 대해 말할 때 사람들은 내게 헤어지지 않은 이유를 가장 많이 물었다. 처음 그 질문을 듣고 내가 알아차린 것은 나는 그동안 이별을 고민한 적이 없다는 거였다. 무조건적인 사랑처럼 보여도 실은 그런 데에는 이 같은 이유도 크지 않을까. 사랑한다는 믿음을 다 벗겨 보면 그 속에는 이렇게 꽤나 쓸 만한 알맹이가 있었던 거다. 성장의 속도가 진화의 시간을 이기지 못해서 서른세 살의 나는 여전히 걱정도 많고 염려도 많아 밤잠을 설친다. 그러니까 우리 사이는 지금까지 괜찮았던 걸지도 모른다.

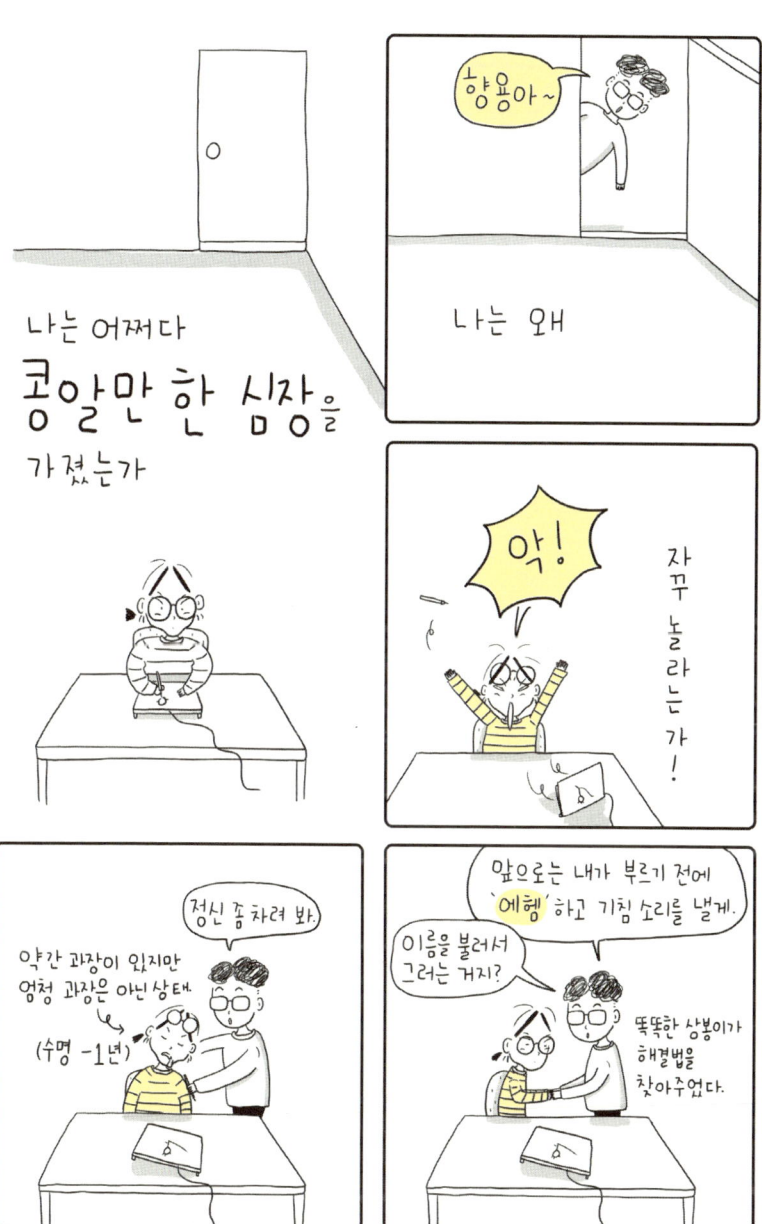

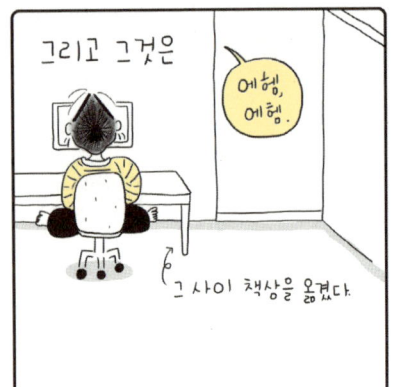

그리고 그것은

에헴, 에헴.

그 사이 책상을 옮겼다.

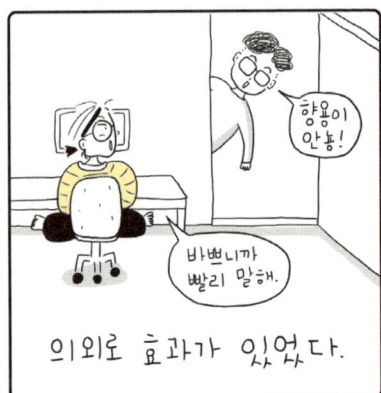

향용이 안뇽!

바쁘니까 빨리 말해.

의외로 효과가 있었다.

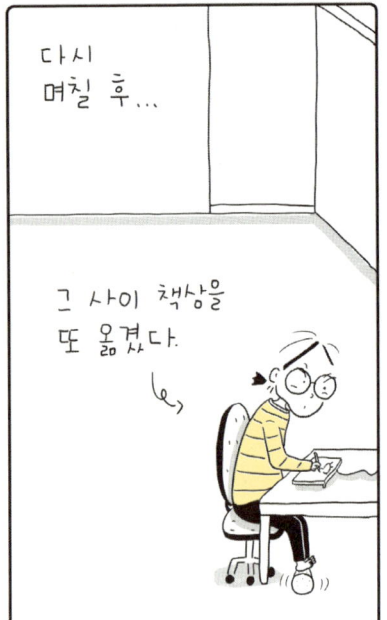

다시 며칠 후...

그 사이 책상을 또 옮겼다.

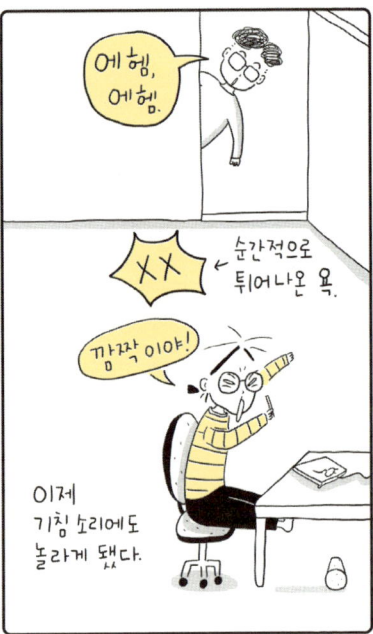

에헴, 에헴.

XX

순간적으로 튀어나온 욕.

깜짝이야!

이제 기침 소리에도 놀라게 됐다.

장기 연애의
비결 ①

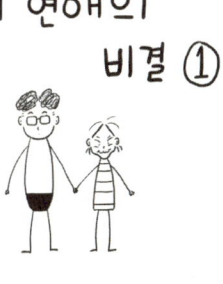

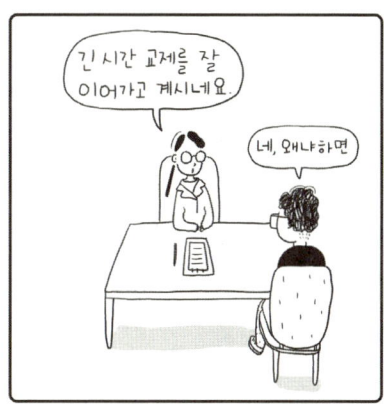

긴 시간 교제를 잘
이어가고 계시네요.

네, 왜냐하면

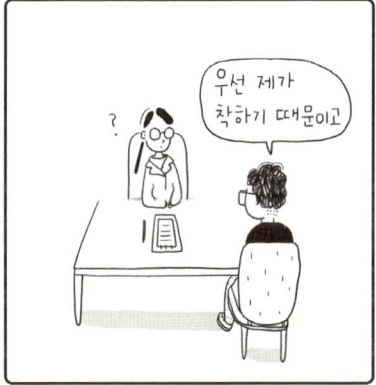

우선 제가
착하기 때문이고

?

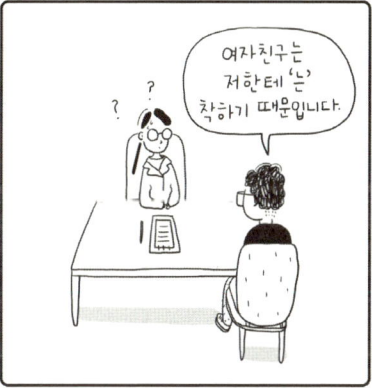

여자친구는
저한테 '는'
착하기 때문입니다.

? ?

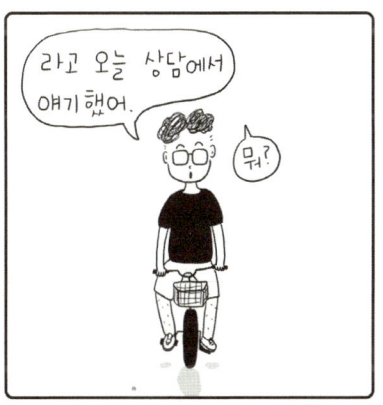

라고 오늘 상담에서
얘기했어.

뭐?

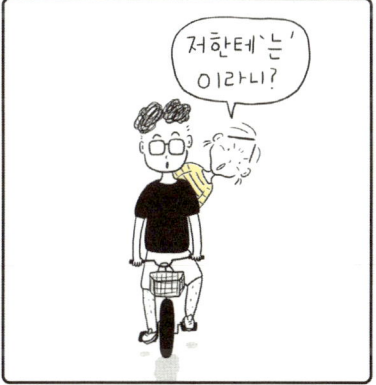

저한테 '는'
이라니?

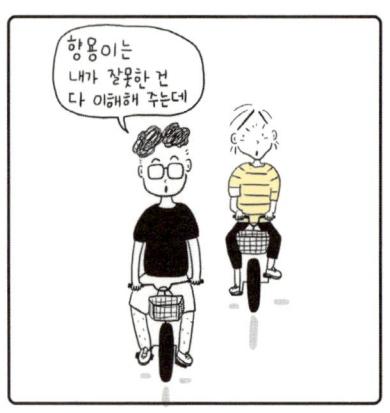

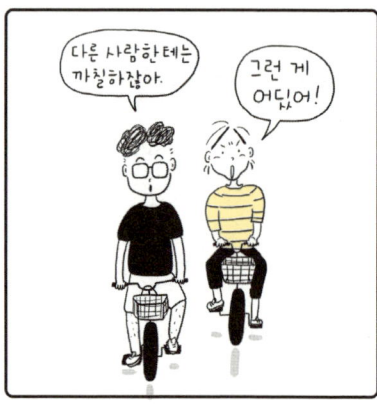

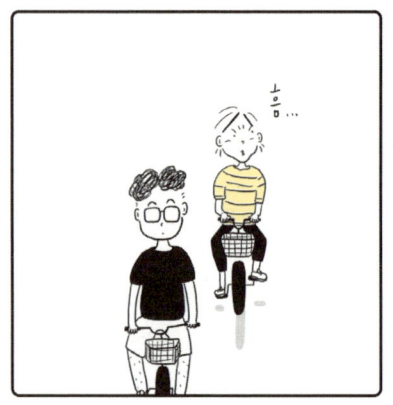

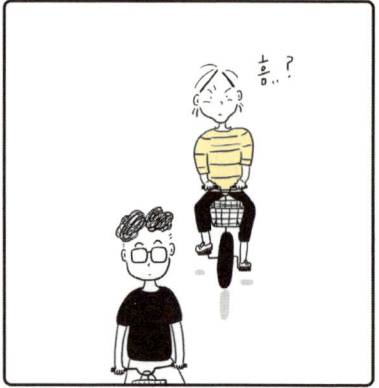

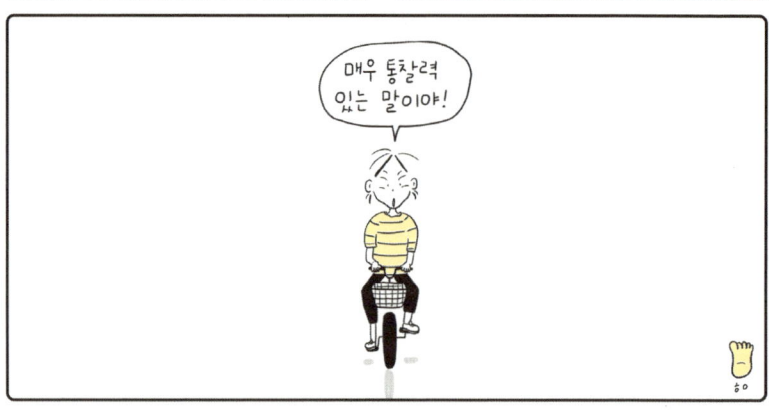

상봉의
쓸모

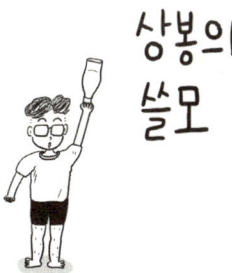

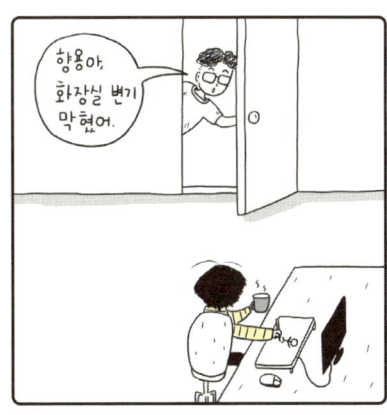

향용아,
화장실 변기
막혔어.

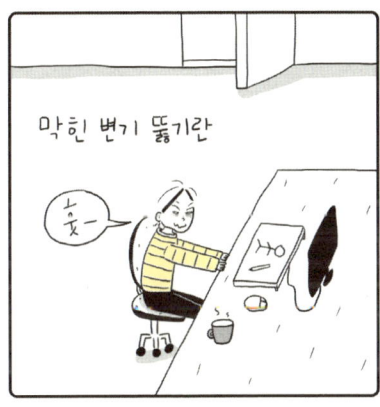

막힌 변기 뚫기란

으흑ㅡ

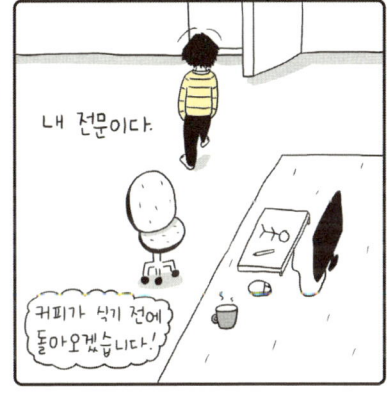

내 전문이다.

커피가 식기 전에
돌아오겠습니다!

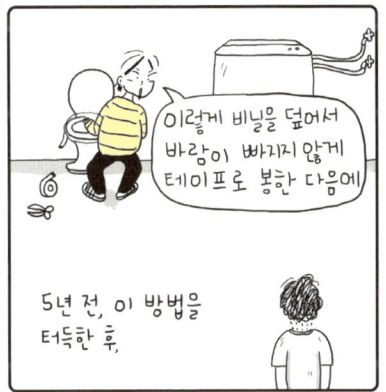

이렇게 비닐을 덮어서
바람이 빠지지 않게
테이프로 봉한 다음에

5년 전, 이 방법을
터득한 후,

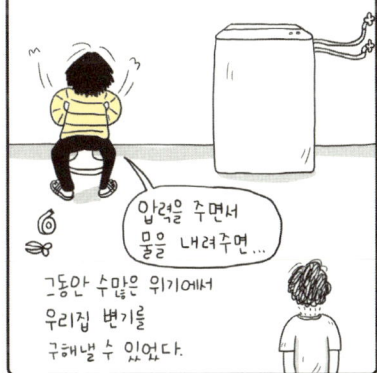

압력을 주면서
물을 내려주면...

그동안 수많은 위기에서
우리집 변기를
구해낼 수 있었다.

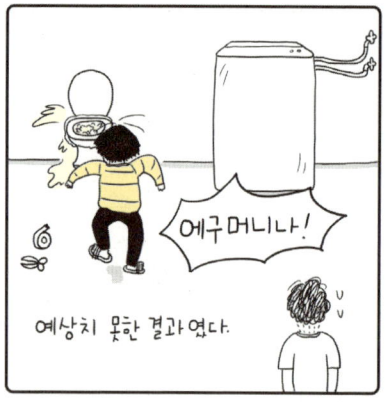

에구머니나!

예상치 못한 결과였다.

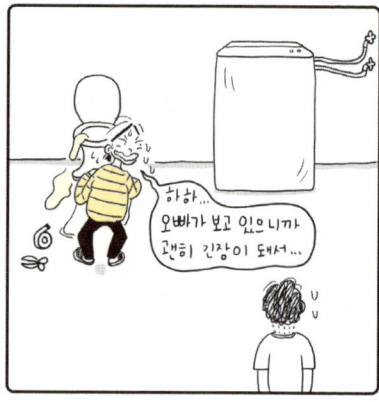

하하...
오빠가 보고 있으니까
괜히 긴장이 돼서...

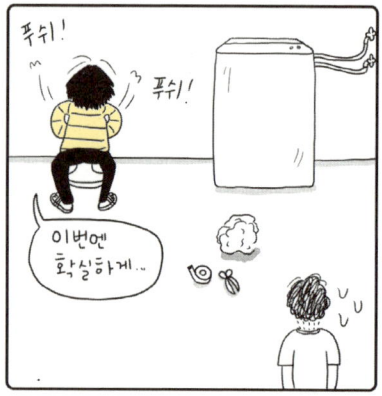

푸쉬!

푸쉬!

이번엔
확실하게...

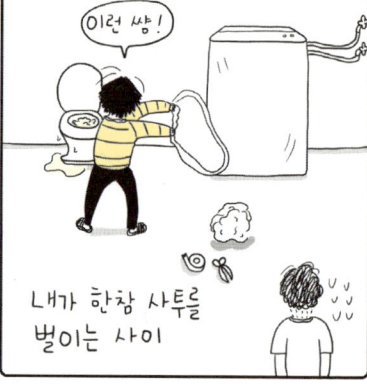

이런 쌍!

내가 한참 사투를
벌이는 사이

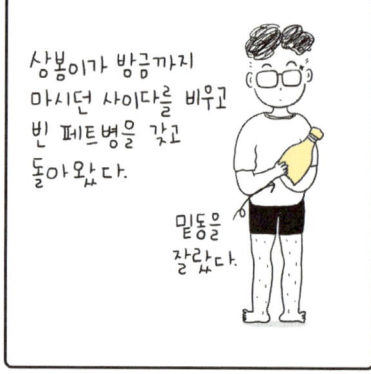

상봉이가 방금까지
마시던 사이다를 비우고
빈 페트병을 갖고
돌아왔다.

밑동을
잘랐다.

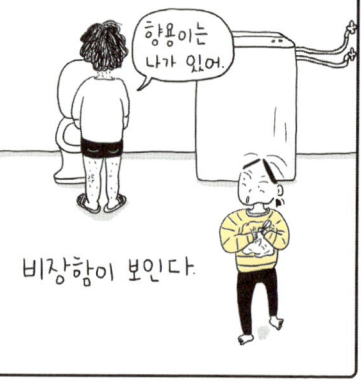

향용이는
나가 있어.

비장함이 보인다.

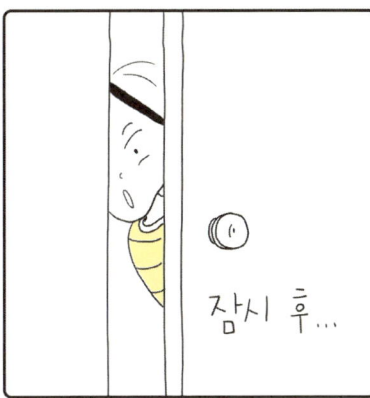

잠시 후...

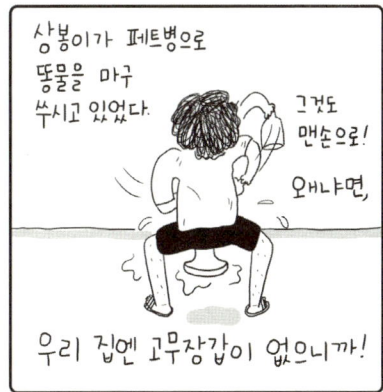

상봉이가 페트병으로
똥물을 마구
쓰시고 있었다.

그것도
맨손으로!

왜냐면,

우리 집엔 고무장갑이 없으니까!

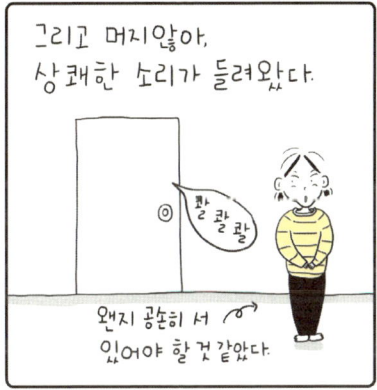

그리고 머지않아,
상쾌한 소리가 들려왔다.

콸
콸
콸

왠지 공손히 서
있어야 할 것 같았다.

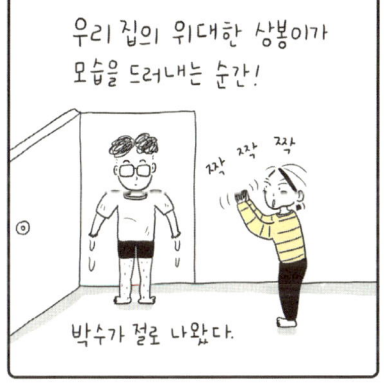

우리 집의 위대한 상봉이가
모습을 드러내는 순간!

짝 짝 짝

박수가 절로 나왔다.

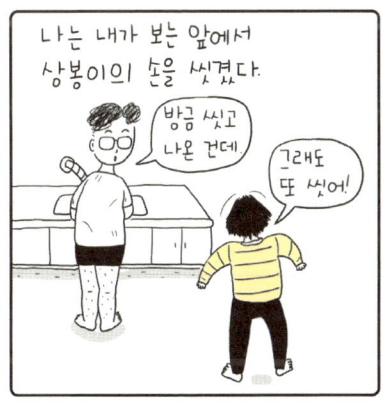

나는 내가 보는 앞에서
상봉이의 손을 씻겼다.

방금 씻고
나온 건데

그래도
또 씻어!

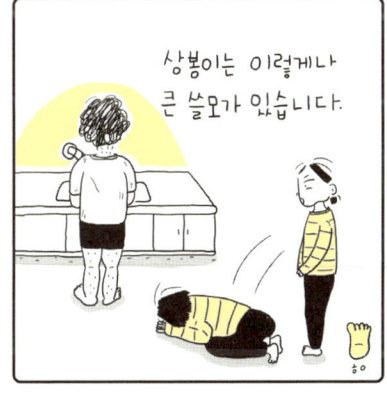

상봉이는 이렇게나
큰 쓸모가 있습니다.

173

순정 만화를 꿈꾸다!

최근 순정 만화에 좀 빠졌다.

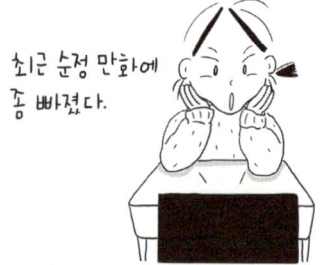

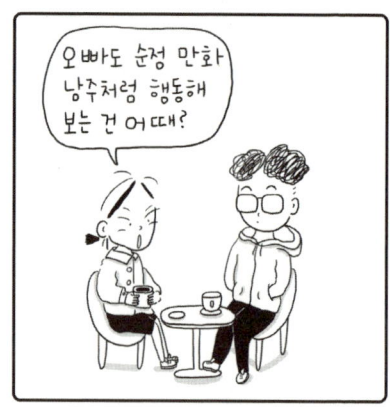

오빠도 순정 만화 남주처럼 행동해 보는 건 어때?

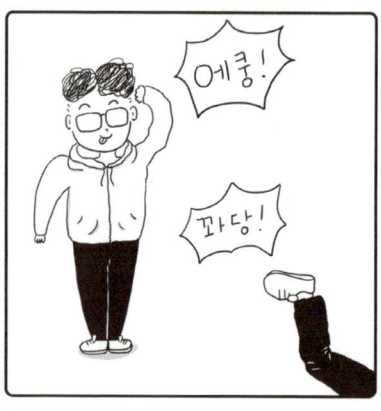

에쿵!

꽈당!

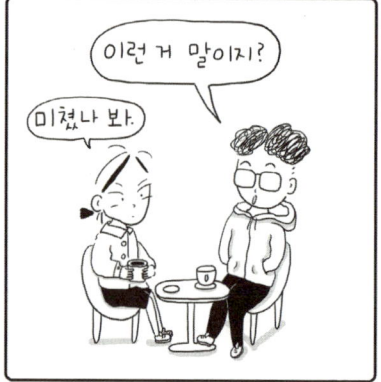

이런 거 말이지?

미쳤나 봐.

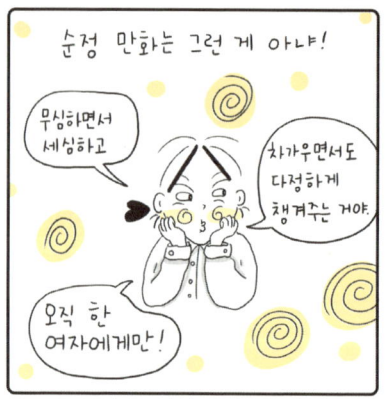

순정 만화는 그런 게 아냐!

무심하면서 세심하고

차가우면서도 다정하게 챙겨주는 거야.

오직 한 여자에게만!

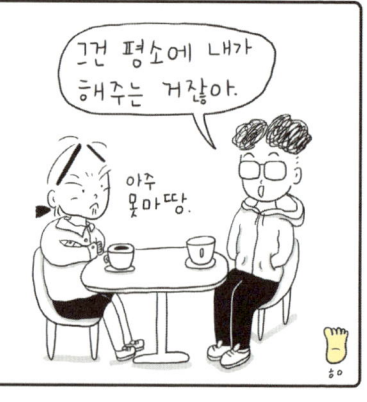

그건 평소에 내가 해주는 거잖아.

아주 못마땅.

상봉이의 아침

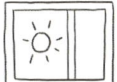

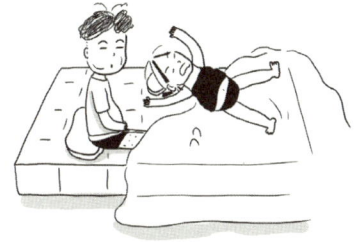

일어나자마자
그가 하는 일은

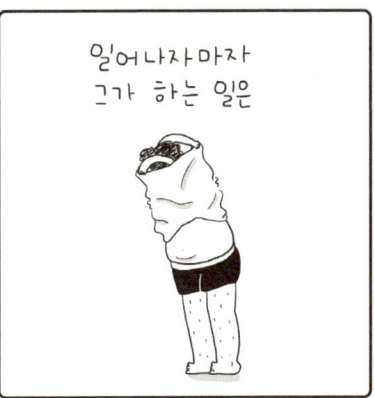

공복 몸무게를
재는 것이다.

맨바닥에서
한 번,

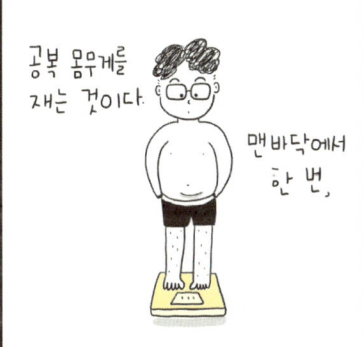

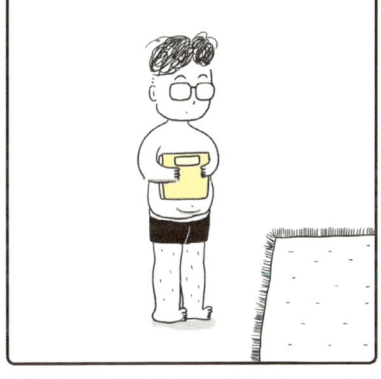

카펫 위에서
또 한 번.

이렇게 꼭
두 번 무게를
잰 후

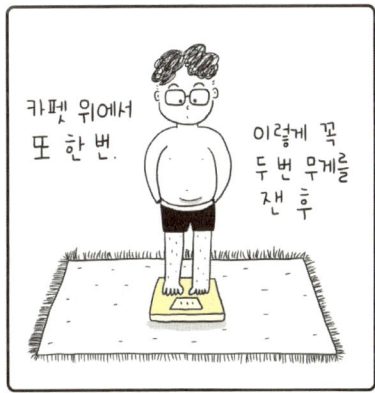

그 중
마음에 드는 몸무게를
다이어트 어플에
적으면, 목표 몸무게
달성일을
알려주는데,

상봉 님의
다이어트
종료일은...

그의 꿈은
2036년 4월에
이뤄진다.

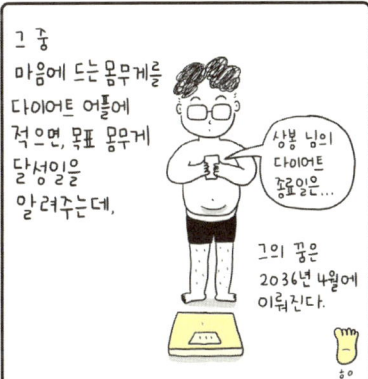

175

내 영어는 어느 나라 발음?

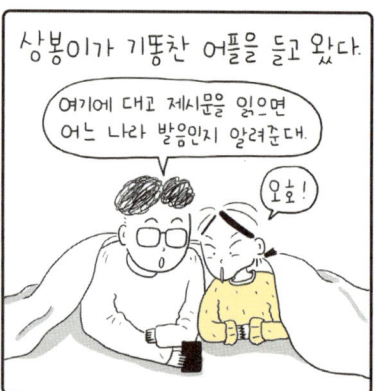

상봉이가 기똥찬 어플을 들고 왔다.

여기에 대고 제시문을 읽으면 어느 나라 발음인지 알려준대.

오호!

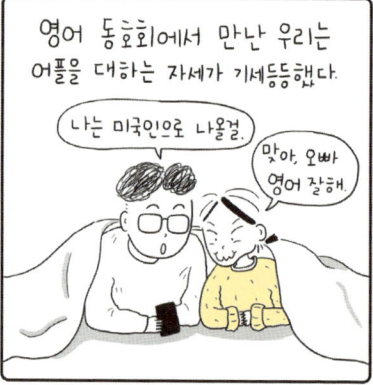

영어 동호회에서 만난 우리는 어플을 대하는 자세가 기세등등했다.

나는 미국인으로 나올걸.

맞아, 오빠 영어 잘해.

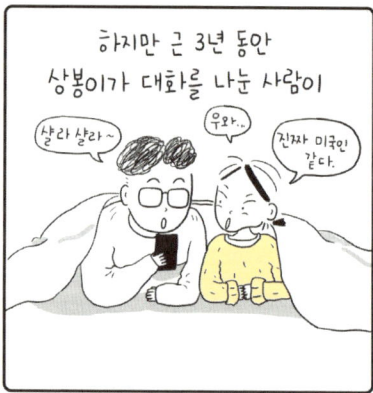

하지만 근 3년 동안 상봉이가 대화를 나눈 사람이

샬라 샬라~

우와..

진짜 미국인 같다.

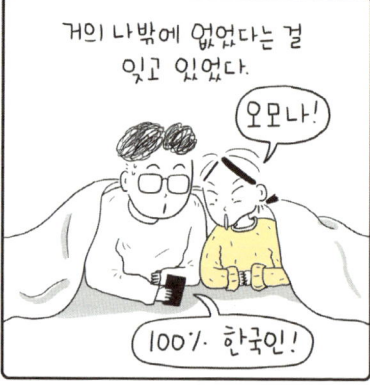

거의 나밖에 없었다는 걸 잊고 있었다.

오모나!

100% 한국인!

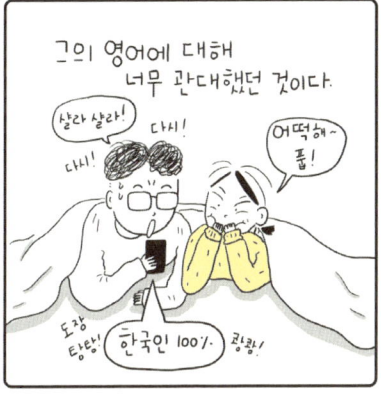

그의 영어에 대해 너무 관대했던 것이다.

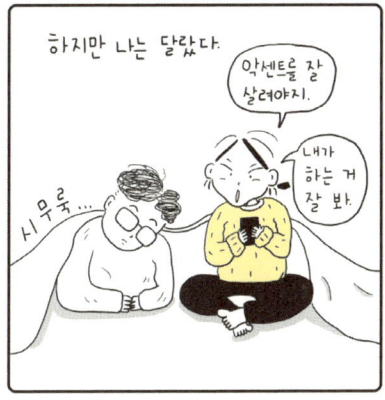

하지만 나는 달랐다.

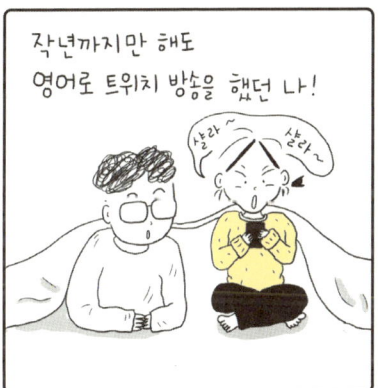

작년까지만 해도 영어로 트위치 방송을 했던 나!

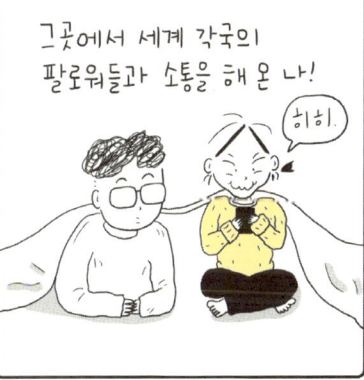

그곳에서 세계 각국의 팔로워들과 소통을 해 온 나!

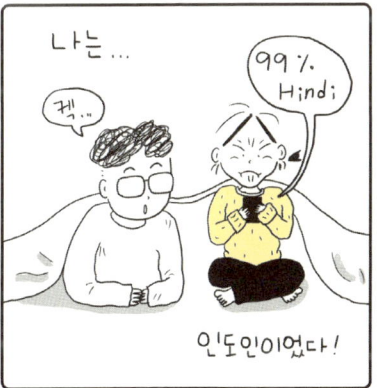

나는...

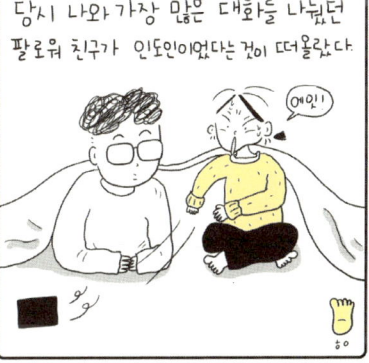

당시 나와 가장 많은 대화를 나눴던 팔로워 친구가 인도인이었다는 것이 떠올랐다.

아무 하루 모음 ③

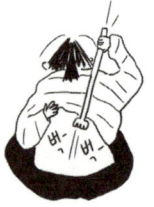

겨울이 되니 온몸이 건조하다.

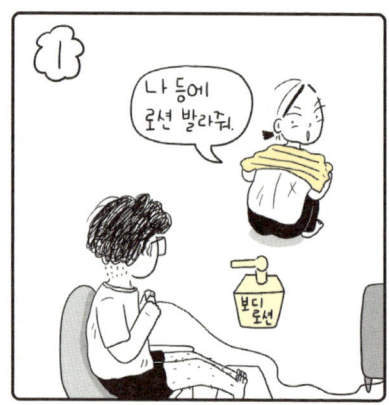

나 등에 로션 발라줘.

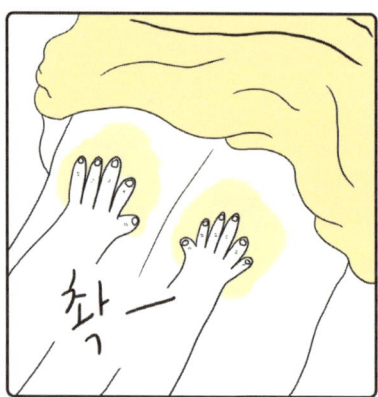

촤ㅡ

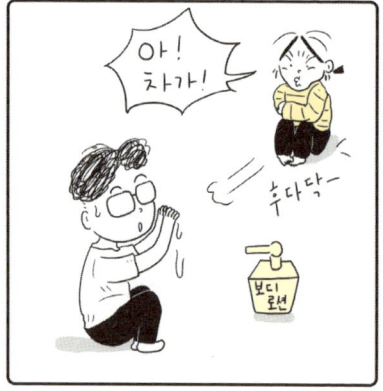

아! 차가!

후다닥ㅡ

②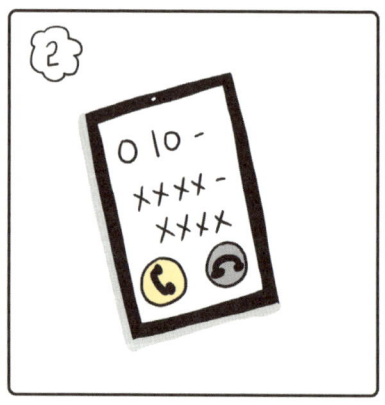

여보세요?

법원에서 등기가 발송됐는데 집에 안 계셔서요.

언제 오셨어요? 저 집에 계속 있었는데요.

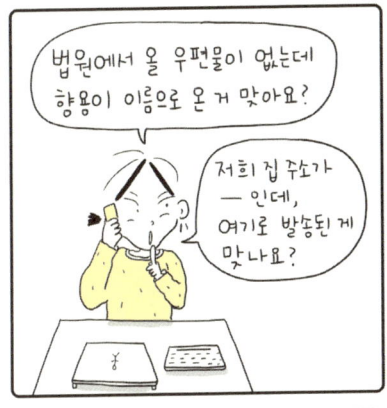

법원에서 올 우편물이 없는데
향용이 이름으로 온 거 맞아요?

저희 집 주소가
― 인데,
여기로 발송된 게
맞나요?

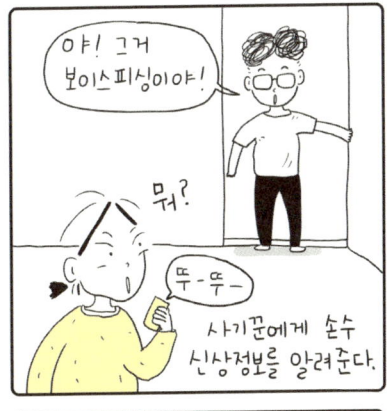

야! 그거
보이스피싱이야!

뭐?

뚜-뚜-

사기꾼에게 손수
신상정보를 알려준다.

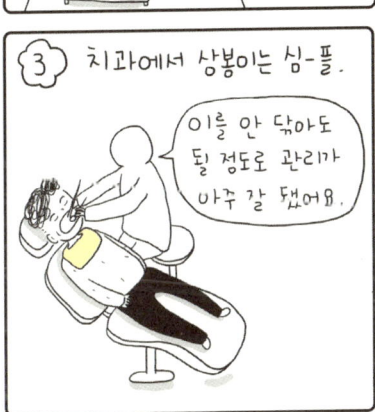

③ 치과에서 상봉이는 심-플.

이를 안 닦아도
될 정도로 관리가
아주 잘 됐어요.

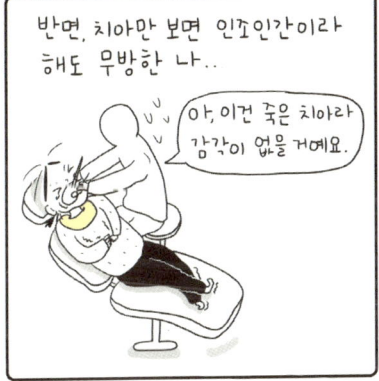

반면, 치아만 보면 인조인간이라
해도 무방한 나..

아, 이건 죽은 치아라
감각이 없을 거예요.

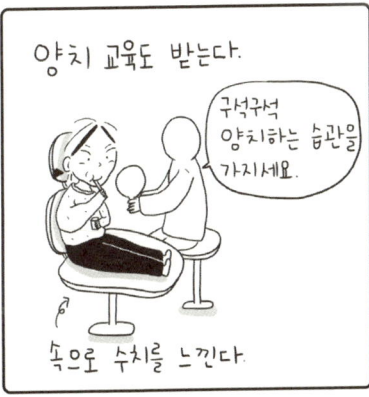

양치 교육도 받는다.

구석구석
양치하는 습관을
가지세요.

속으로 수치를 느낀다.

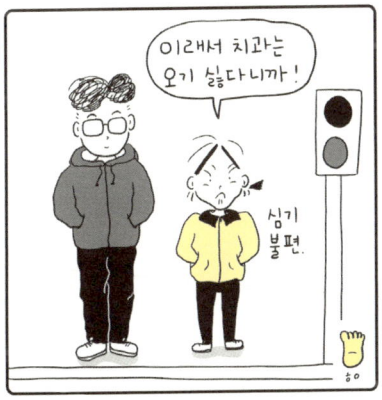

이래서 치과는
오기 싫다니까!

심기
불편.

179

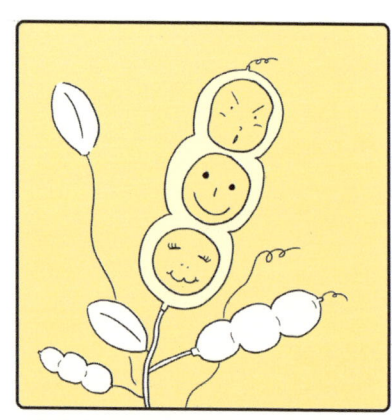

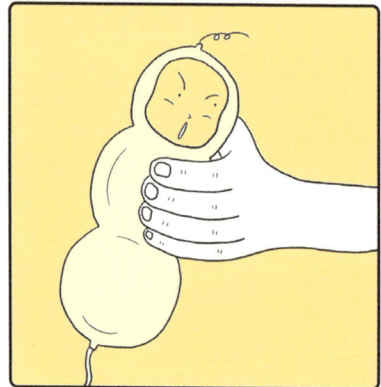

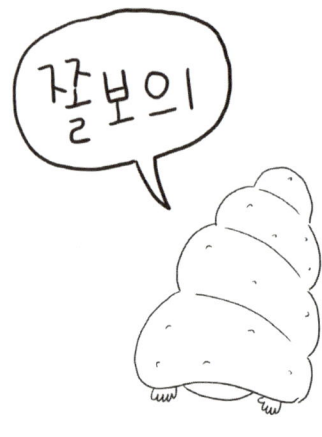

꼴보의

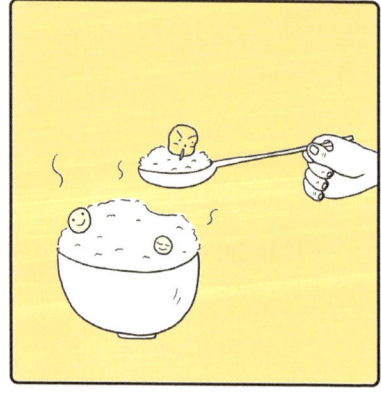

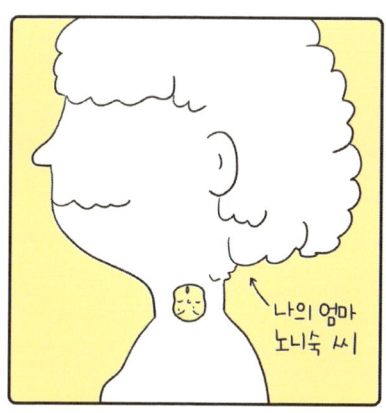

나의 엄마
노니숙 씨

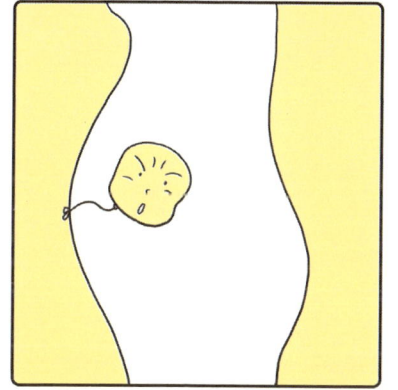

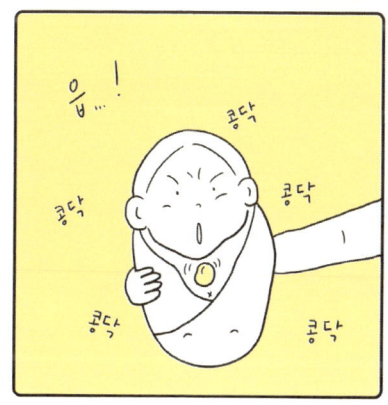

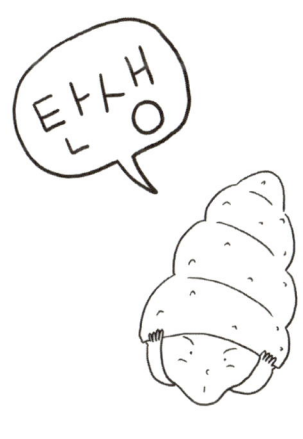

8 장

(이별 말고) 독립

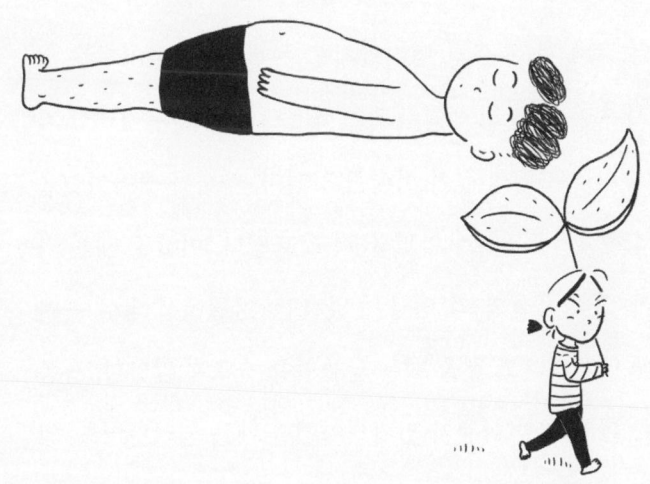

운이 좋아서 운이 좋지 않아서 나에게 일어나는 일들이 두렵고 무서웠다. 운이 좋으면 그만한 대가가 따를까 봐 두려웠고 운이 나쁘면 얼마나 나쁠지를 몰라서 무서웠다. 그럴 때마다 징크스가 생겼고, 나만 아는 행운의 징표들을 여럿 만들었다. 오른손으로 형광등을 켰으면 다음에는 왼손으로 형광등을 켰고, 모든 일이 순조로워 보였던 누군가가 준 그의 증명사진을 꽤 오랫동안 문고리 가방에 걸어두기도 했다. 내 손길이 닿은 우리 집 곳곳에 내가 부여한 역할들을 잘해주기를 바라는 염원이 묻었다.

그럼에도 액운이 자꾸만 번져갈 때는 결국 우주를 찾았다. 광활한 우주의 먼지만치도 못한 내게 벌어지는 일이 대수랴, 그렇게 생각하고는 나에게 덮쳐오는 거대한 파도에 기꺼이 흠뻑 젖어 버리는 것이다. 아빠가 돌아가셨을 때 그랬고, 상봉이가 아팠을 때도 그랬다. 어렸을 때는 아빠가 일찍 죽을까 봐 맨날 울었지만, 병원에서 막상 아빠가 돌아가신다고 했을 때는 남들만큼 슬프지 않았다. 상봉이가 아픈가 안 아픈가 긴가민가했을 때는 염려했어도, 막상 아픈 게 맞다는 진단을 받고 나니 평생 낫지 않아도 괜찮은 마음이 생겼다. 사람들은 그런 나를 보고 낙천적이라고 했지만, 사실 나는 남들보다 포기가 빨랐던 걸지도 모른다.

남자친구 상봉이는 나보다는 삶에 욕심이 많았던 탓이었을 것이다. 내가 그의 우울증이 나을 수 없다고 생각할 때, 그는 자신의 우울증이 나을 수 있다고 믿었다. 그래서 내가 '지금 이대로' 괜찮다고 말할 때 그는 늘 '다음'을 이야기하는 사람이있다. 우울증이 나이야만 그동안의 시간도 비로소 의미를 가질 수 있다고 말했고, 그래서인지 자꾸만 우울증이 나으면 해야 할 일, 우울증이 나으면 하고 싶은 일에 관해서만 얘기했다. 한 아이가 자신의 그림자가 쫓아오지 못할 때까지 달리기 연습을 했다는 이야기를 들은 적이 있다. 나는 자신의 우울증이 나을 수 있다고 믿는 남자친구가 그 어린아이와 다르지 않다고 생각했다. 그래서 언젠가 자신의 의미 없는 인생을 말하게 될 상봉이가 슬펐다.

그런 그가 변하기 시작한 것은 정신병원에서 퇴원하고 얼마 지나지 않은 때였다. 학교를 자퇴했던 자신과 달리 비슷한 우울증을 앓고 있던 먼 지인이 휴직을 끝내고 직장으로 복귀했다는 소식을 접한 것이다. 그제야 그는 실감한다고 했다.

'아, 나는 모든 일상이 무너져 버렸구나.'

출발지로 이어지는 밧줄을 손에 쥐고 정처 없이 떠돌아도 안심하고 있었는데 막상 손을 펴 보니 먼 옛날에 끊어지고 남은 끄나풀만 쥐고 있던 것이다. 걸어왔던 발자국은 더듬어 찾아가기엔 이미 흐릿해진 지 오래였고, 되돌아가기엔 너무 멀리 와 있었다.

30분도 책을 보지 못하는 자신에게 실망하고, 아침마다 약기운에 잔뜩 안개가 끼는 뇌를 탓했다. 그런 그에게 의사 선생님은 자신이 과거에 어디에 있었는지를 생각하지 말고 지금 여기에서 할 수 있는 일을 하라고 조언해 주었다. 하루 30분이 힘들다면 일단 10분만 공부해 보는 것이었다. 그래서 그는 하루에 10분 공부했다. 나머지 시간은 달리기를 하거나 게임을 하더라도 하루 10분은 꼭 공부를 했다. 아침에는 눈을 뜨고 밤에는 눈을 감았다. 사람들을 피해 몇 년간 답장하지 못하고 쌓아두었던 카톡과 문자와 메일에 몇 달에 걸쳐 하나둘 답을 보내기 시작했다. 하루에 공부하는 시간이 30분으로, 1시간으로, 2시간으로 늘어났다. 다시 대학원에 입학할 준비를 했다.

상봉이가 연습한 것들은 그렇게 작은 것들이었다. 그 작은 일들이 버거워서 지난 5년을 놓아 버린 것이지만 말이다. 그에게 무겁고 힘에 부쳤던 일들이 제 무게를 찾아 가벼워지는 데에는 다시 1년이 걸렸다. 그리고 그 사소한 일들은 씨앗이 되어 2023년 봄을 맞이하는 상봉이 안에 '이대로도 괜찮은 마음'이 피어났다. 이제는 우울증이 낫지 않아도, 예전처럼 돌아가지 못해도 괜찮다고 했다.

그런데 그 정도 마음이면 충분했던 것인지, 그해 여름 의사 선생님은 선물 같은 진단을 전했다.

"이제 우울증이 재발하지 않도록 해봅시다. 이 말을 전하기까지 6년이 걸렸네요."

그날 집으로 돌아오는 길은 유독 조용했다. 열심히 따릉이를 타는 척했지만 남자친구도 울고 나도 조용히 울고 있었다. 애썼던 우리의 지난 시간이 떠올랐다. 6년을 거쳐 넘어온 거대한 산이 등 뒤로 멀어지는 것 같았다.

상봉이의 우울증은 어제의 일이 될 수 있을까? 다시 걸음마를 시작한 상봉이가 뜀박질을 하는 날이 올까? 그런 날이 오면 이제는 모든 게 제자리를 찾았다고 얘기할 수 있을까?

한때는 상봉이가 우울증에 걸린 게 참 이상한 일이라고 생각했다. 도저히 일어날 수 없는 일이 벌어진 것처럼 의아했고 얼떨떨했다. 마치 우울증에 걸리는 사람은 따로 있다는 듯한 태도를 오랫동안 버리지 못했다. 옥상에서 떨어진 화분에 맞아 죽은 행인을 두고 운이 지지리도 없다고 이야기하는 것처럼 상봉이가 우울증에 걸린 일도 그와 같이 운이 나빠 발생한 것이라고 생각했다.

그런데 여느 날과 다름없는 산책길을 걸으며, 내가 '지금 이 시각' 눈앞에 보이는 '이 보도블록'을 밟고 지나갈 확률은 얼마나 될까? 생각했다. 옥상에서 떨어지는 화분에 맞을 확률과 크게 다르지 않을 수 있다는 생각이 들었다. 이미 내 일상도 극히 드문 확률의 일들이 모여 흘러가고 있었구나. 그리고 알게 된 것이다. 상봉이에게 우울증은 이상한 일이 아니었구나. 그 깨달음이 바로 내 발밑에 있었는데 6년이 지나서야 그걸 알았다.

1%의 확률이라는 건 99일 동안 예상대로 흘러가던 일이 100일째쯤에는 예상 밖의 길로 어긋나 버리는 것. 아흔아홉 번 별일 없던 일이라도 그다음에는 별수 없는 일이 되어 버리는 것. 말도 안 된다고 생각했던 일들에서 '운'을 빼고 보니 단지 예상했던 일, 예상하지 못했던 일이 일어나는 것뿐이었다.

상봉이가 약을 다 끊더라도, 예전과 똑같은 마음이 되더라도, 우울증이 온전히 어제의 일이 되는 날은 오지 않을 것이다. 침대에서 늦장을 부릴 때, 게임 하는 시간이 길어질 때면 다시 우울증이 시작되고 있는 것은 아닐까, 언제든 자연스럽게 의심하고 걱정할 것이다. 뜀박질은커녕 아무것도 하지 못하는 태아의 모습으로 몸을 돌돌 말고 깊은 잠을 자게 될지도 모를 일이다.

하지만 그런 날이 오더라도 이제는 점집에 찾아가 내 운을 탓하거나, 징크스 때문에 만화와 일기를 멈추는 날은 오지 않을 것이다. 불안함이 자꾸 스며들 때는 먼 우주까지 도망가 답을 구하지 않을 것이다. 대신 무한한 우주의 끝은 알 수 없을지언정 나와 가장 가까이서 살을 맞대고 있는 존재만큼은 명확하다는 사실을 떠올릴 것이다. 그건 불운과 행운이 두렵고 무서웠던 내 인생에서 '운'을 덜어내게 하는 용기를 준다.

시작

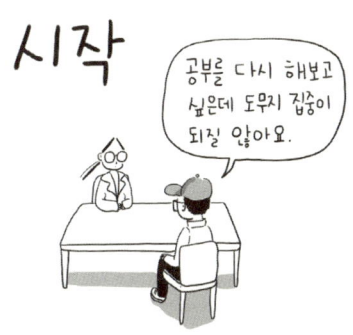

공부를 다시 해보고 싶은데 도무지 집중이 되질 않아요.

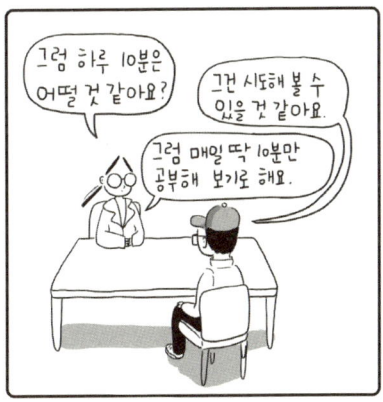

그럼 하루 10분은 어떨 것 같아요?

그건 시도해 볼 수 있을 것 같아요.

그럼 매일 딱 10분만 공부해 보기로 해요.

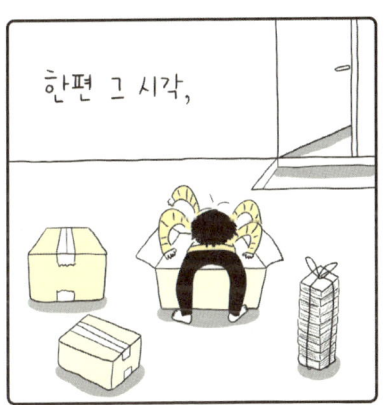

한편 그 시각,

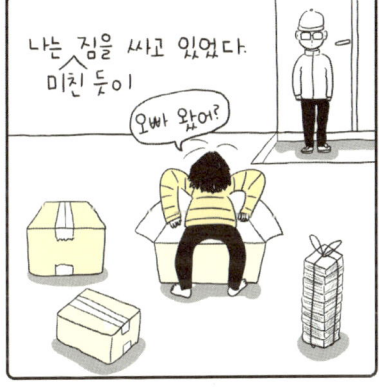

나는 짐을 싸고 있었다. 미친 듯이

오빠 왔어?

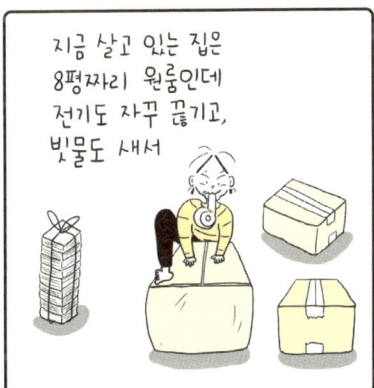

지금 살고 있는 집은 8평짜리 원룸인데 전기도 자꾸 끊기고, 빗물도 새서

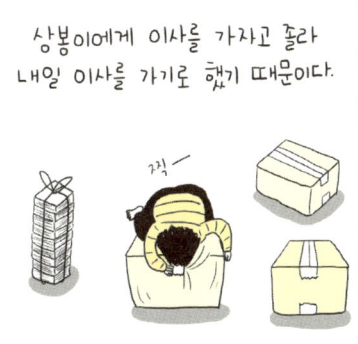

상봉이에게 이사를 가자고 졸라 내일 이사를 가기로 했기 때문이다.

끽ㅡ

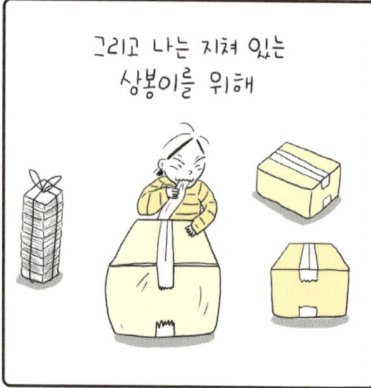

그리고 나는 지쳐 있는
상봉이를 위해

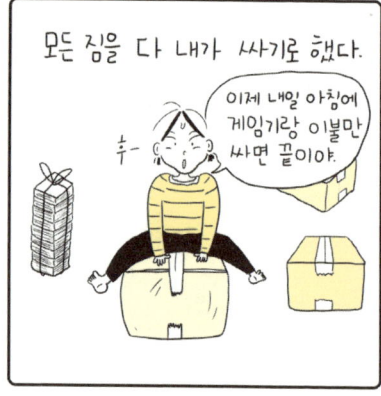

모든 짐을 다 내가 싸기로 했다.

이제 내일 아침에
게임기랑 이불만
싸면 끝이야.

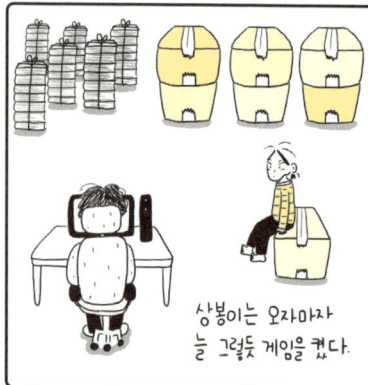

상봉이는 오자마자
늘 그렇듯 게임을 켰다.

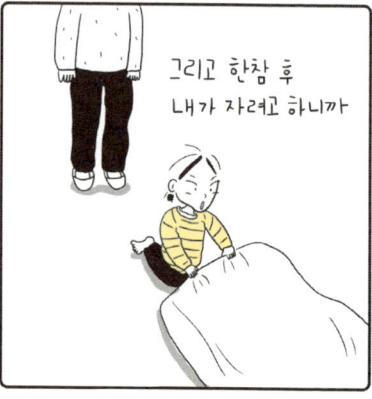

그리고 한참 후
내가 자려고 하니까

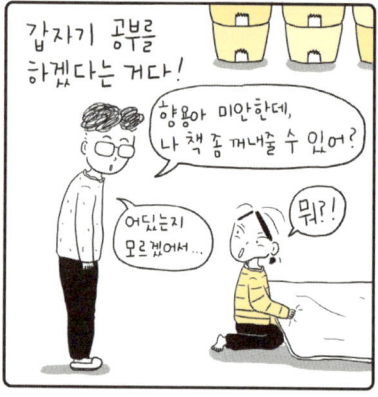

갑자기 공부를
하겠다는 거다!

향용아 미안한데,
나 책 좀 꺼내줄 수 있어?

어딨는지
모르겠어...

뭐?!

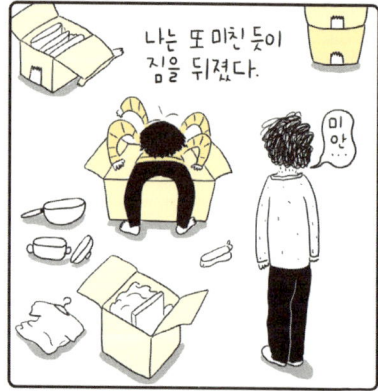

나는 또 미친 듯이
짐을 뒤졌다.

미안

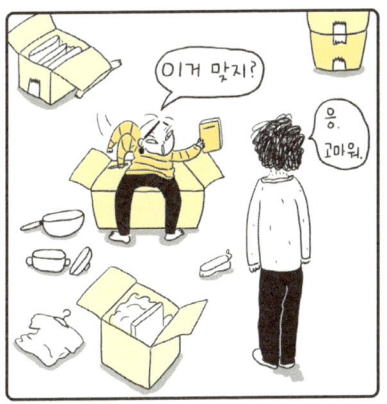

이거 맞지?

응, 고마워.

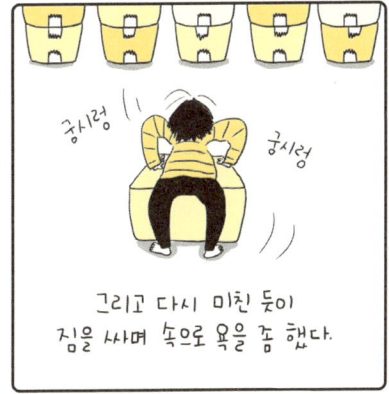

궁시렁

궁시렁

그리고 다시 미친 듯이
짐을 싸며 속으로 욕을 좀 했다.

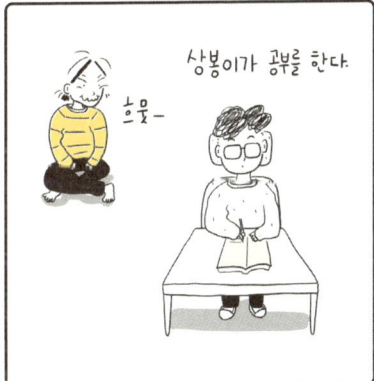

상봉이가 공부를 한다.

흐뭇-

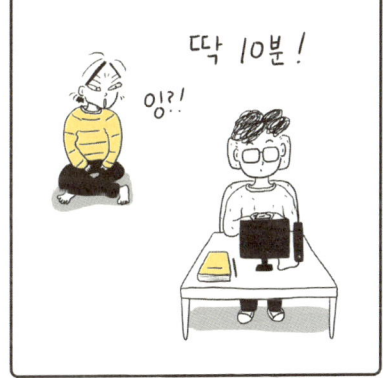

딱 10분!

잉?!

그때 향용이가 귀찮다고 했으면
나는 지금까지도 시작 못 했을지도 몰라.

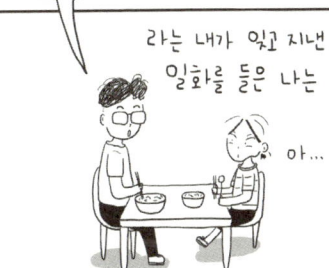

라는 내가 잊고 지낸
일화를 들은 나는

아...

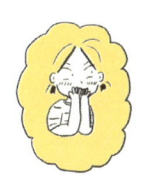

천사 같은 내 자신에게
감동해 버렸다! -마라탕을
먹으며-

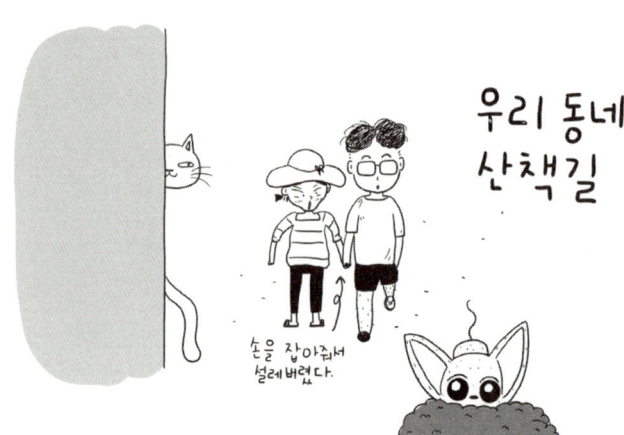

우리 동네
산책길

손을 잡아줘서
설레버렸다.

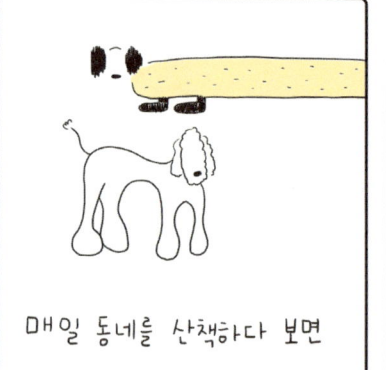

매일 동네를 산책하다 보면

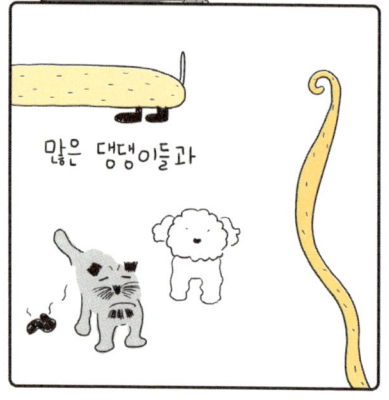

많은 댕댕이들과

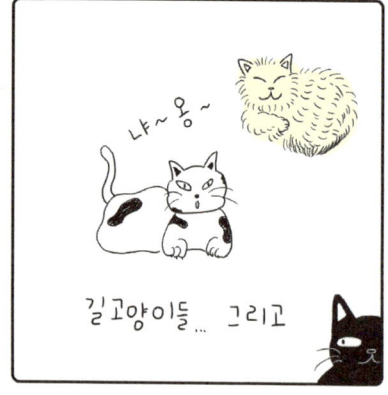

냐~옹~

길고양이들... 그리고

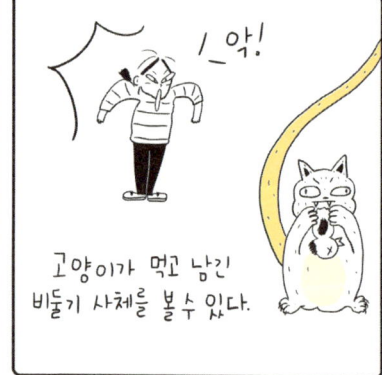

1악!

고양이가 먹고 남긴
비둘기 사체를 볼수 있다.

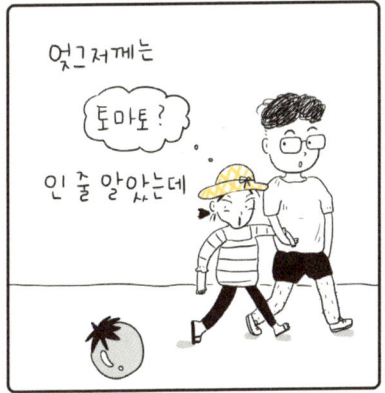

엊그제는
토마토?
인 줄 알았는데

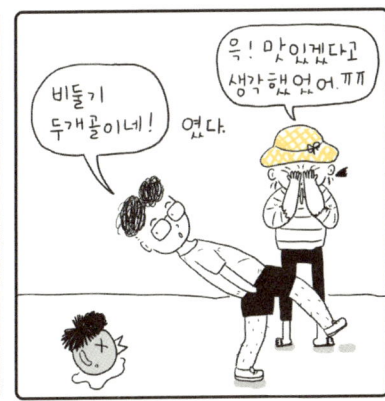

비둘기 두개골이네!
였다.
윽! 맛있겠다고 생각했었어.ㅠㅠ

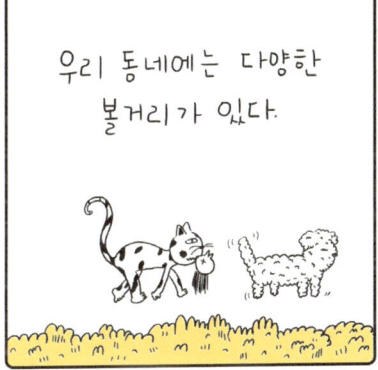

우리 동네에는 다양한
볼거리가 있다.

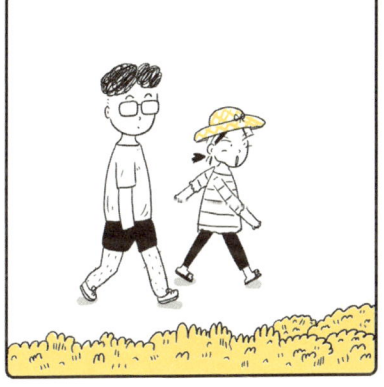

장기 연애의 비결 ②

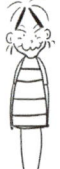

내가 생각하는
비결은 사실
따로 있다.

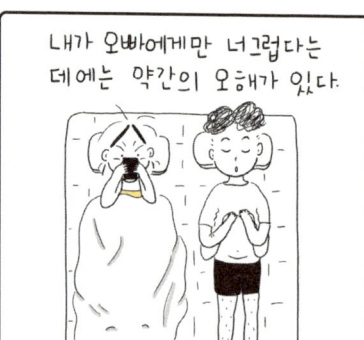

내가 오빠에게만 너그럽다는
데에는 약간의 오해가 있다.

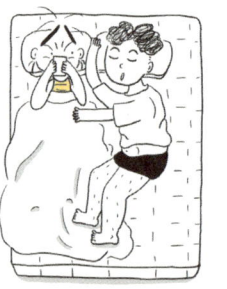

오빠에 대한 나의 화, 분노, 짜증은
고이고이 쌓아 두었다가

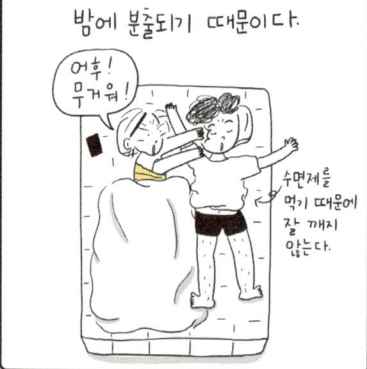

밤에 분출되기 때문이다.

어휴!
무거워!

수면제를
먹기 때문에
잘 깨지
않는다.

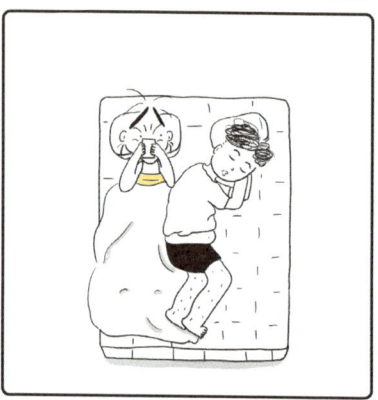

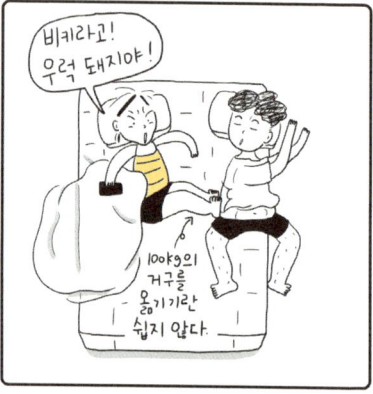

비키라고!
우럭 돼지야!

100㎏의
거구를
옮기기란
쉽지 않다.

그러다 오빠가
깔 때도 있는데

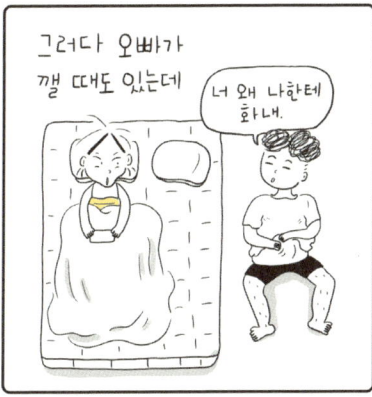

너 왜 나한테
화내.

그럴 땐 약간의
뻔뻔함이 필요하다.

ㅋㅋㅋㅋ

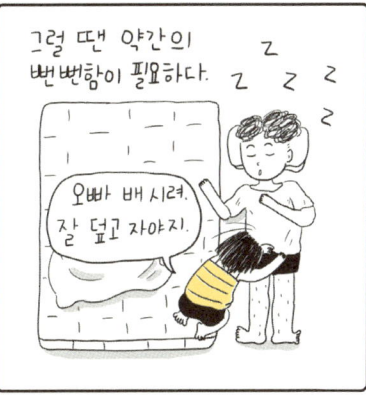

오빠 배시려.
잘 덮고 자야지.

너 어젯밤에
나한테 짜증냈지?

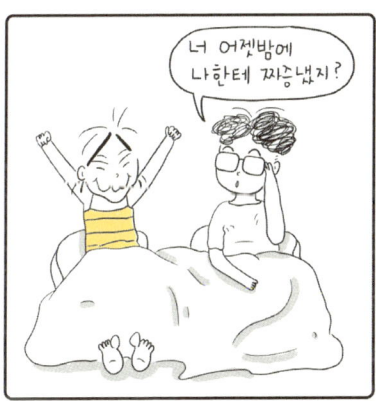

꿈꾼 거 아냐?
잘 자라고 배도
덮어 줬는데.

그래?

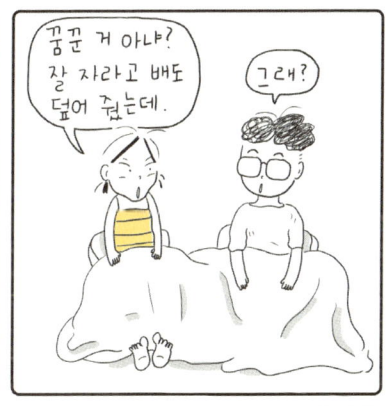

그렇게 수많은 분노의 밤을 지나

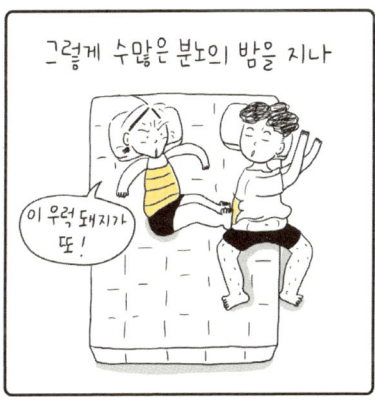

이 우락돼지가
또!

평화로운 연애를
이어가는 것이었다!

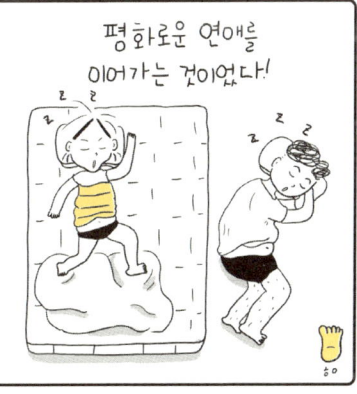

강한 남자

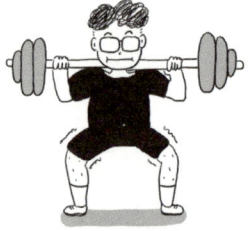

상봉이는 의사 선생님께
치료 소식을 듣게 된 날,

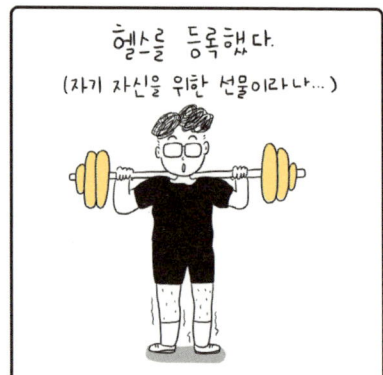

헬스를 등록했다.

(자기 자신을 위한 선물이라나...)

그리고 헬스 중간 쉬는 시간에는
친구들에게 늦은 답장을 보냈다.

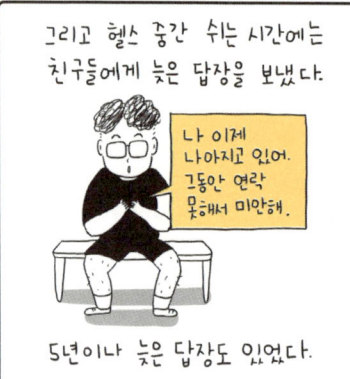

나 이제
나아지고 있어.
그동안 연락
못해서 미안해.

5년이나 늦은 답장도 있었다.

그러면서 또 많이 울었다.

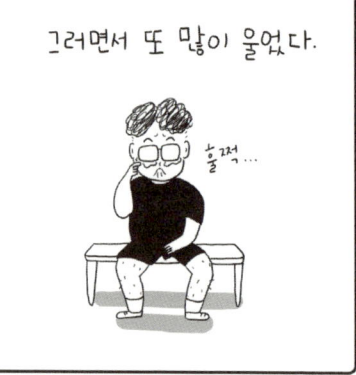

훌쩍...

아무튼 상봉이는 강해지고 있다.

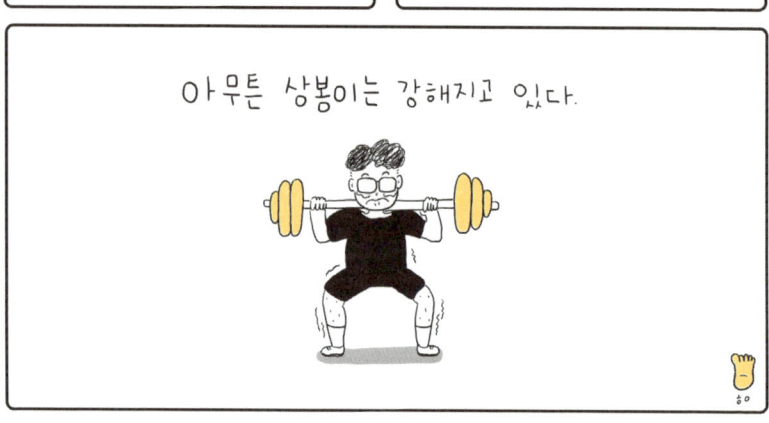

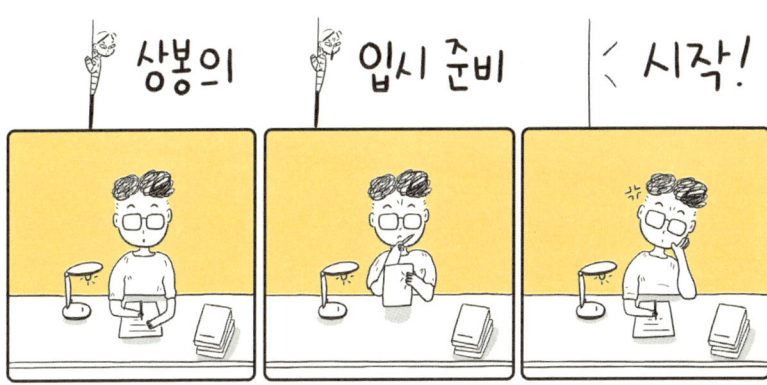

상봉의 입시 준비 시작!

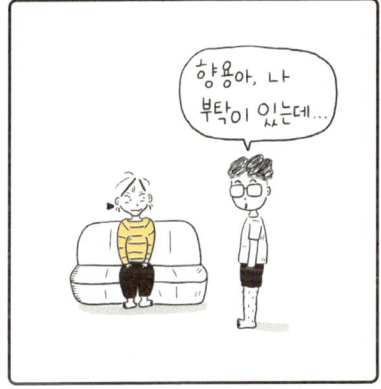

향용아, 나 부탁이 있는데...

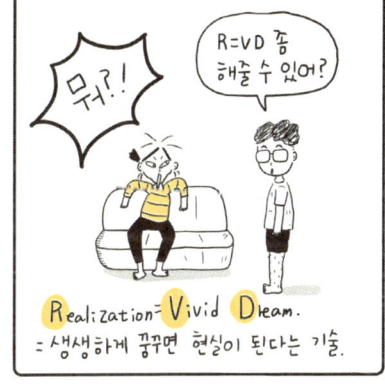

뭐?!

R=VD 좀 해줄 수 있어?

Realization = Vivid Dream.
= 생생하게 꿈꾸면 현실이 된다는 기술.

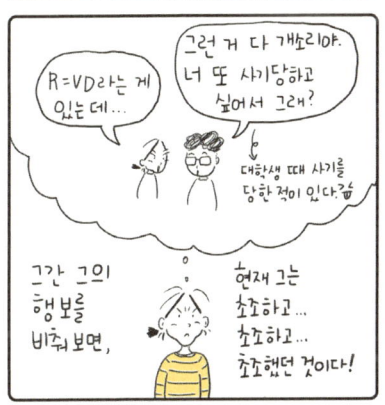

R=VD라는 게 있는데...

그런 거 다 개뻥이야. 너 또 사기당하고 싶어서 그래?

대학생 때 사기를 당한 적이 있다.

그간 그의 행보를 비춰 보면,

현재 그는 초조하고... 초조하고... 초조했던 것이다!

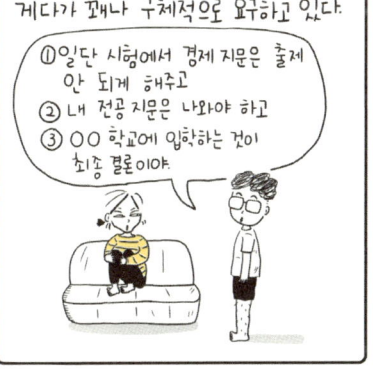

게다가 꽤나 구체적으로 요구하고 있다.

① 일단 시험에서 경제 지문은 출제 안 되게 해주고
② 내 전공 지문은 나와야 하고
③ ○○ 학교에 입학하는 것이 최종 결론이야.

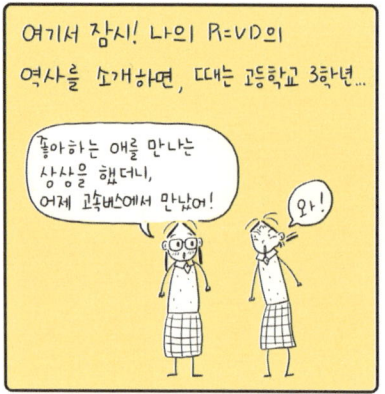

여기서 잠시! 나의 R=VD의 역사를 소개하면, 때는 고등학교 3학년...

좋아하는 애를 만나는 상상을 했더니, 어제 고속버스에서 만났어!

와!

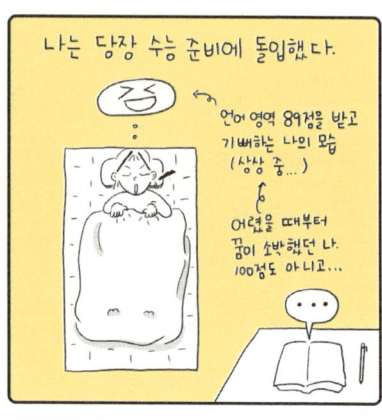

나는 당장 수능 준비에 돌입했다.

Zzz

← 언어 영역 89점을 받고 기뻐하는 나의 모습 (상상 중...)

어렸을 때부터 꿈이 소박했던 나. 100점도 아니고...

....

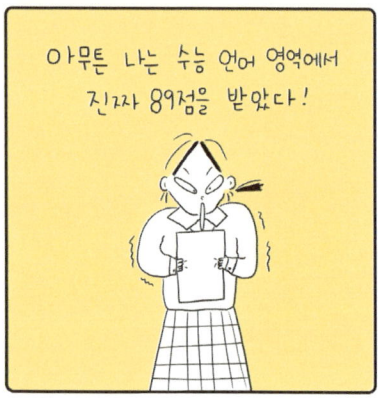

아무튼 나는 수능 언어 영역에서 진짜 89점을 받았다!

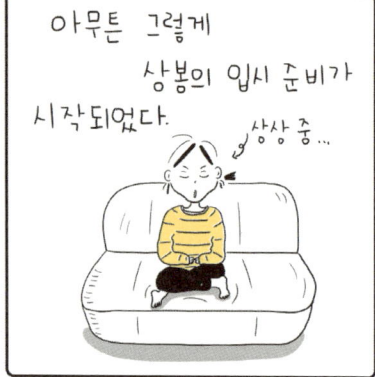

아무튼 그렇게 상봉의 입시 준비가 시작되었다.

상상 중...

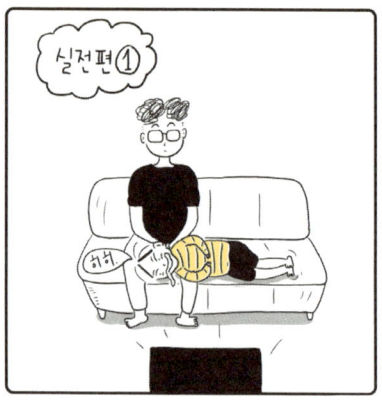

실전편 ①

위비

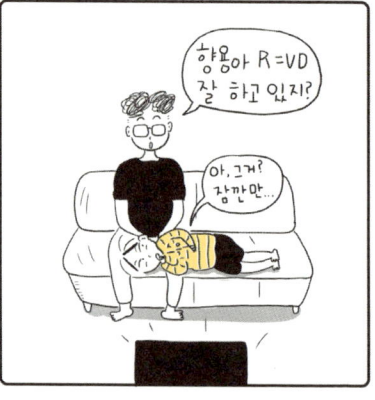

향용아 R=VD 잘 하고 있지?

아, 그거? 잠깐만...

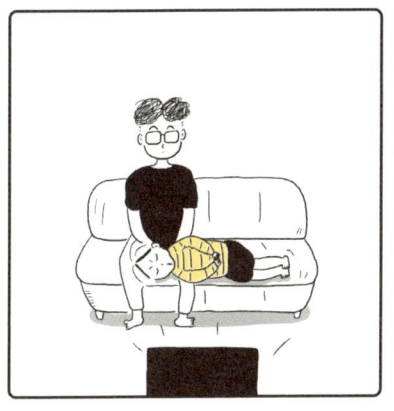

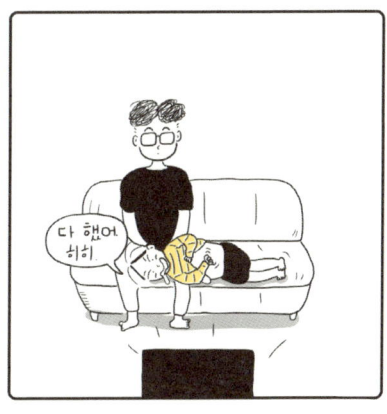

실전편 ②

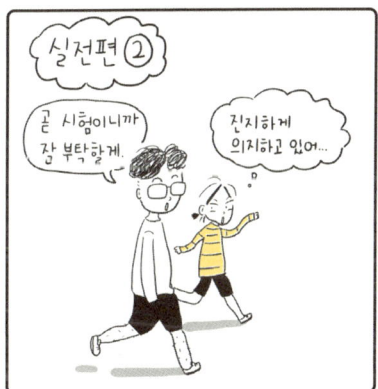

그리고 어느 날 보니,

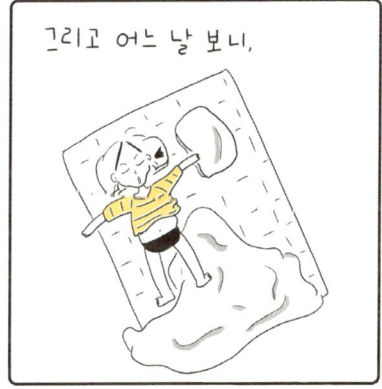

이미 그의 시험이 시작되고
있었다.

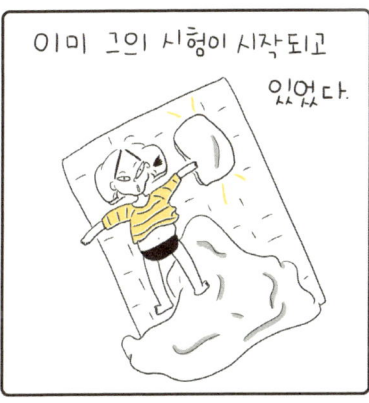

결국 필살기인 깜지를...

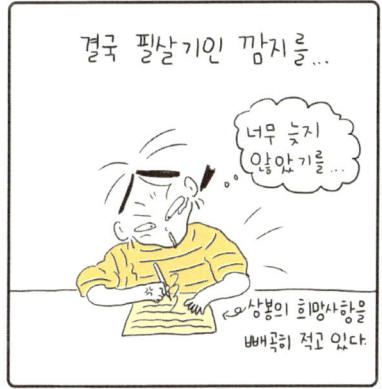

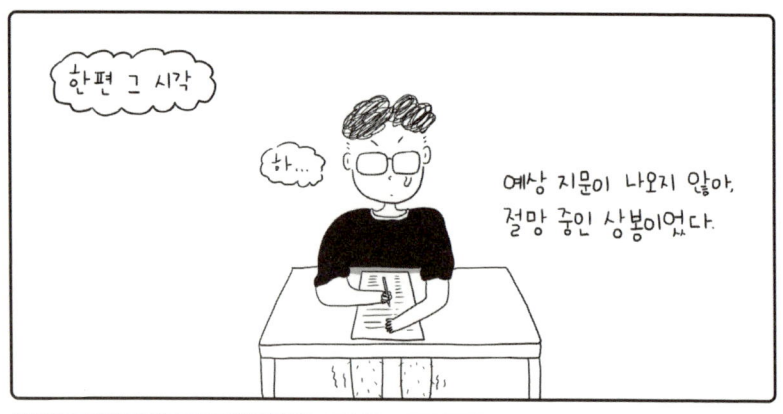

한편 그 시각

하....

예상 지문이 나오지 않아, 절망 중인 상봉이었다.

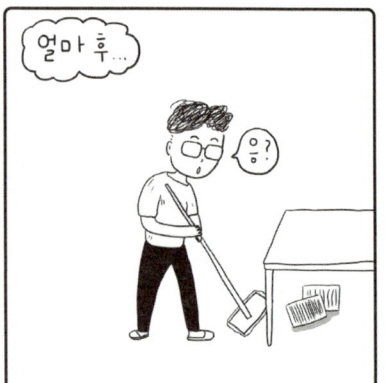

얼마 후...

응?

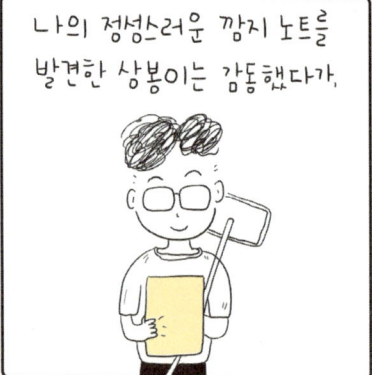

나의 정성스러운 깜지 노트를 발견한 상봉이는 감동했다가,

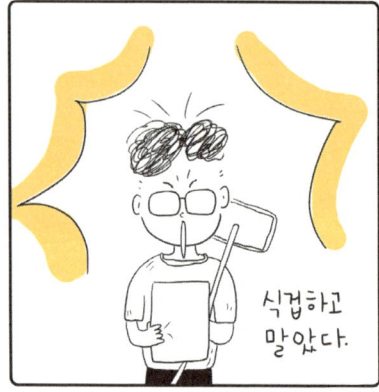

식겁하고 말았다.

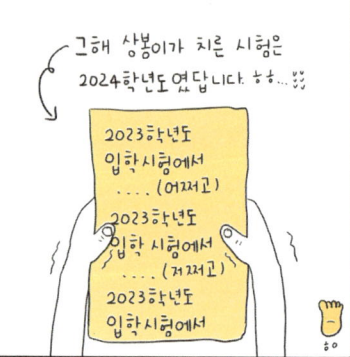

그해 상봉이가 치른 시험은 2024학년도였답니다. 흐흐...

2023학년도 입학시험에서
.... (어쩌고)
2023학년도 입학 시험에서
.... (저쩌고)
2023학년도 입학시험에서

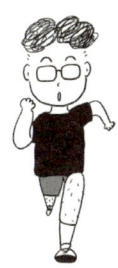

상봉!
마라톤에 나가다

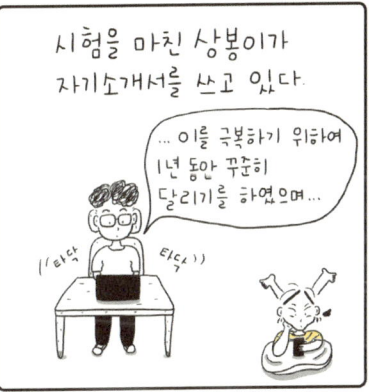

시험을 마친 상봉이가
자기소개서를 쓰고 있다.

... 이를 극복하기 위하여
1년 동안 꾸준히
달리기를 하였으며...

((타닥 타닥))

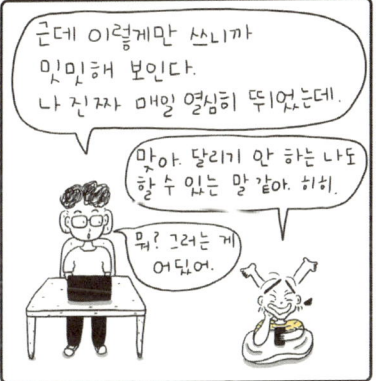

근데 이렇게만 쓰니까
밋밋해 보인다.
나 진짜 매일 열심히 뛰었는데.

맞아. 달리기 안 하는 나도
할 수 있는 말 같아. 히히.

뭐? 그러는 게
어딨어.

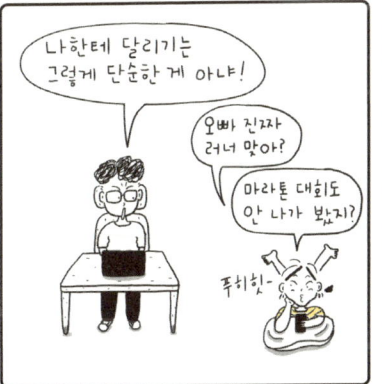

나한테 달리기는
그렇게 단순한 게 아냐!

오빠 진짜
러너 맞아?

마라톤 대회도
안 나가 봤지?

푸히힛~

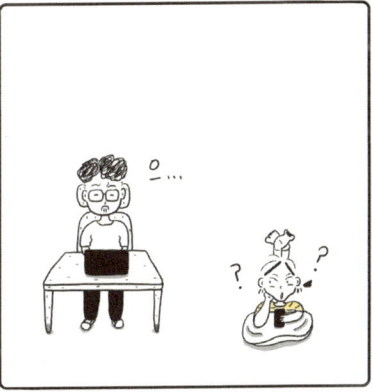

으...

?   ?

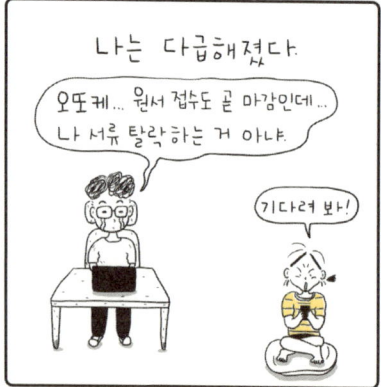

나는 다급해졌다.

오또케... 원서 접수도 곧 마감인데...
나 서류 탈락하는 거 아냐.

기다려 봐!

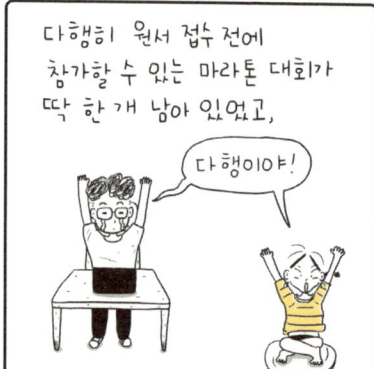

다행히 원서 접수 전에
참가할 수 있는 마라톤 대회가
딱 한 개 남아 있었고,

다행이야!

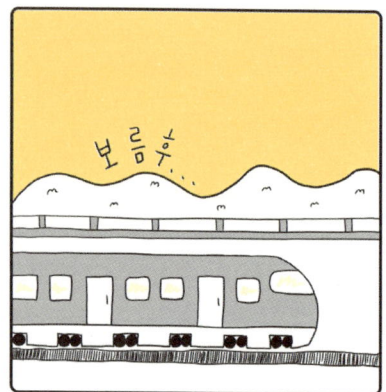

보름후...

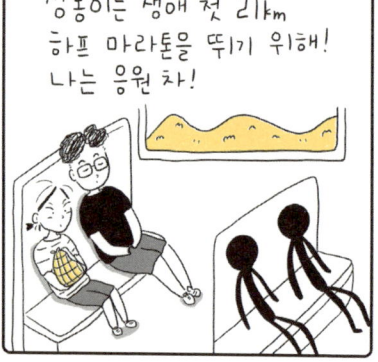

상봉이는 생애 첫 21km
하프 마라톤을 뛰기 위해!
나는 응원 차!

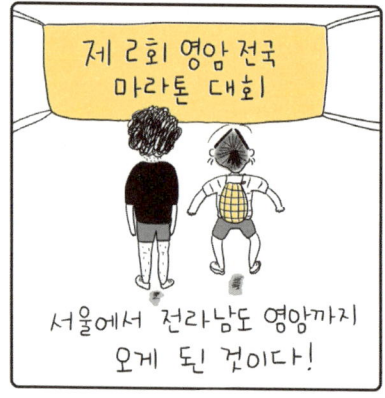

제 2회 영암 전국
마라톤 대회

서울에서 전라남도 영암까지
오게 된 것이다!

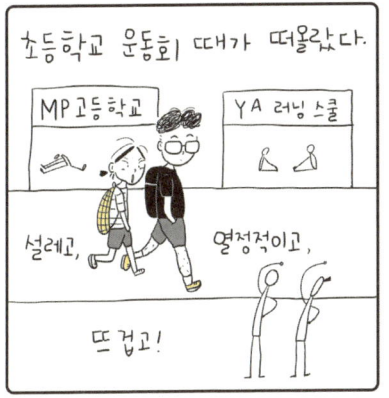

초등학교 운동회 때가 떠올랐다.

MP고등학교

YA 러닝 스쿨

설레고, 열정적이고,

뜨겁고!

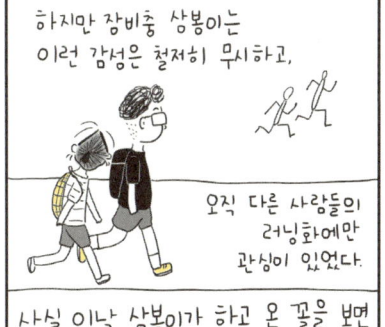

하지만 장비충 상봉이는
이런 감성은 철저히 무시하고,

오직 다른 사람들의
러닝화에만
관심이 있었다.

사실 이날 상봉이가 하고 온 꼴을 보면
뭔가 보여줄 사람 같긴 했다.

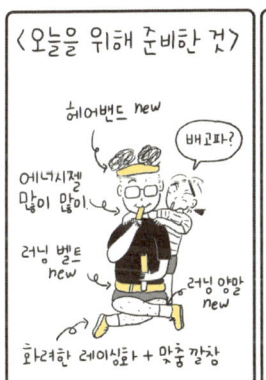

〈오늘을 위해 준비한 것〉

헤어밴드 new

배고파?

에너지젤
많이 많이

러닝 벨트
new

러닝 양말
new

화려한 레이싱화 + 맞춤 깔창

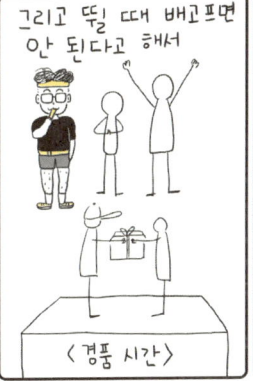

그리고 뛸 때 배고프면
안 된다고 해서

〈경품 시간〉

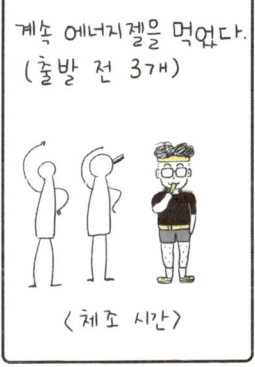

계속 에너지젤을 먹었다.
(출발 전 3개)

〈체조 시간〉

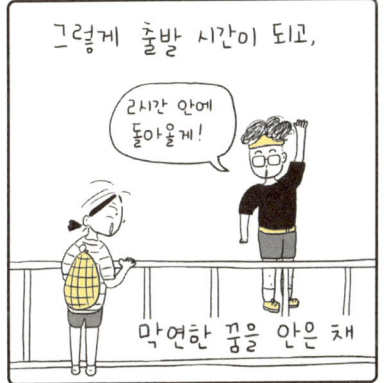

그렇게 출발 시간이 되고,

2시간 안에
돌아올게!

막연한 꿈을 안은 채

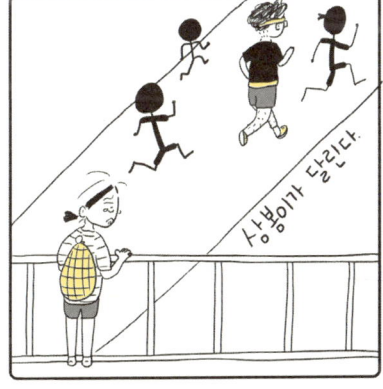

상봉이가 달린다.

그렇게 2시간 후에 돌아올 상봉이를 기다리며 나는 데이식스 노래를 들었는데

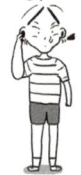

앗, 너무 흥분한 나머지

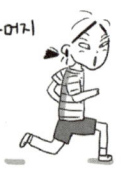

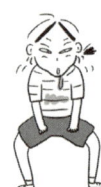

아니, 글쎄 25분 만에 뛰어버린 것이 아니겠는가!

스포
미래에 저는 달리기 검새끼 괴물이 된답니다.

구석에서 나 홀로 5km 달리기를 뛰었더니,

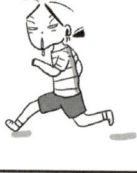

아무튼 나의 달리기 재능에 눈을 뜨던 그 시각!

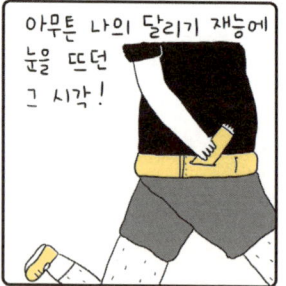

상봉이는 5개째 에너지젤을 먹고,

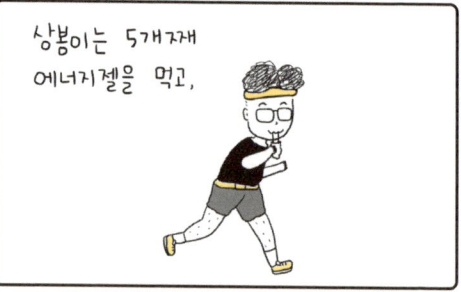

달려라, 상봉!

구역질을 하며 혼신의 달리기 중!

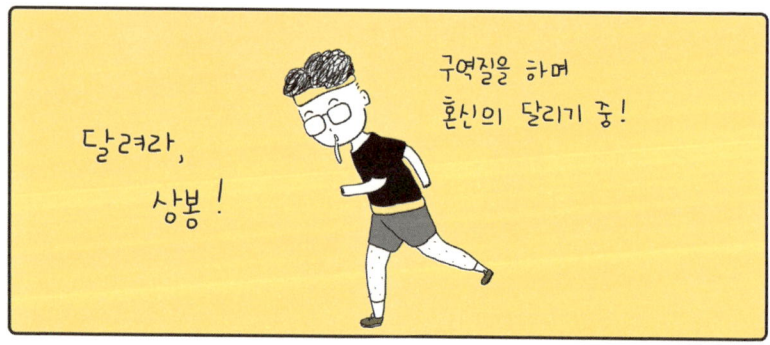

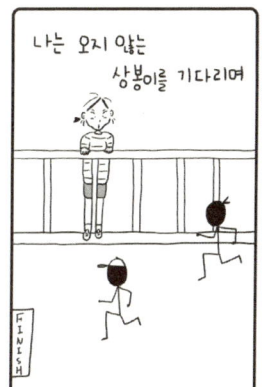

나는 오지 않는
상봉이를 기다리며

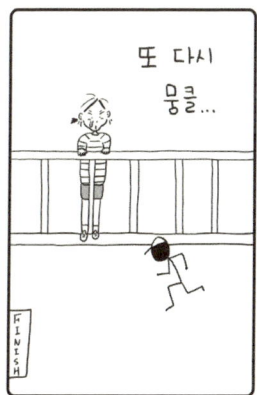

또 다시
뭉클...

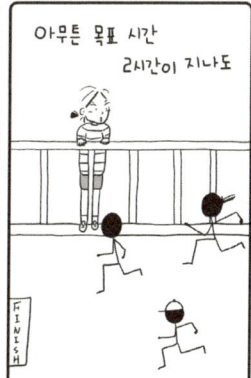

아무튼 목표 시간
2시간이 지나도

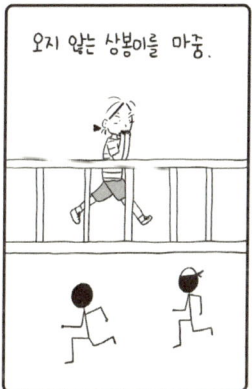

오지 않는 상봉이를 마중.

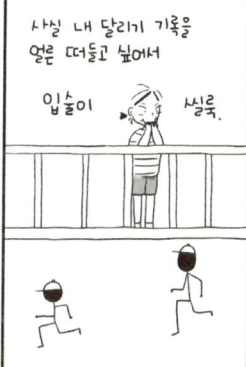

사실 내 달리기 기록을
얼른 떠들고 싶어서

입술이   실룩.

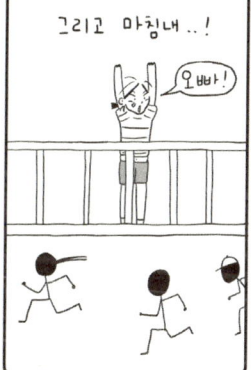

그리고 마침내..!

오빠!

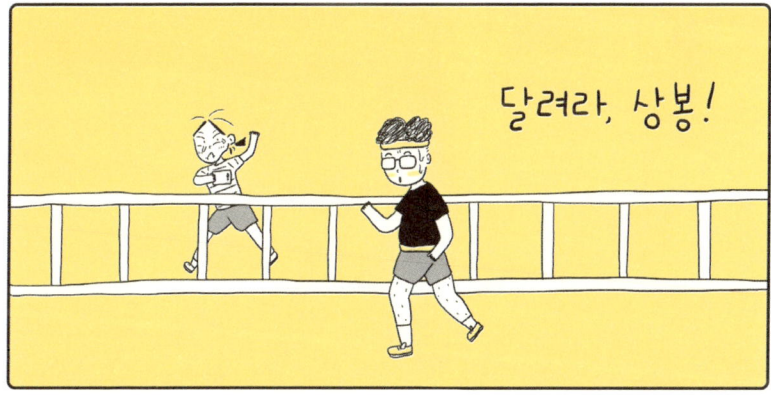

달려라, 상봉!

207

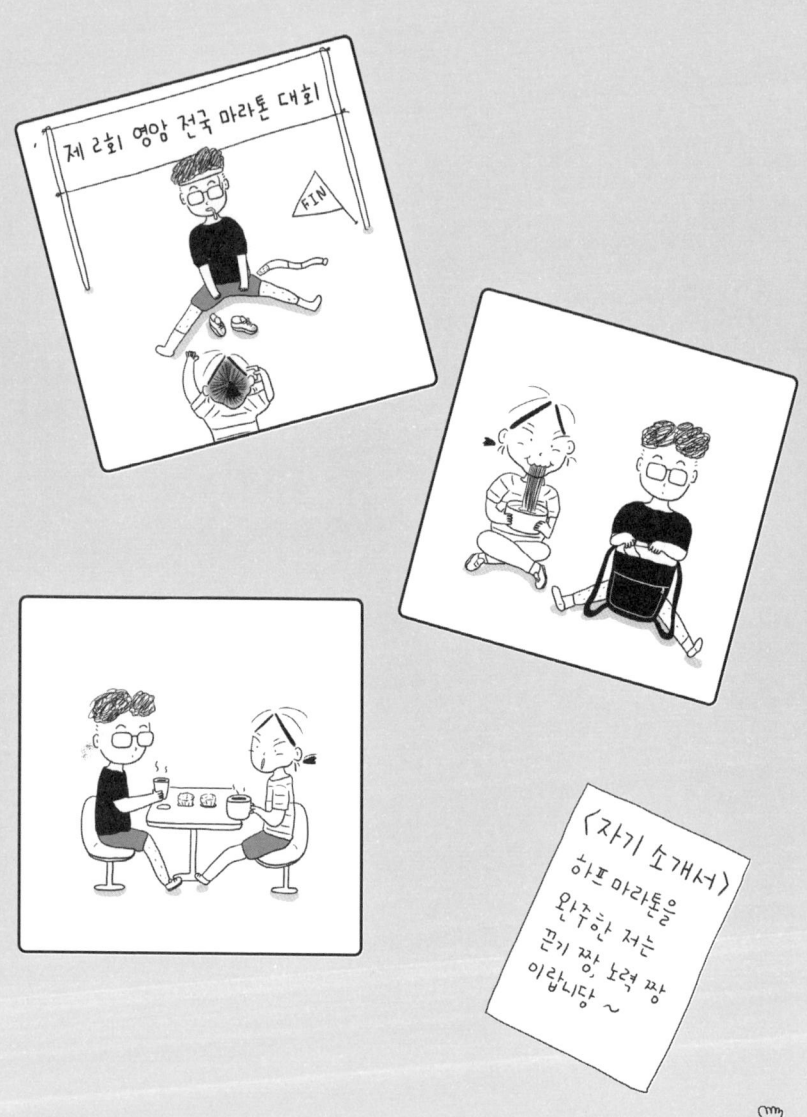

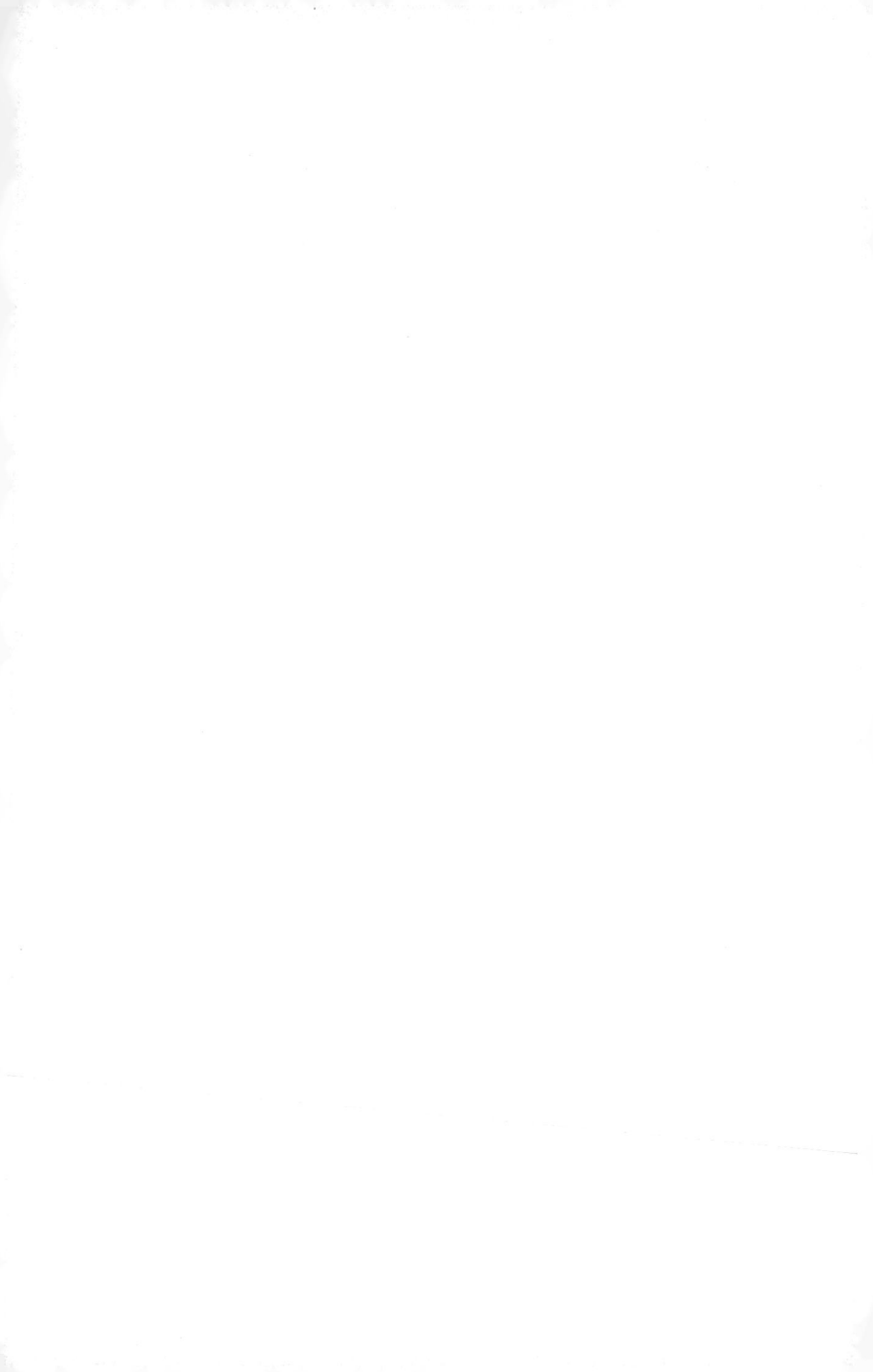

9장

녹을 지우는 일

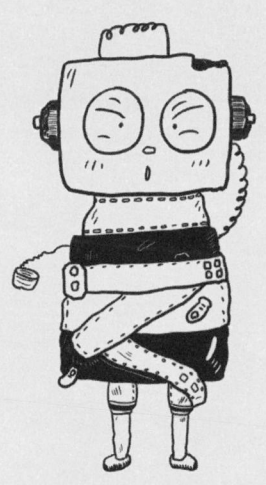

글쓰기는 미래의 나에게 주는 서프라이즈 선물 같은 것이다. 부끄러워서 숨고만 싶었던 순간도, '대체 나는 왜 이렇게 힘들까?' 고민한 시간도, 정갈하게 다듬은 단어와 문장으로 잘 포장해 두는 것이다. 시간이 흘러 그런 일이 있었다는 것도, 그런 걸 적어 두었다는 것도 까먹고 지낸 어느 날 나는 우연히 한 편의 선물을 받는다. 포장지를 뜯어 만난 기억이 여전히 상처일 때 그 선물은 위로가 되었고, 언제 그랬냐는 듯 그날과 상관없이 살고 있을 땐 추억이 되었다.

남자친구의 우울증이 한참 기승을 부리던 어느 겨울, 집 전체를 울리는 게임 소리가 유독 귀에 거슬렸던 날에 이 글쓰기는 시작되었다. 심술궂은 마음이 입 밖으로 나올까 봐 황급히 노트북을 챙겨 집 근처 카페에 앉았는데 그곳에서 우울증에 걸린 남자친구에 대해 생각하다 글을 썼다. 훌쩍훌쩍 눈물이 멈추지 않았던 건 이대로도 괜찮다고 말하면서도 내 안에 억울함과 서러움을 꾸역꾸역 숨겨 놓

앉던 탓일 것이다. 그 후에는 게임 소리가 귀에 거슬리지 않아도 노트북을 들고 나오는 날이 잦아졌다.

그곳에 앉아 어느 날은 우울증이 우리에게서 빼앗아 간 것들을 생각했다. 내가 생각했던 우리의 30대는 가끔은 고급 음식점에 가서 오붓하게 밥을 먹고, 함께 좋아하는 스포츠를 배우고, 여행은 싫어하지만 여기만은 꼭 가 보고자 했던 몽골 여행을 가는 것이었다. 그런데 그 어느 것도 해 보지 못하고 한참 싹을 틔울 20대의 끝자락과 30대의 봉오리가 집안 구석에 틀어박혔다. 궂은비가 내릴 때는 되레 낭만적이라 말하고, 진눈깨비에도 마음이 포근해지고, 볕이 뜨거운 날에는 정열을 만끽할 일들이 어느 때보다 더 많았을 텐데 그러지를 못했다. 그래서 나는 우울증 때문에 억울하다고 생각했다.

어느 날은 그럼에도 좋은 것들을 생각했다. 상봉이가 일찍이 사회인이 되었다면 함께하지 못했을 시간을 같이 보낸 것에 대한 소중함, 그 시간에 같이 게임을 하며 깔깔 웃었던 날들을 떠올렸다. 그런 날은 오히려 우울증이 조금 고마웠다. 우울증에 패배하지 않는 방법은 우울증을 치료

하는 것이 아니라 우울증이 사라지지 않더라도 괜찮은 마음가짐을 갖는 것이라고, 글을 쓸수록 그 믿음과 다짐이 견고해지고 단단해졌다.

우아한 사람이 되고 싶었던 적이 있다. 말을 차분히 하고 옷을 단정히 입어 봤는데 잘 안됐다. 머릿속에 와다닥 떠오르는 백 마디를 참고 침착하게 한 마디를 뱉으면 쭈뼛대는 모양새가 됐고, 친구를 따라 목에 스카프를 두르면 까무잡잡한 피부와 광대 위에 올라온 주근깨, 유난히 뻣뻣하고 거친 머리카락이 더 도드라졌다.

왠지 나 자신을 떠올리면 고물을 덕지덕지 덧대어 만든 고철 로봇이 떠올랐다. 내 투박한 손으로 만지고, 그리고, 글을 쓰는 것들에는 늘 땟국물이 묻었다. 뭘 해도 세련되지 못하고 삐그덕 소리를 내는 건 내가 지나온 촌스러운 시간을 잊지 못해서라고 생각했다. 그래서 묵은 때를 지우지 못하고 내놓는 녹슨 글들이 부끄러웠다. 다른 사람이었다면 진즉에 녹슨 부품은 교체하고도 남았을 터인데, 우아함을 타고나는 사람이 있듯 촌스러움도 타고나는 것인지

나는 왠지 녹이 슨 자국을 들여다보는 일을 좋아했다. 그래서 매번 녹 익은 이야기를 떠드는 사람이 되었다.

그런데 한 편씩 글을 쓸 때마다 내 철통같은 몸통에 묻어 있는 녹이 조금씩 지워지는 기분이 들었다. 우울증에 걸린 남자친구를 이야기하는 자리에 나의 땟국물이 잔뜩 묻어났던 건 바로 이 때문일 것이다. 이 이야기를 마무리하는 지금은 나에게 묻어 있던 어떤 녹은 다 지워져서 어느 한때에 대해서는 더 이상 유난 부리지 않을 수 있을 것 같다. 나보다는 늘 이대로 괜찮지 않다고 말하는 상봉이에게 위로가 되고 추억이 되기를 바라는 마음으로 글을 쓴다고 생각했는데, 결국 나를 위한 선물이 된 셈이다.

올봄, 상봉이는 6년 만에 새 학번을 받아 슬기로운 대학원 생활을 이어가고 있다. 학교 공부가 바빠 일주일의 반 이상은 기숙사에서 보내느라 얼굴 볼 일이 줄었지만 그 덕에 나는 좀 더 자유로워졌다. 상봉이의 1년이 나의 1년인 것처럼 그렇게 6년을 꼭 붙어 살았는데, 이제는 각자에게 주어진 시간을 각자의 방식으로 꾸려가고 있다.

아픈 상봉이에게 마음 쓰던 자리에는 이제 다른 마음들이 채워지고, 녹이 지워진 곳에는 새로운 먼지가 쌓일 것이다. 그럼 나는 또 부지런히 묵은 때를 들여다보고 흠이 난 곳에는 땜빵을 하며 고군분투한 손때를 여기저기 묻히며 살고 있을 것이다.

촌스러운 것은 우아하지 못한 대신 재미가 있다.

가장주부의 자격

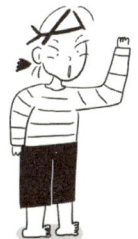

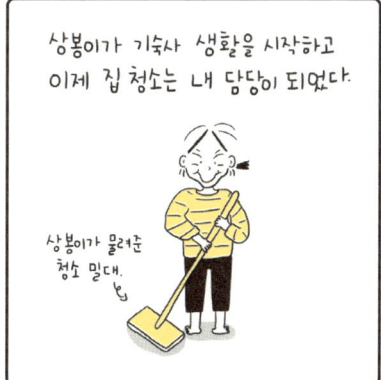

상봉이가 기숙사 생활을 시작하고
이제 집 청소는 내 담당이 되었다.

상봉이가 물려준
청소 밀대.

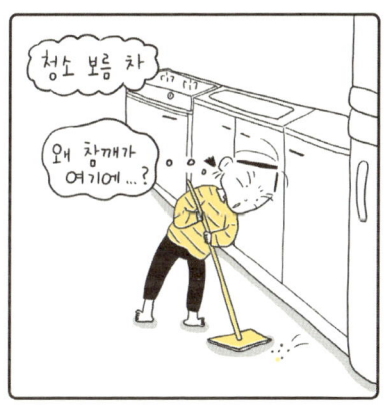

청소 보름 차

왜 참깨가
여기에 ...?

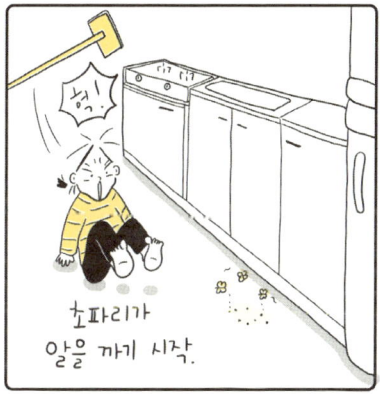

헉!

초파리가
알을 까기 시작.

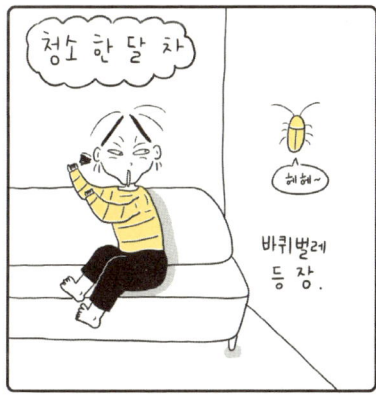

청소 한 달 차

헤헤~

바퀴벌레
등장.

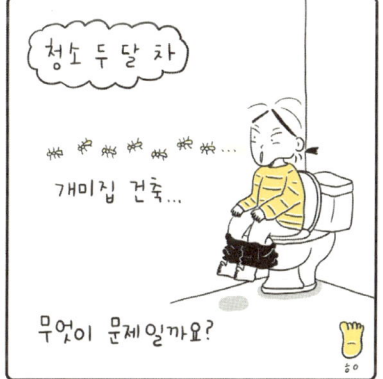

청소 두 달 차

개미집 건축...

무엇이 문제일까요?

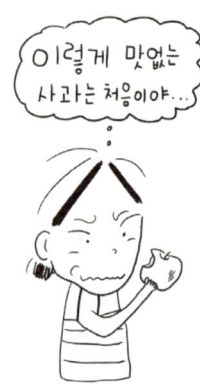

이렇게 맛없는 사과는 처음이야...

향영이의 사생활

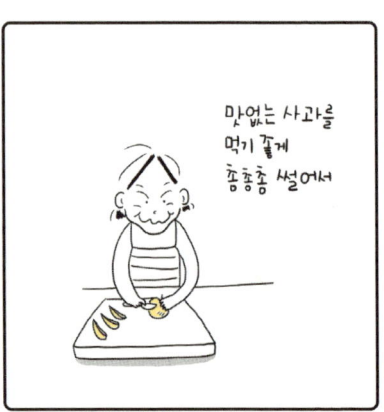

맛없는 사과를 먹기 좋게 총총총 썰어서

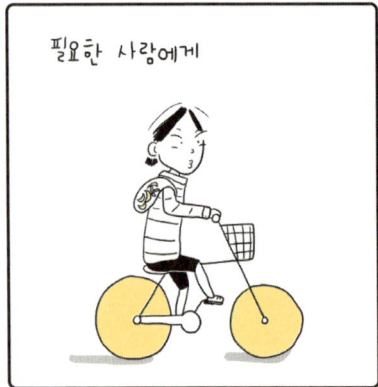

필요한 사람에게

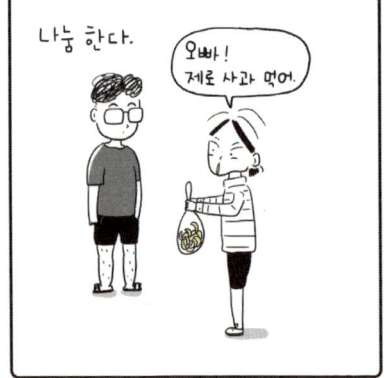

나눔 한다.

오빠! 제로 사과 먹어.

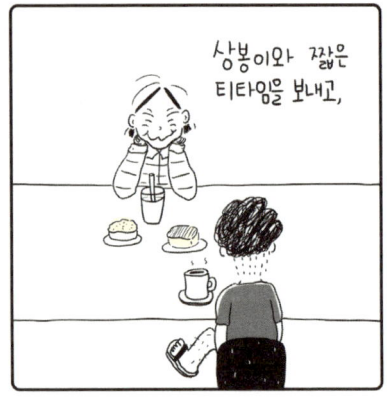

상봉이와 짧은 티타임을 보내고,

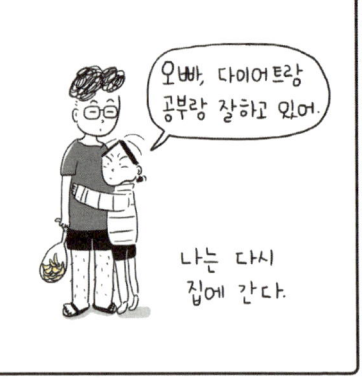

오빠, 다이어트랑 공부랑 잘하고 있어.

나는 다시 집에 간다.

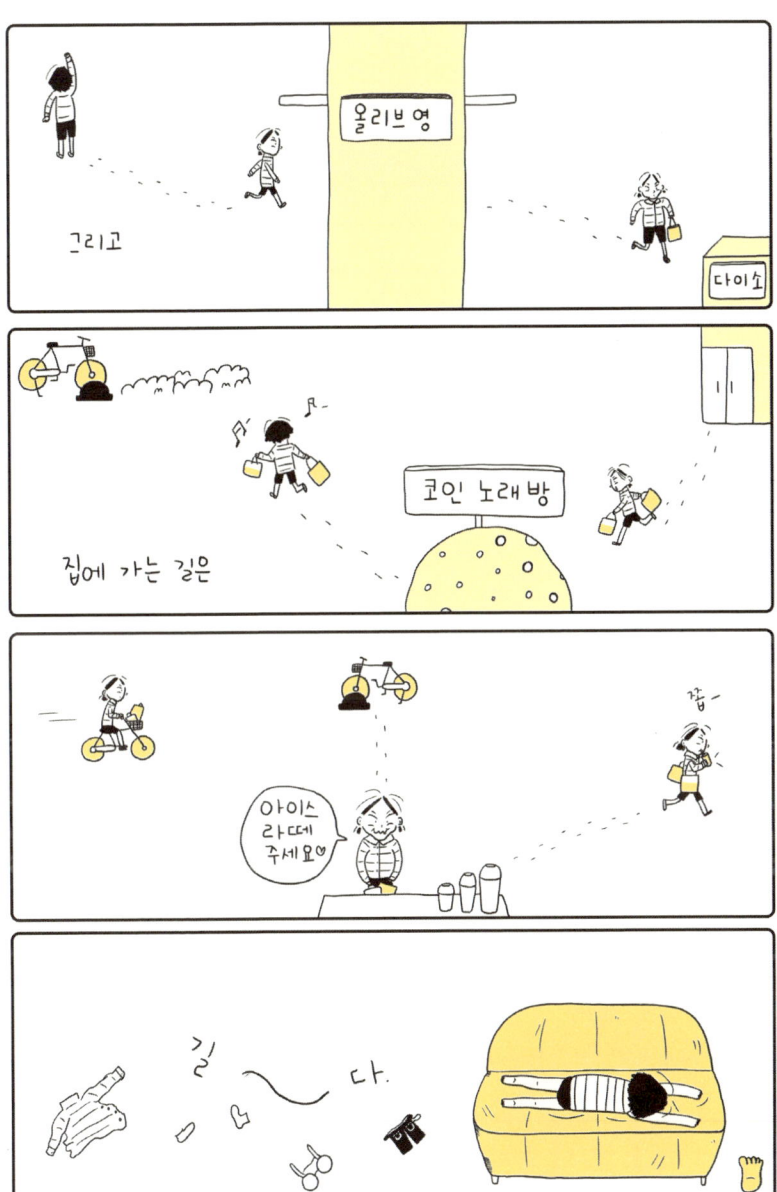

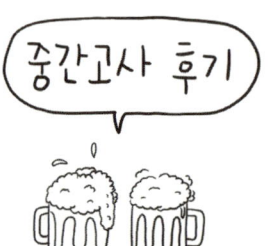

중간고사 후기

오빠가 무사히 첫 중간고사를
마친 기념으로 동네 맥주집에 왔다.

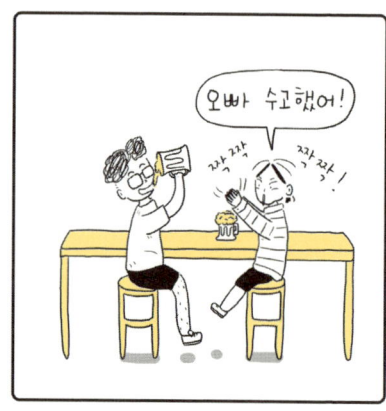

오빠 수고했어!

짝 짝 짝 짝!

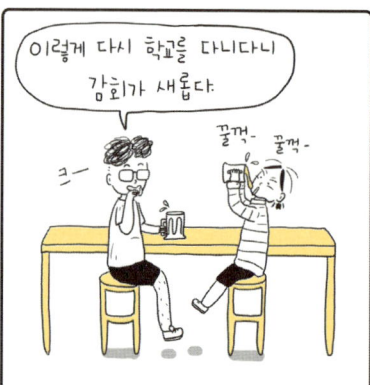

이렇게 다시 학교를 다니다니
감회가 새롭다.

크-

꿀꺽- 꿀꺽-

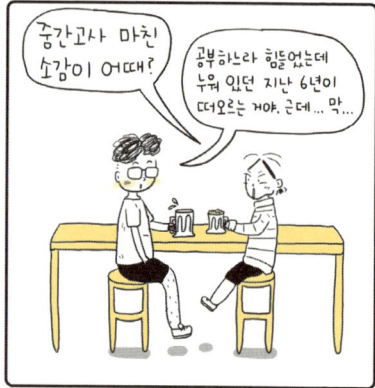

중간고사 마친
소감이 어때?

공부하느라 힘들었는데
누워 있던 지난 6년이
떠오르는 거야. 근데... 막...

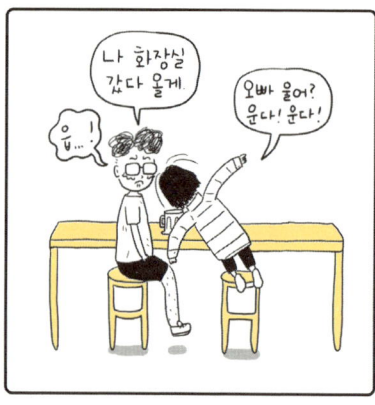

나 화장실
갔다 올게

음...!

오빠 울어?
운다! 운다!

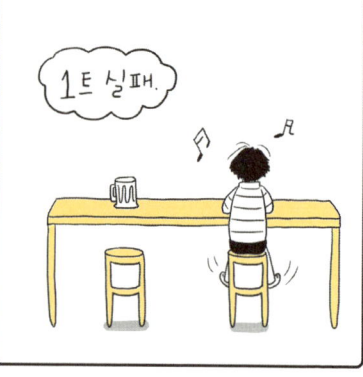

1트 실패.

♪ ♪

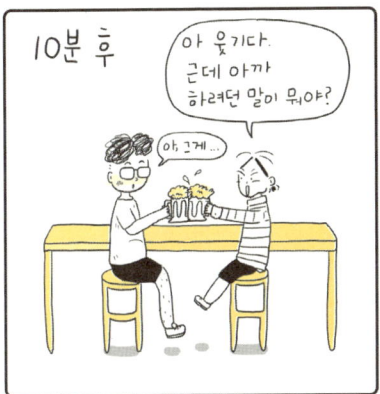

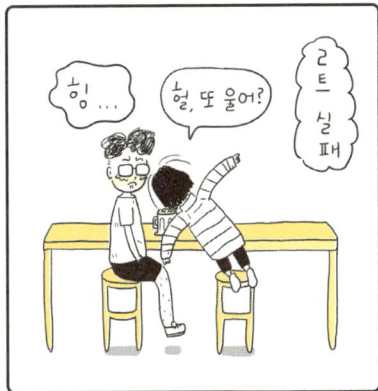

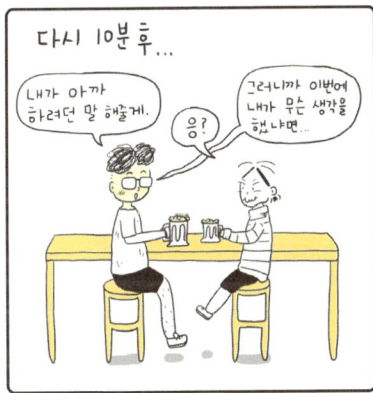

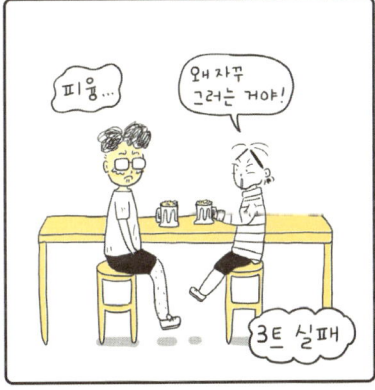

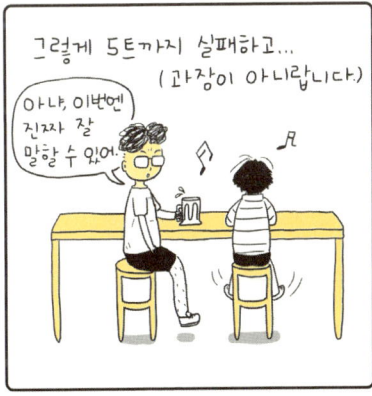

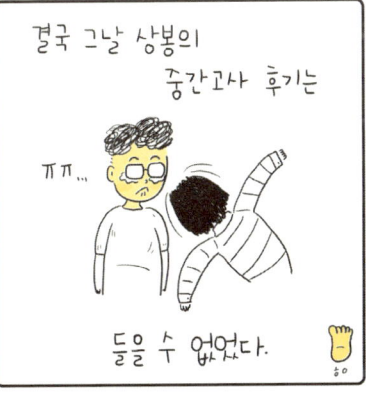

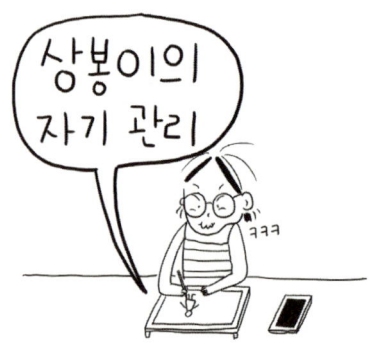

상봉이의
자기 관리

ㅋㅋㅋ

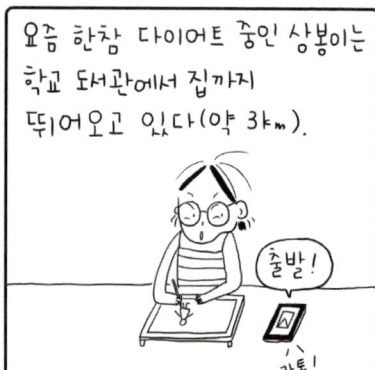

요즘 한참 다이어트 중인 상봉이는
학교 도서관에서 집까지
뛰어오고 있다 (약 3㎞).

출발!

카톡!

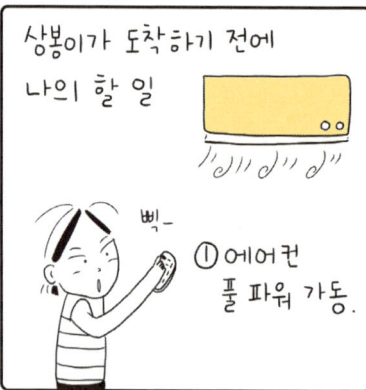

상봉이가 도착하기 전에
나의 할 일

삑-

① 에어컨
풀 파워 가동.

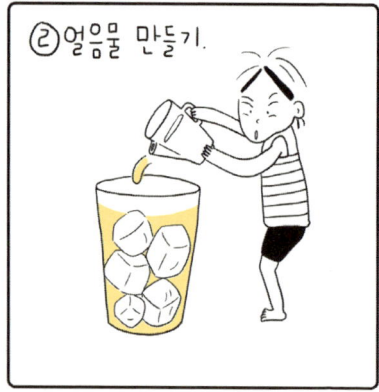

② 얼음물 만들기.

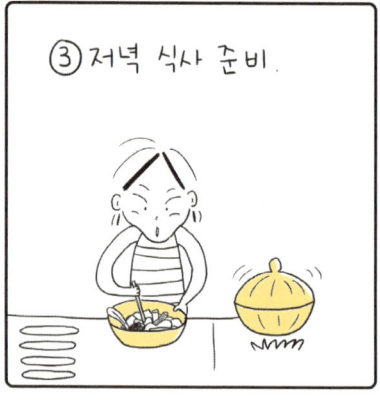

③ 저녁 식사 준비.

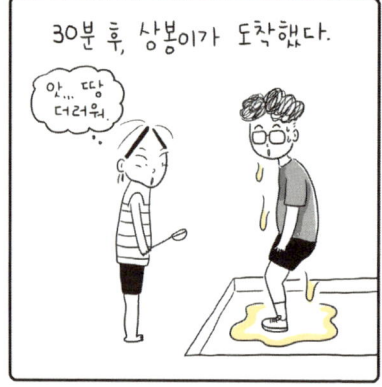

30분 후, 상봉이가 도착했다.

아... 따당
더러워.

222

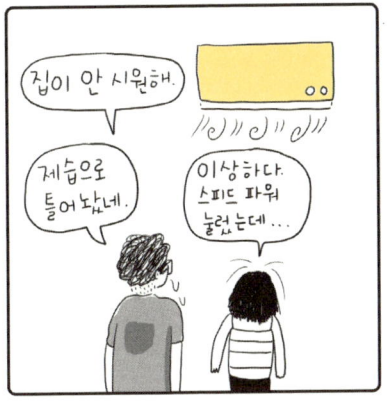

집이 안 시원해.

제습으로 틀어놨네.

이상하다. 스피드 파워 눌렀는데...

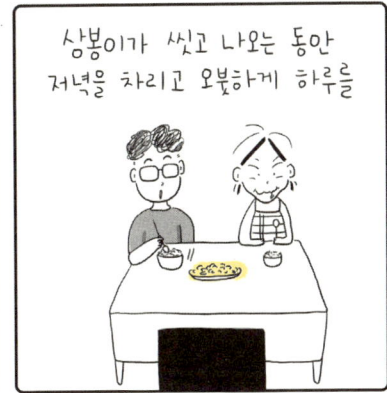

상봉이가 씻고 나오는 동안 저녁을 차리고 오붓하게 하루를

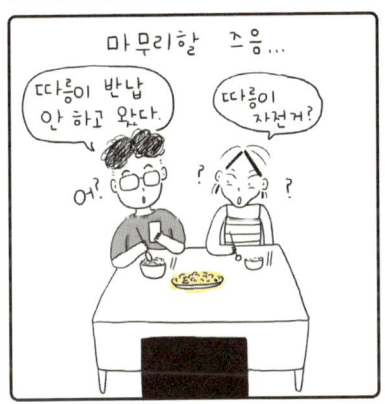

마무리할 즈음...

따릉이 반납 안 하고 왔다.

어?

따릉이 자전거?

?

?

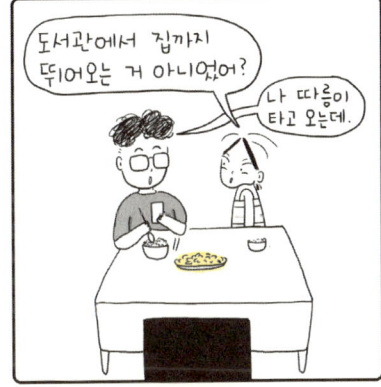

도서관에서 집까지 뛰어오는 거 아니었어?

나 따릉이 타고 오는데.

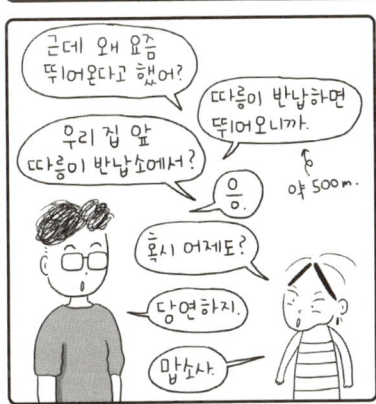

근데 왜 요즘 뛰어온다고 했어?

우리 집 앞 따릉이 반납소에서?

따릉이 반납하면 뛰어오니까.

응.

약 500m.

혹시 어제도?

당연하지.

망소사.

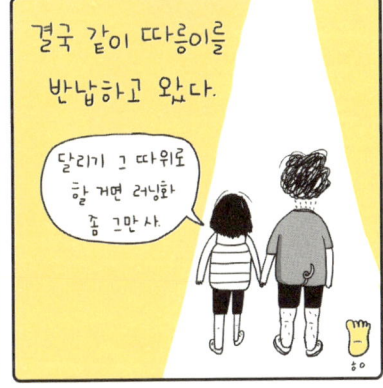

결국 같이 따릉이를 반납하고 왔다.

달리기 그 따위로 할 거면 러닝화 좀 그만 사.

새삼 연애

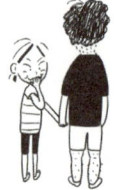

상봉이의 2학기
개강을 앞두고
오랜만에 데이트를 했다.

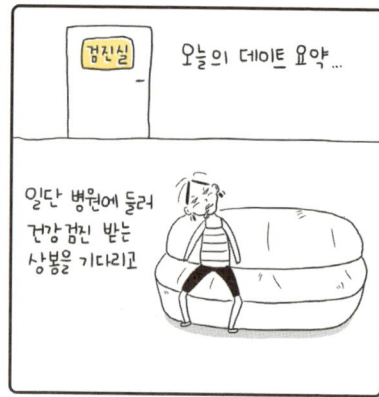

검진실

오늘의 데이트 요약...

일단 병원에 들러
건강검진 받는
상봉을 기다리고

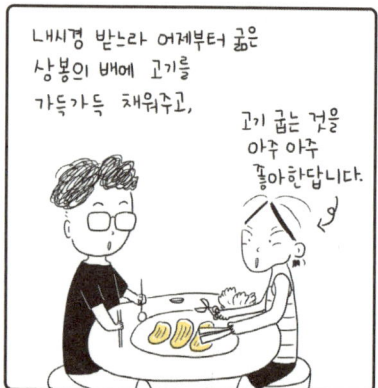

내시경 받느라 어제부터 굶은
상봉의 배에 고기를
가득가득 채워주고,

고기 굽는 것을
아주 아주
좋아한답니다.

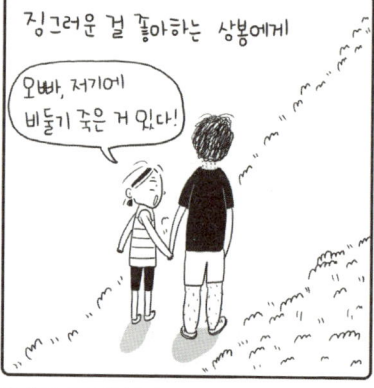

징그러운 걸 좋아하는 상봉에게

오빠, 저기에
비둘기 죽은 거 있다!

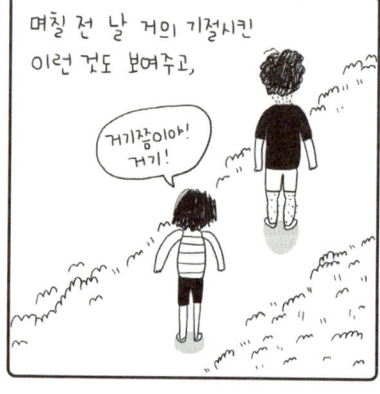

며칠 전 날 거의 기절시킨
이런 것도 보여주고,

거기잖아!
거기!

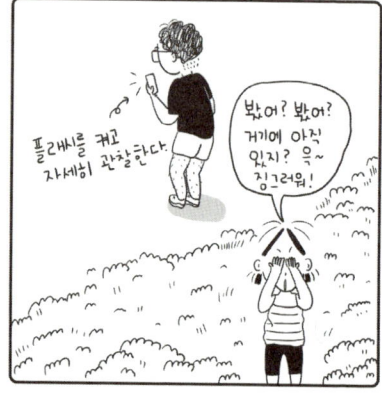

플래시를 켜고
자세히 관찰한다.

봤어? 봤어?
거기에 아직
있지? 윽~
징그러워!

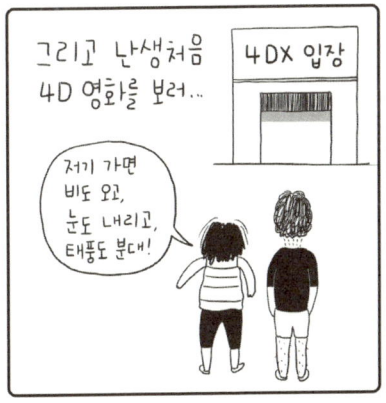

그리고 난생처음
4D 영화를 보러...

4DX 입장

저기 가면
비도 오고,
눈도 내리고,
태풍도 분대!

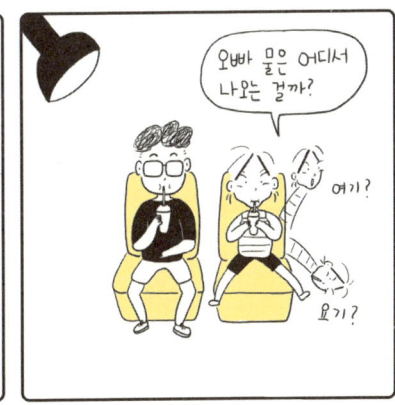

오빠 물은 어디서
나오는 걸까?

여기?

요기?

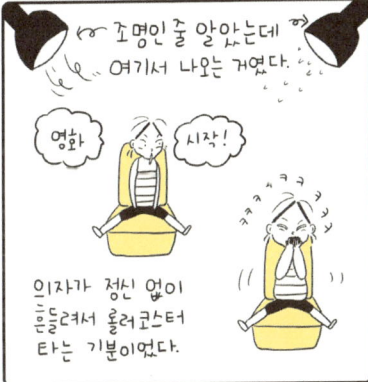

조명인 줄 알았는데
여기서 나오는 거였다.

영화   시작!

의자가 정신 없이
흔들려서 롤러코스터
타는 기분이었다.

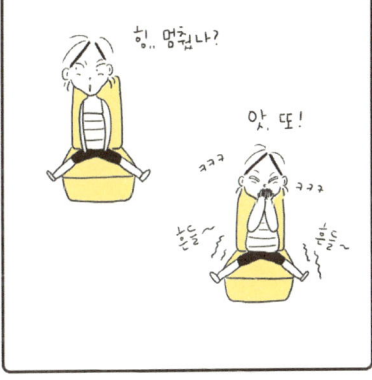

힝.. 멈췄나?

앗. 또!

ㅋㅋㅋ   ㅋㅋㅋ

눈들   눈들

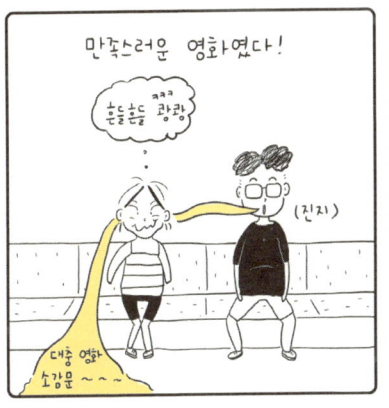

만족스러운 영화였다!

흔들흔들 콸콸

(진지)

대중 영화
소감문~~

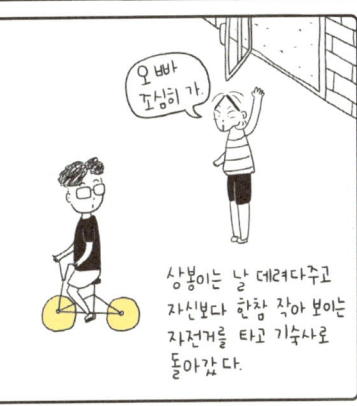

오빠
조심히 가

상봉이는 날 데려다주고
자신보다 한참 작아 보이는
자전거를 타고 기숙사로
돌아갔다.

매일을 붙어 지내다 떨어져 지내려니
새삼 연애하는 기분이 드는 것이다.

아, 집이 넓다.

Vivid Dreamer

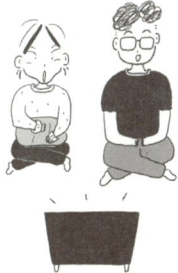

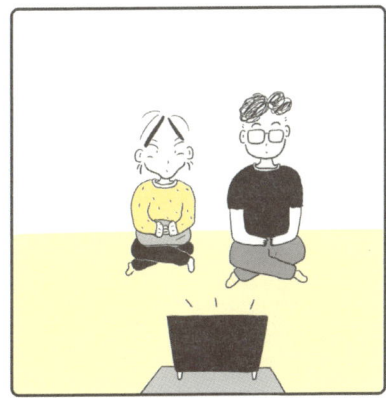

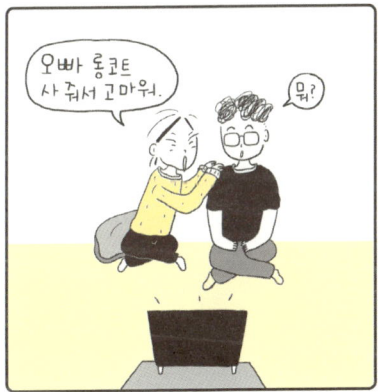

오빠 롱코트
사 줘서 고마워.

뭐?

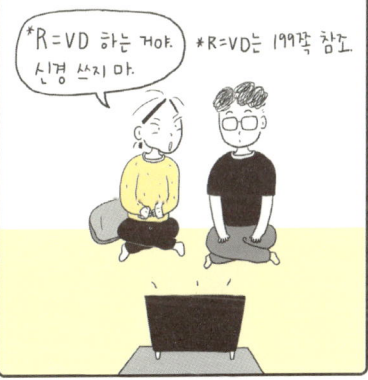

*R=VD 하는 거야.
신경 쓰지 마.

*R=VD는 199쪽 참조.

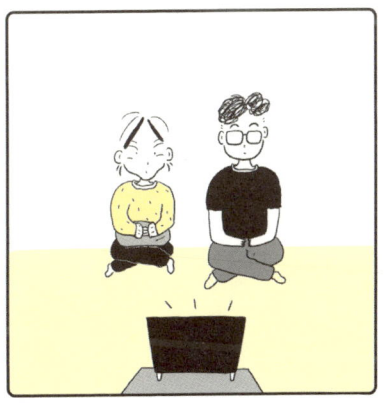

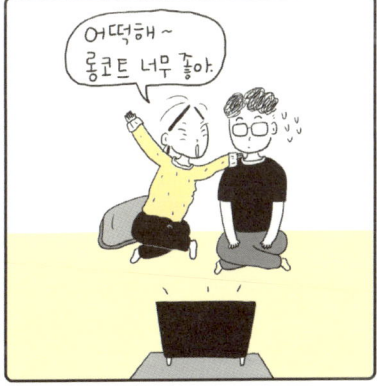

어떡해~
롱코트 너무 좋아.

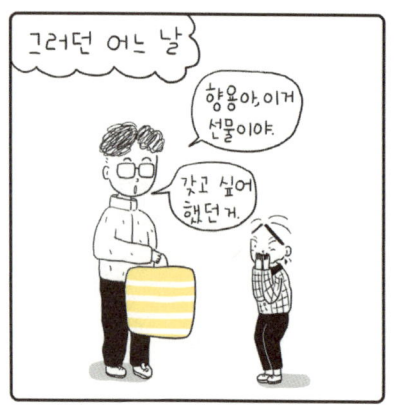

그러던 어느 날

향용아, 이거 선물이야.

갖고 싶어 했던거.

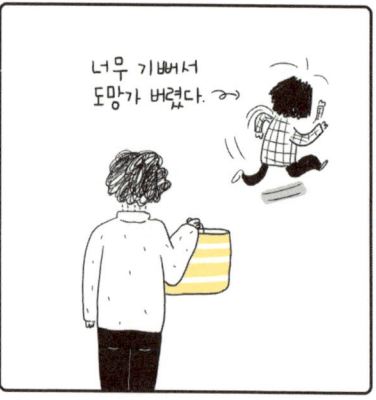

너무 기뻐서 도망가 버렸다. ㅋ

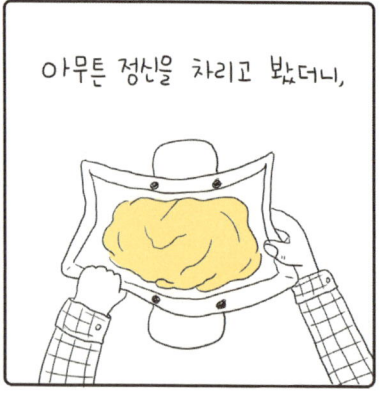

아무튼 정신을 차리고 봤더니,

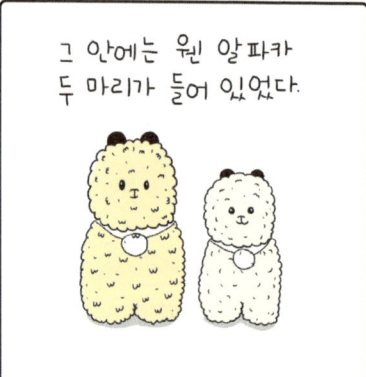

그 안에는 웬 알파카 두 마리가 들어 있었다.

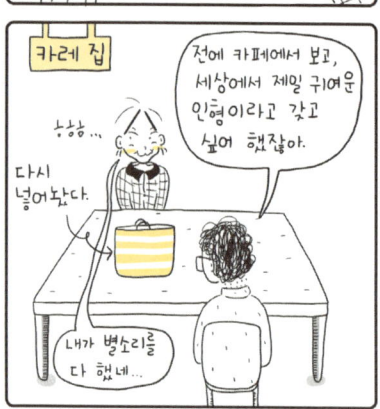

카레 집

흥흥...

다시 넣어봤다.

전에 카페에서 보고, 세상에서 제일 귀여운 인형이라고 갖고 싶어 했잖아.

내가 별소리를 다 했네...

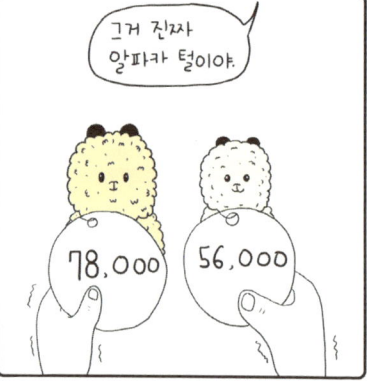

그거 진짜 알파카 털이야.

78,000

56,000

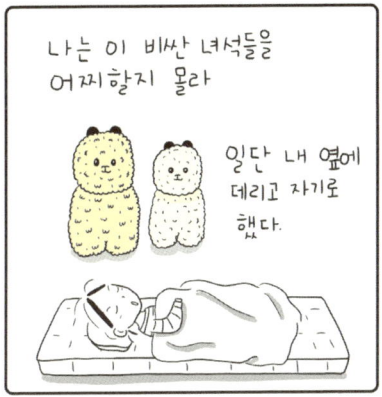

나는 이 비싼 녀석들을
어찌할지 몰라

일단 내 옆에
데리고 자기로
했다.

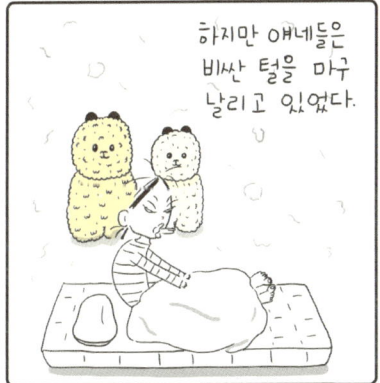

하지만 얘네들은
비싼 털을 마구
날리고 있었다.

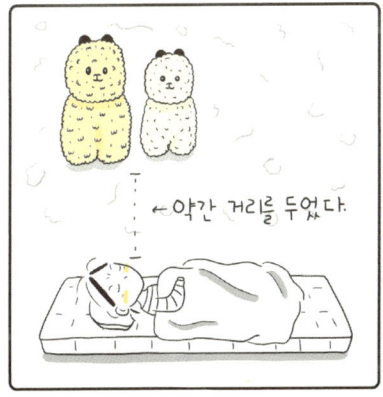

←약간 거리를 두었다.

선물 받을 수 있을까?

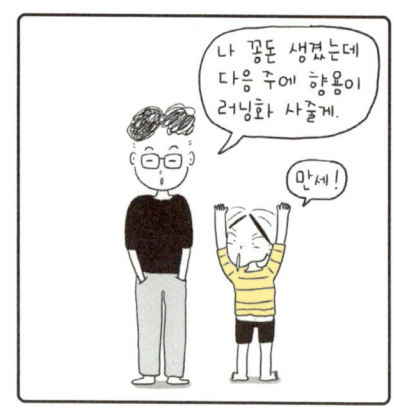

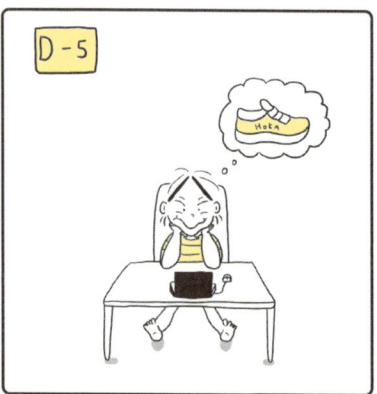

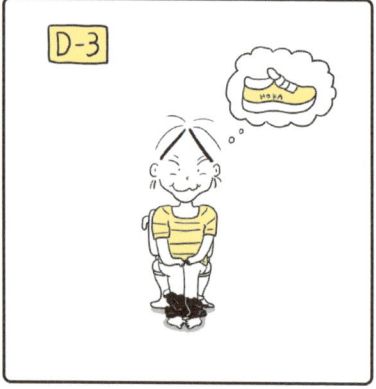

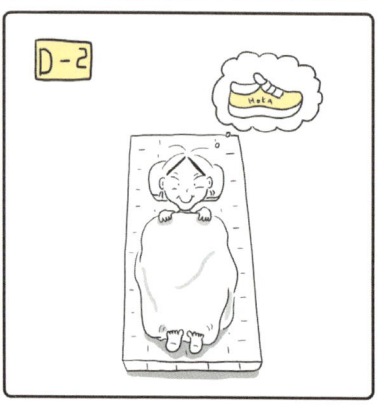

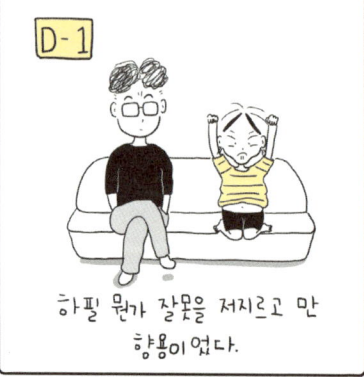

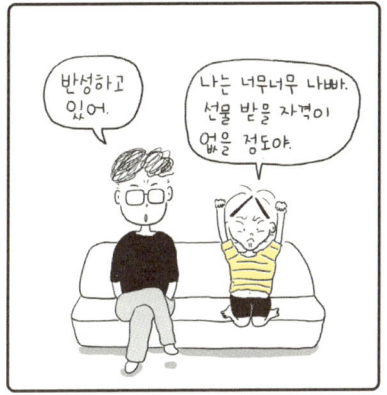

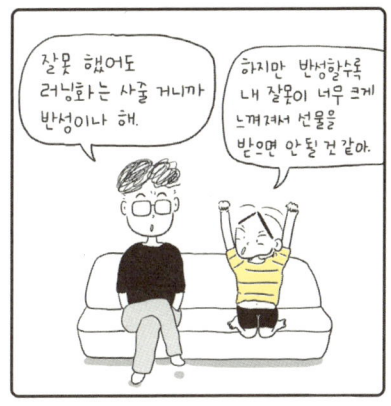

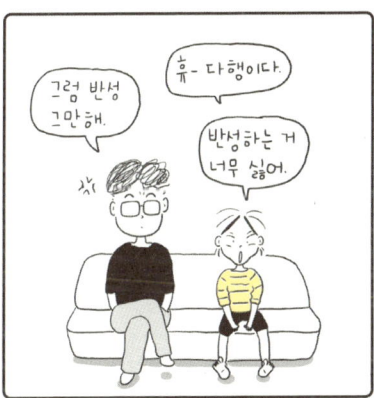

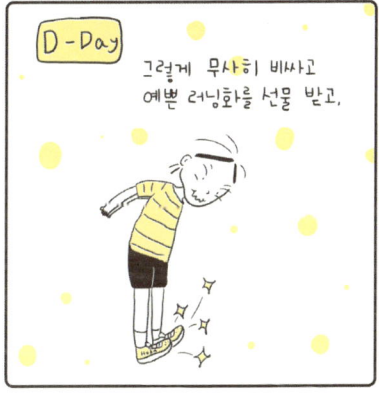

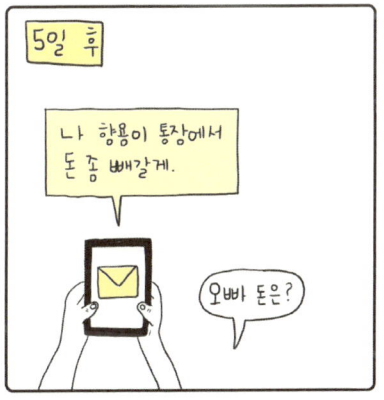

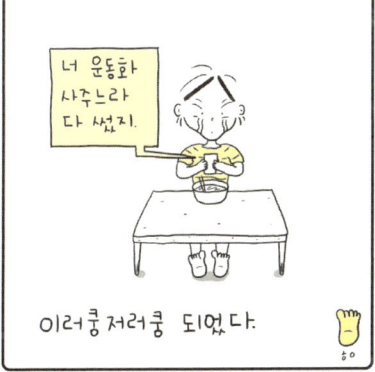

아무 하루 모음 ④

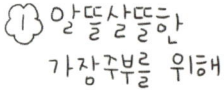

① 알뜰살뜰한
가장주부를 위해

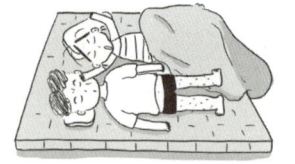

꼬박꼬박 에어컨을
끄고 나가는 상봉이.

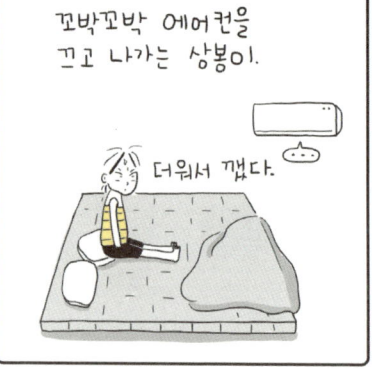

더워서 깼다.

② 오랜만에 만나는
나를 설레는 마음으로
기다리는 상봉이와

일주일치 근황을
들고 달려가는 나.

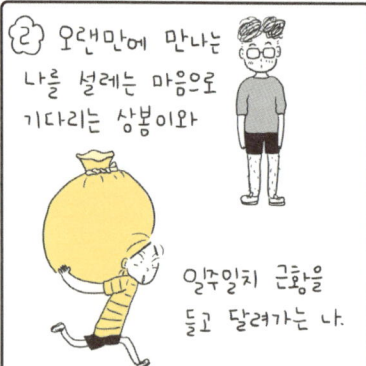

20분 동안 쉬지 않고
이야기 중인 나와

어제 본
영화
이야기.

지난 주에
읽은
만화책
이야기.

그동안 해먹은
요리 이야기.

달리기
이야기.

도서관에
들어가고
싶은 상봉.

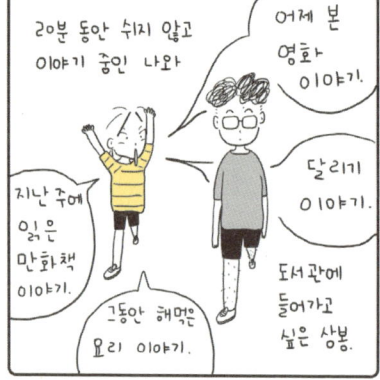

③

많이
많이~

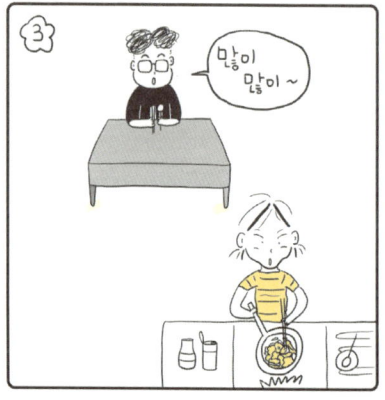

내 생각엔,
오빠가 살이 찐 게
약 때문이
아닌 것 같아.

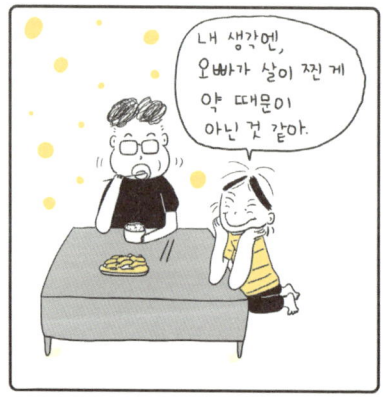

④ 한창 헬스를 배우고 있다.

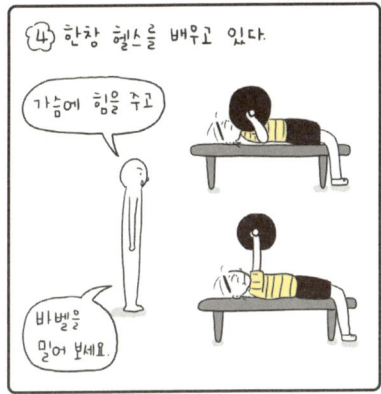

가슴에 힘을 주고

바벨을 밀어 보세요.

나 오늘 '벤치 브리스트 프레스' 배웠다!

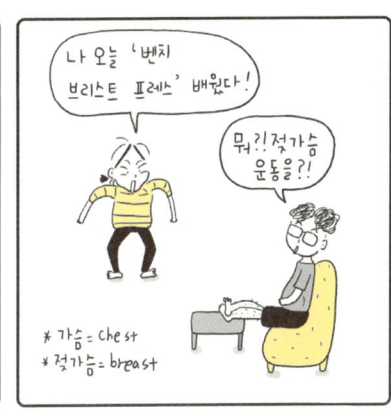

뭐?! 젖가슴 운동을?!

* 가슴 = chest
* 젖가슴 = breast

⑤ 오늘도 이야기 폭탄을 들고 상봉을 만나러 가고 있다.

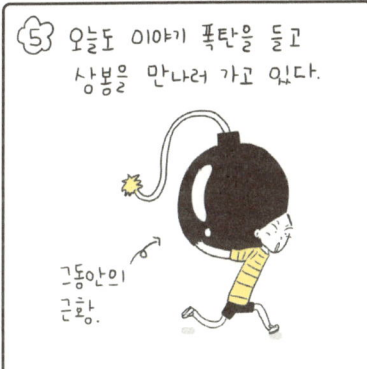

그동안의 근황.

오랜만에 만난 상봉과 블라인드 데이트를 하고 왔다.

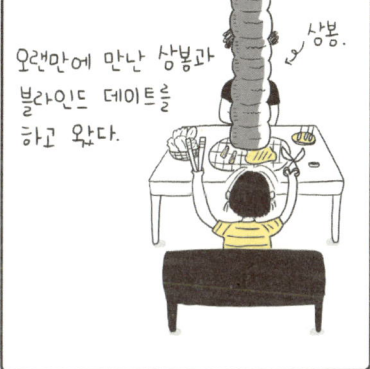

상봉.

⑥

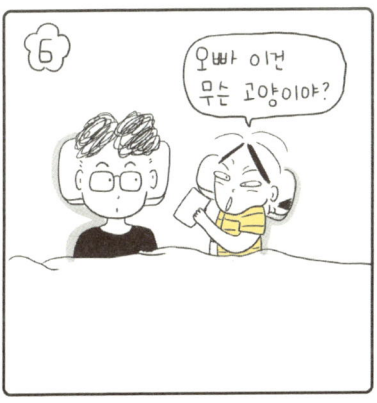

오빠 이건 무슨 고양이야?

향용아, 세상에 이렇게 큰 고양이가 어딨어.

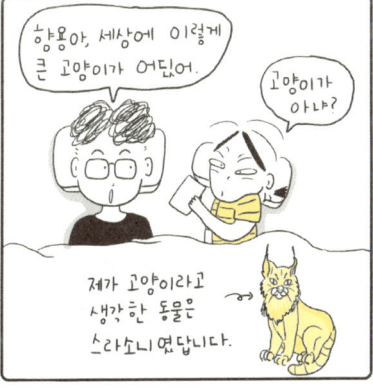

고양이가 아냐?

제가 고양이라고 생각한 동물은 스라소니였답니다.

233

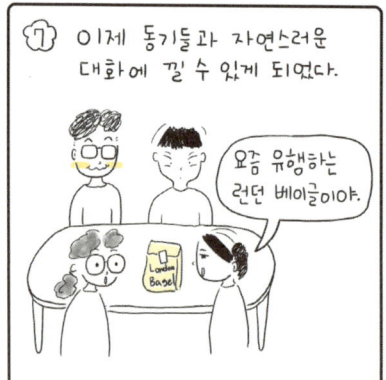

⑦ 이제 동기들과 자연스러운 대화에 낄 수 있게 되었다.

요즘 유행하는 런던 베이글이야.

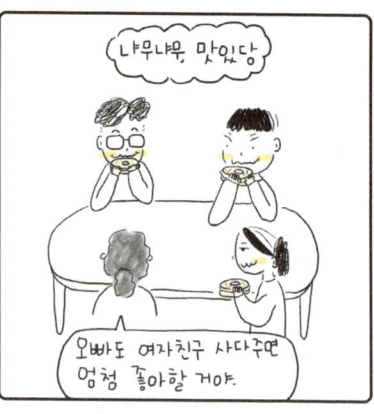

나무나뭐 맛있당

오빠도 여자친구 사다주면 엄청 좋아할 거야.

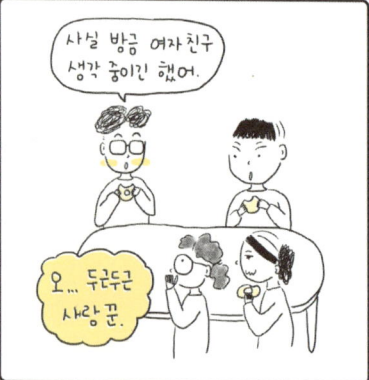

사실 방금 여자친구 생각 좋이긴 했어.

오... 두근두근 사랑꾼.

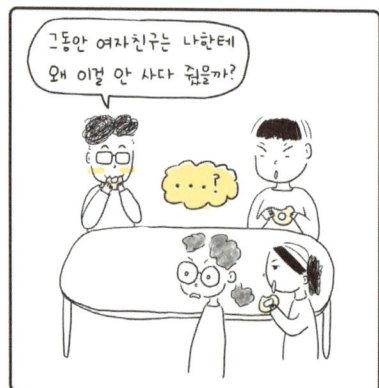

그동안 여자친구는 나한테 왜 이걸 안 사다 줬을까?

...?

상봉이가 집 밖에 나오지 못할 때,
유행하는 간식을 사다 주곤 했답니다.

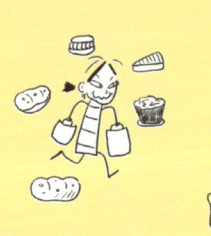

우아한 사람이
되기 위해서는

단연코,

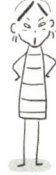

목이 길어야 합니다.

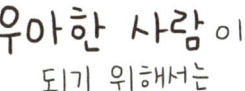

제가 본 우아한 사람들은
모두 목이 길었거든요.

저도 목이 길어지면

으...   윽!

우아해질 수 있을까요?

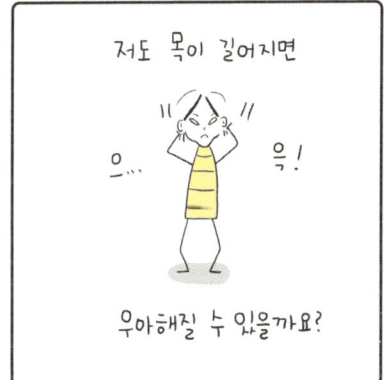

앗!   실패.

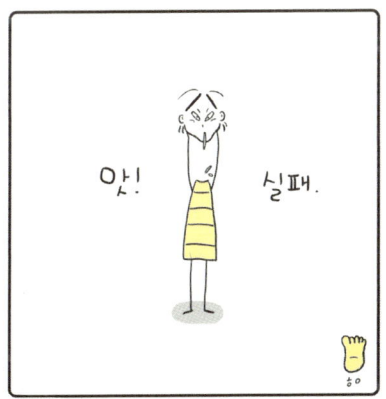

235

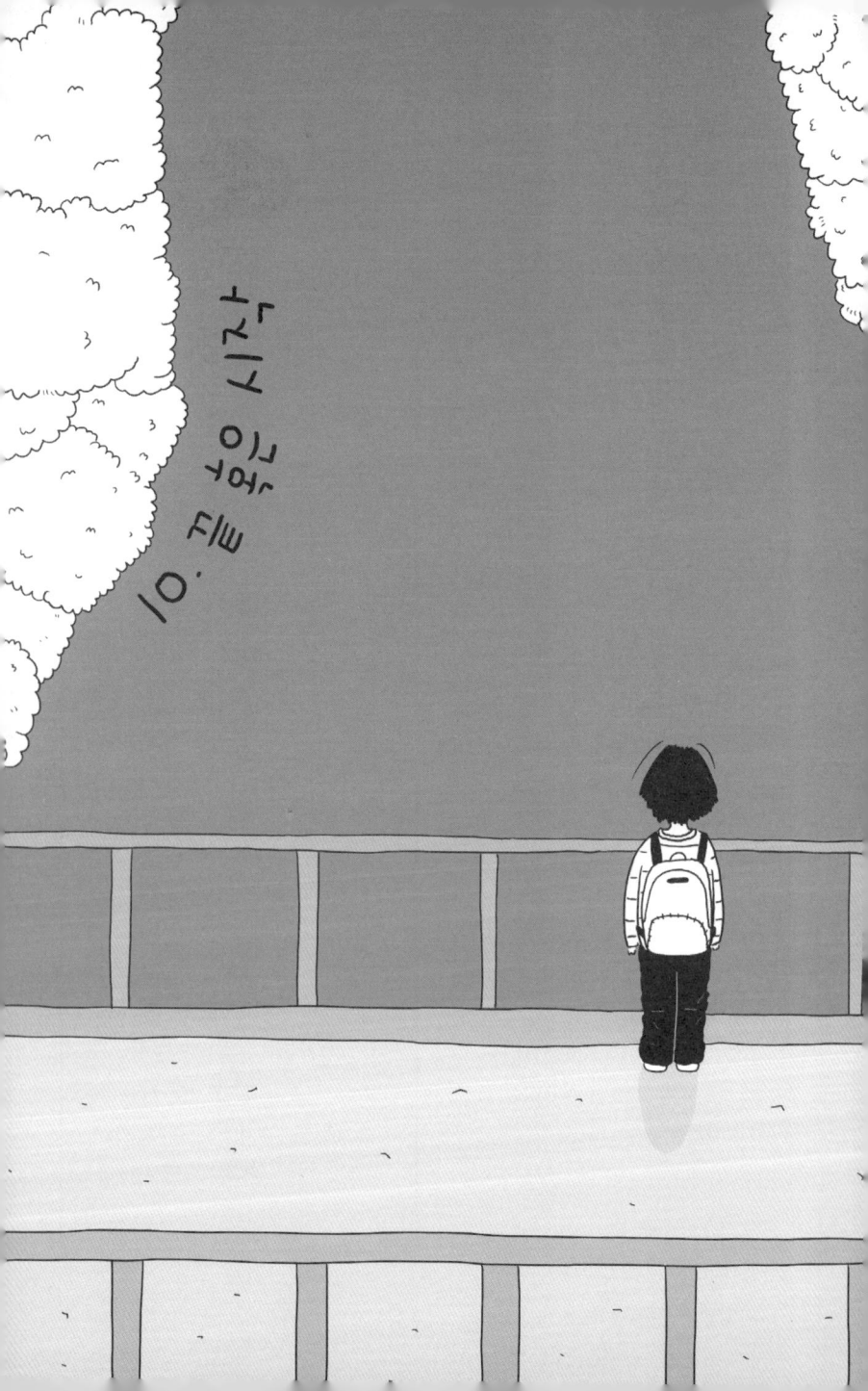

10. 튼튼한 신자

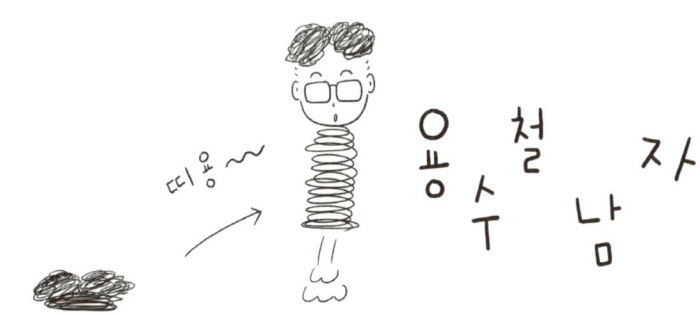

띠용~

용수철 남자

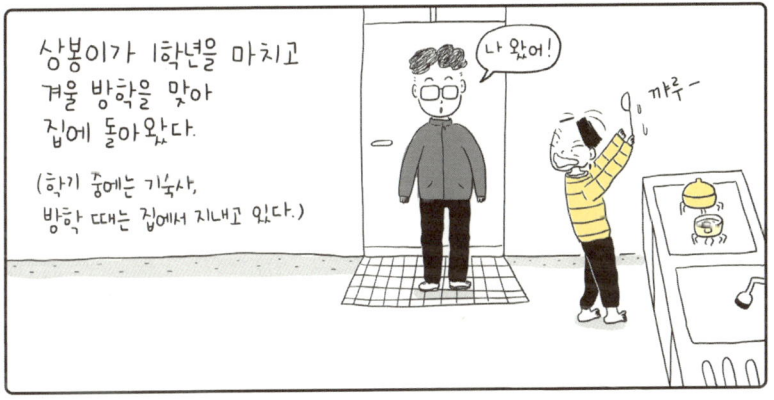

상봉이가 1학년을 마치고
겨울 방학을 맞아
집에 돌아왔다.

(학기 중에는 기숙사,
방학 때는 집에서 지내고 있다.)

나 왔어!

까꿍ㅡ

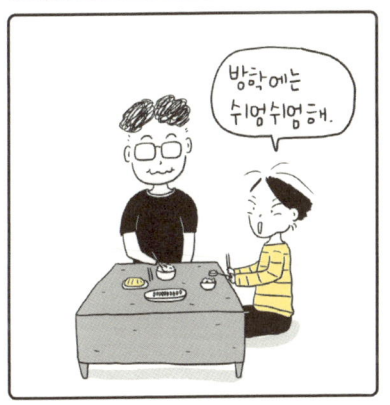

방학에는
쉬엄쉬엄해.

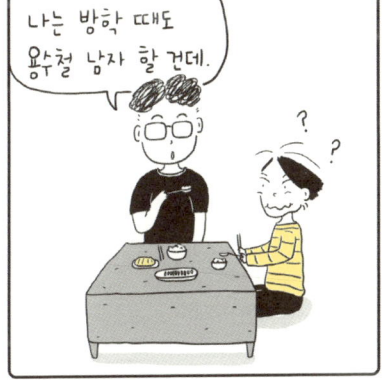

나는 방학 때도
용수철 남자 할 건데.

? ?

237

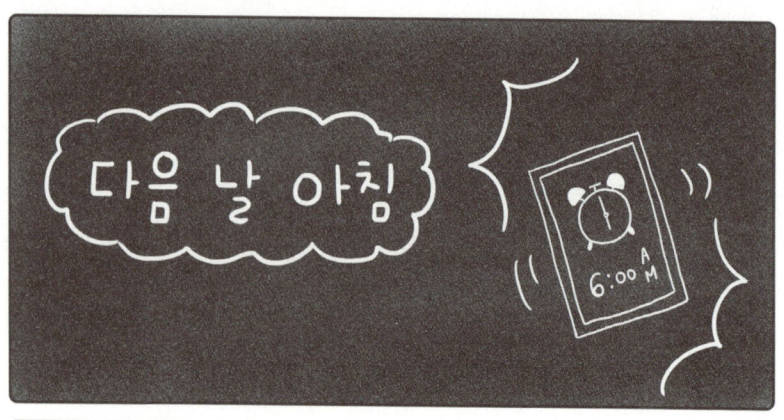

다음 날 아침

6:00 A

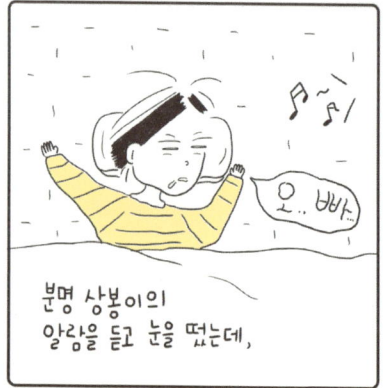

♪~♪

오.. 빠..

분명 상봉이의
알람을 듣고 눈을 떴는데,

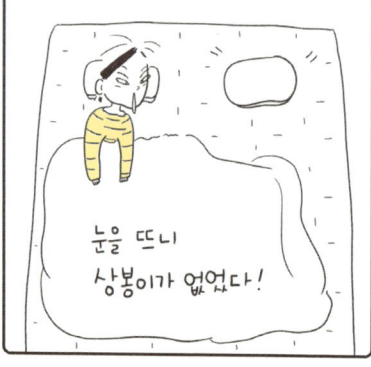

눈을 뜨니
상봉이가 없었다!

이것이 바로

자칭 *용수철 남자의

겨울 방학인 것이다.

*알람에 주저하지 않고 용철처럼
뻘떡 일어나 도서관으로 튀어 나가는 남자.

그렇게 상봉이는

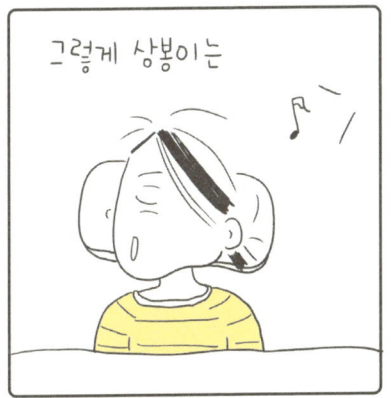

매일 아침
6시

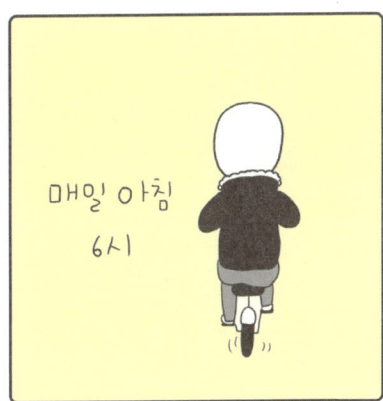

눈 깜짝할 사이

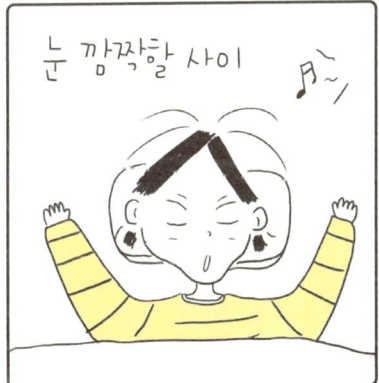

도서관으로
튀어 나갔고,

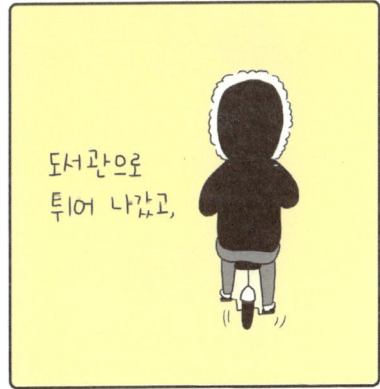

일주일 후에는

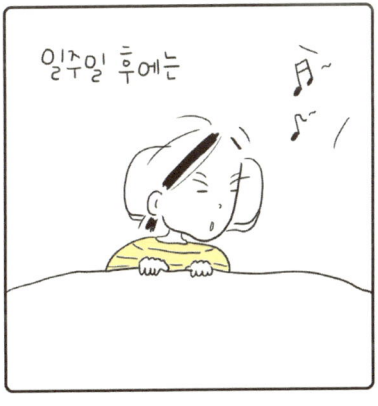

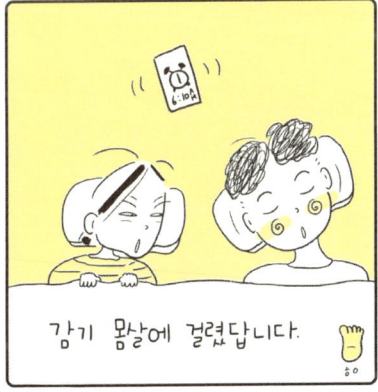

감기 몸살에 걸렸답니다.

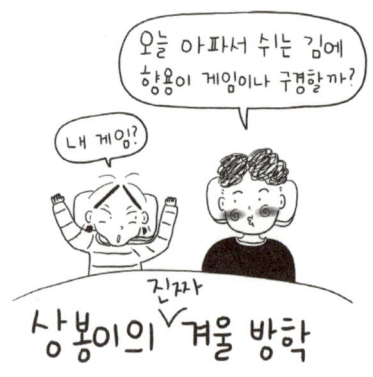

오늘 아파서 쉬는 김에 향용이 게임이나 구경할까?

내 게임?

상봉이의 진짜 겨울 방학

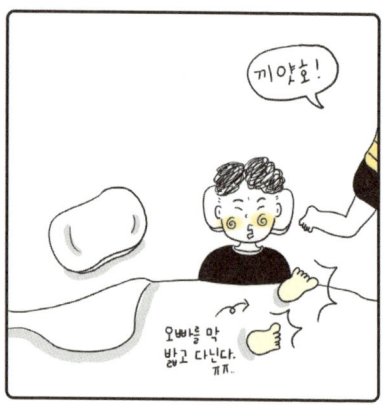

끼야호!

오빠를 막 밟고 다닌다. ㅠㅠ.

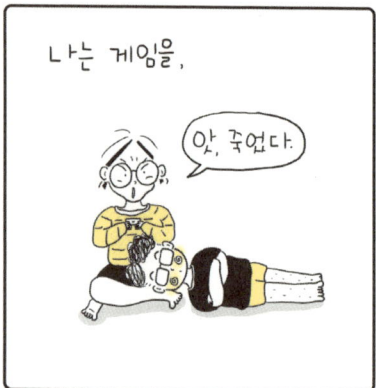

나는 게임을,

앗, 죽었다.

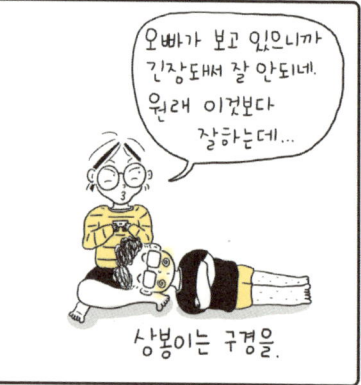

오빠가 보고 있으니까 긴장돼서 잘 안되네. 원래 이것보다 잘하는데...

상봉이는 구경을.

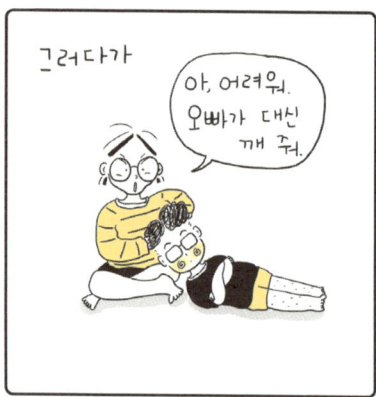

그러다가

아, 어려워. 오빠가 대신 깨 줘.

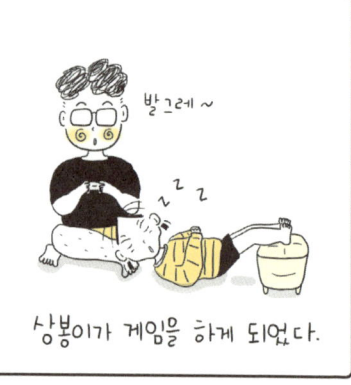

발그레~

ZZZ

상봉이가 게임을 하게 되었다.

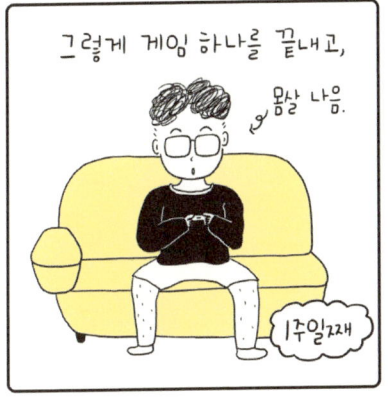

그렇게 게임 하나를 끝내고,

몸살 나음.

1주일째

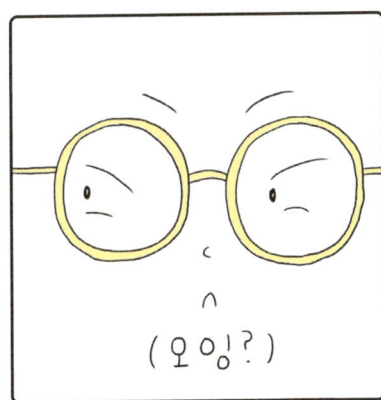

(오잉?)

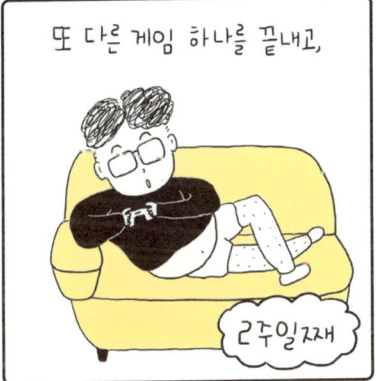

또 다른 게임 하나를 끝내고,

2주일째

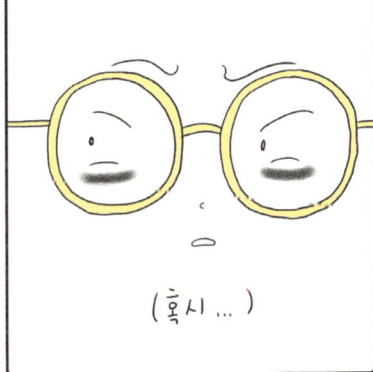

(혹시...)

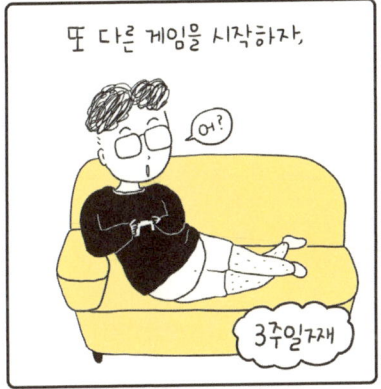

또 다른 게임을 시작하자,

어?

3주일째

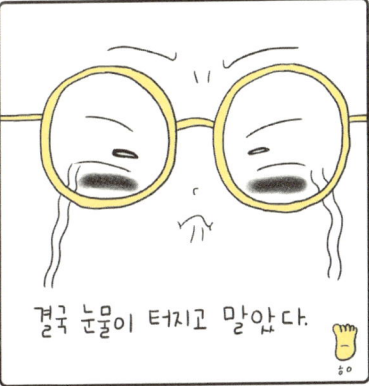

결국 눈물이 터지고 말았다.

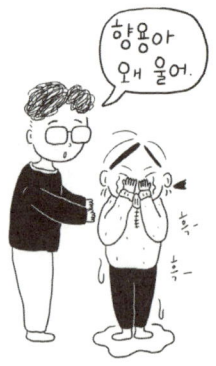

향용아
왜 울어.

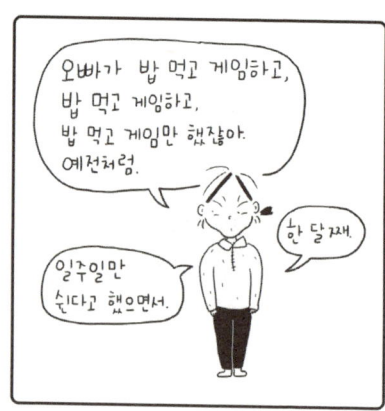

오빠가 밥 먹고 게임하고,
밥 먹고 게임하고,
밥 먹고 게임만 했잖아.
예전처럼.

일주일만
쉰다고 했으면서.

한 달째.

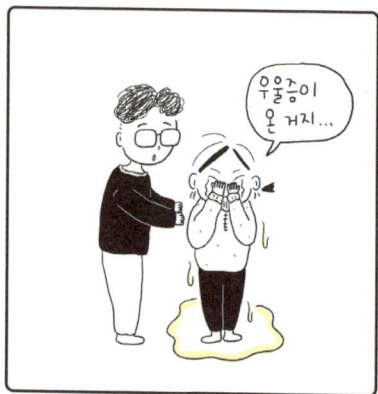

우울증이
온 거지...

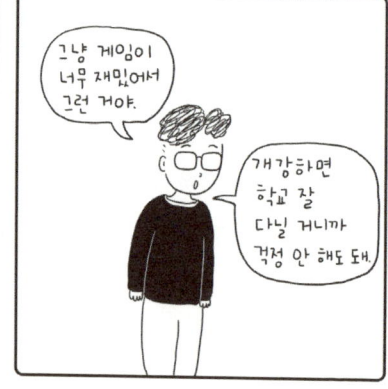

그냥 게임이
너무 재밌어서
그런 거야.

개강하면
학교 잘
다닐 거니까
걱정 안 해도 돼.

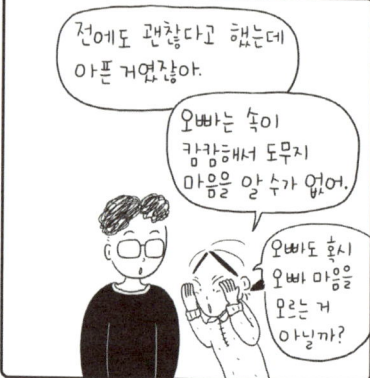

전에도 괜찮다고 했는데
아픈 거였잖아.

오빠는 속이
캄캄해서 도무지
마음을 알 수가 없어.

오빠도 혹시
오빠 마음을
모르는 거
아닐까?

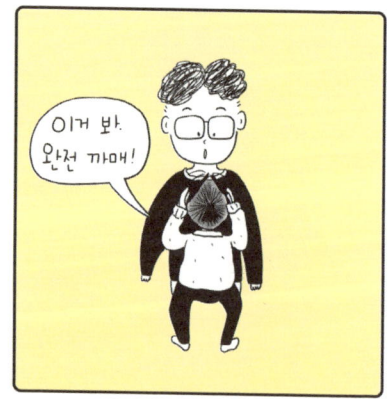

이거 봐.
완전 까매!

속마음

242

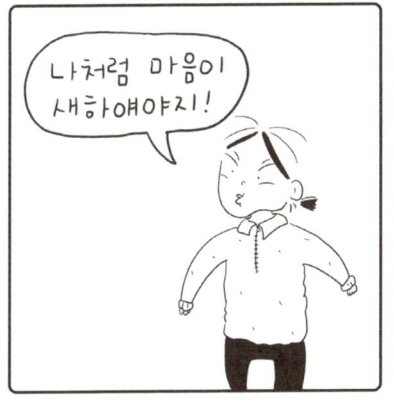

나처럼 마음이 새하얘야지!

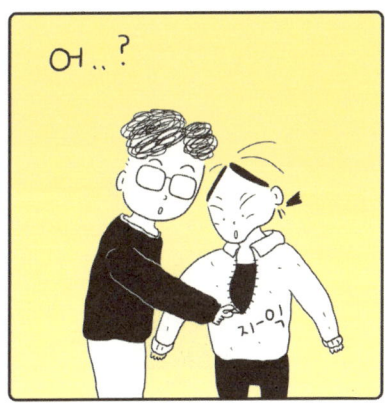

어..?

지익

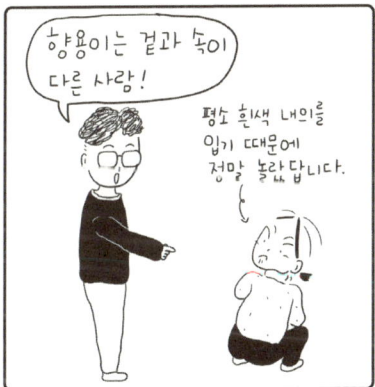

향용이는 겉과 속이 다른 사람!

평소 흰색 내의를 입기 때문에 정말 놀랍답니다.

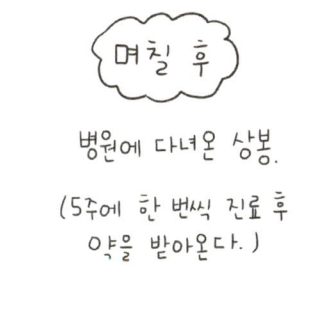

며칠 후

병원에 다녀온 상봉.

(5주에 한 번씩 진료 후 약을 받아온다.)

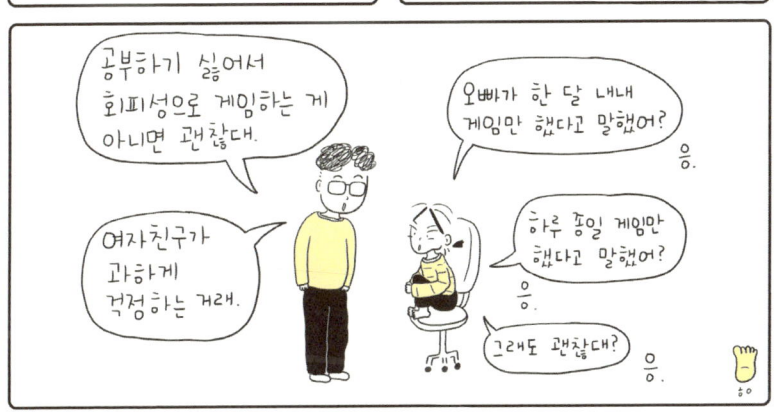

공부하기 싫어서 회피성으로 게임하는 게 아니면 괜찮대.

여자친구가 과하게 걱정하는 거래.

오빠가 한 달 내내 게임만 했다고 말했어?

응.

하루 종일 게임만 했다고 말했어?

응.

그래도 괜찮대?

응.

243

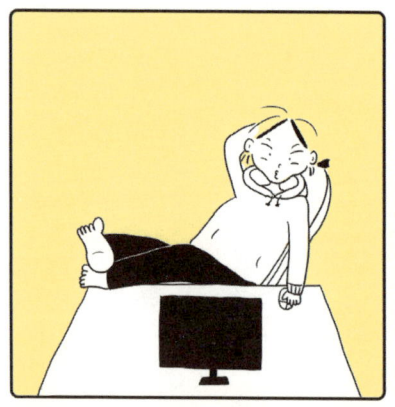

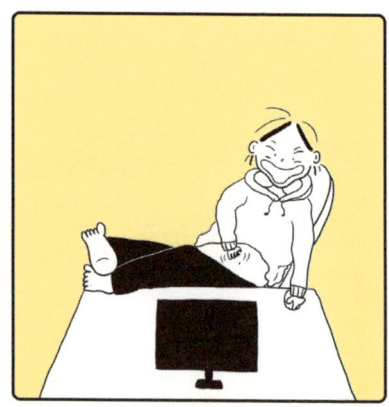

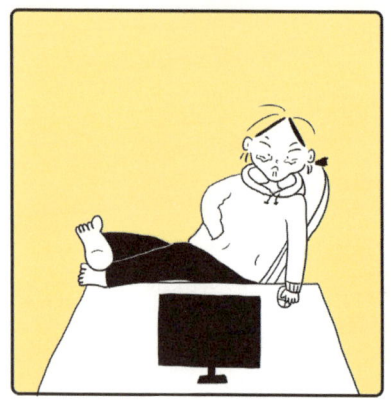

상봉이가 우울증에 걸리기 전에
그렸던 만화 일기들을 봤다.

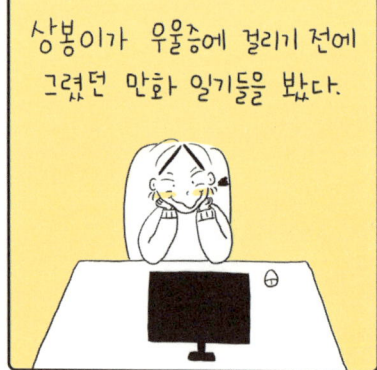

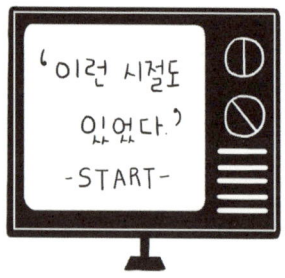

'이런 시절도
있었다.'
-START-

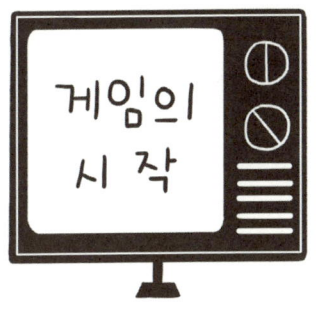

게임의
시작

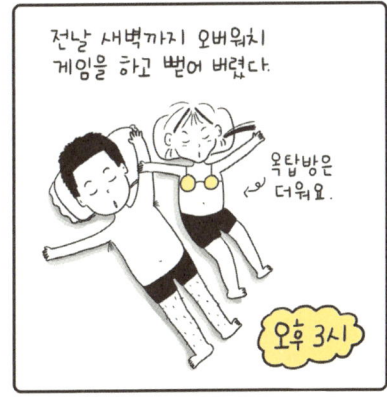

전날 새벽까지 오버워치
게임을 하고 뻗어 버렸다.

← 옥탑방은
더워요.

오후 3시

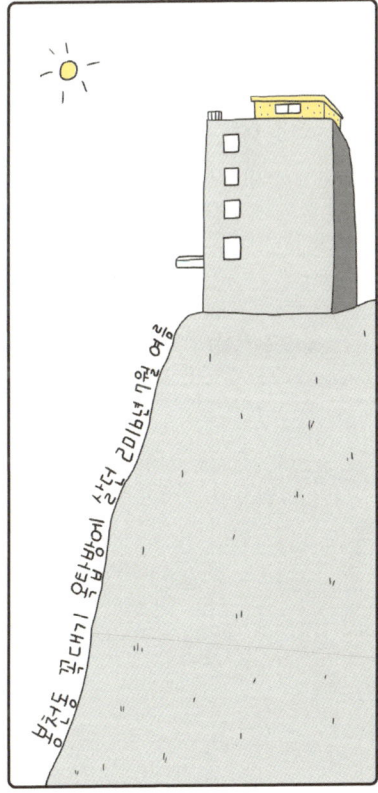

옥탑방 꼭대기 옥탑방에 사는 2미터 넘을 열음

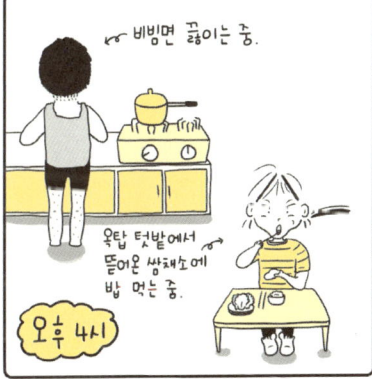

← 비빔면 끓이는 중.

옥탑 텃밭에서
뜯어온 쌈채소에
밥 먹는 중.

오후 4시

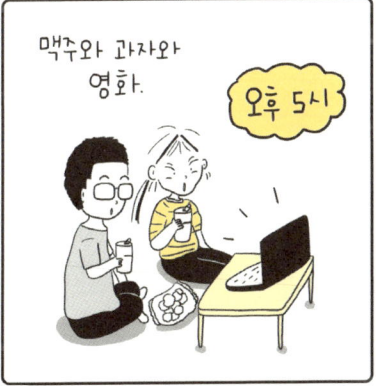

맥주와 과자와
영화.

오후 5시

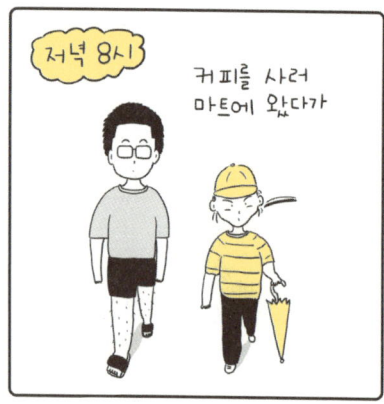

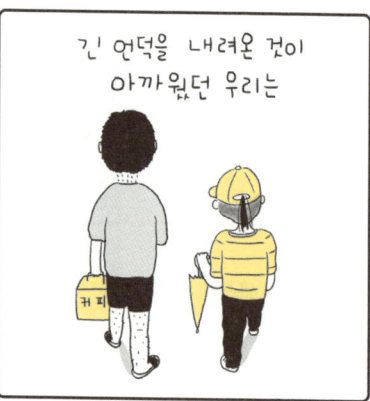

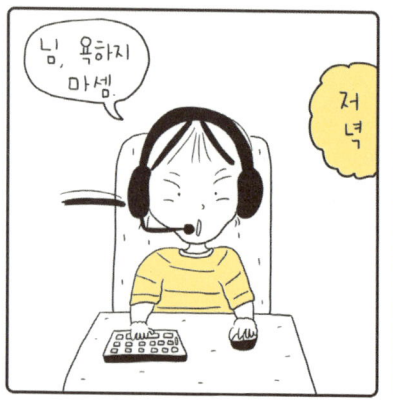

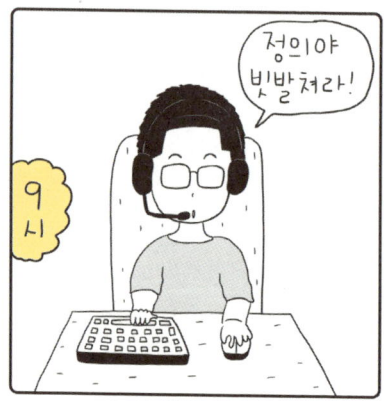

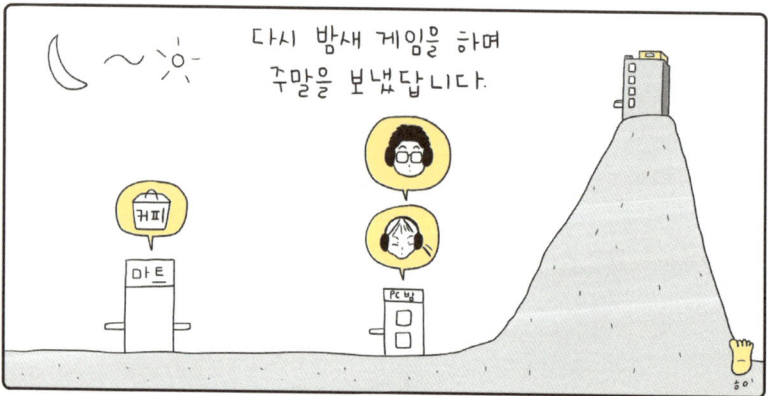

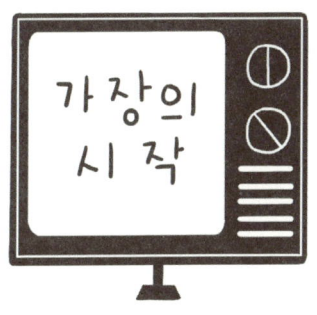

가장의
시작

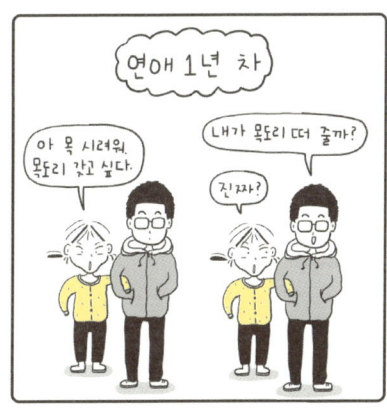

연애 1년 차

아 목 시려워.
목도리 갖고 싶다.

내가 목도리 떠 줄까?

진짜?

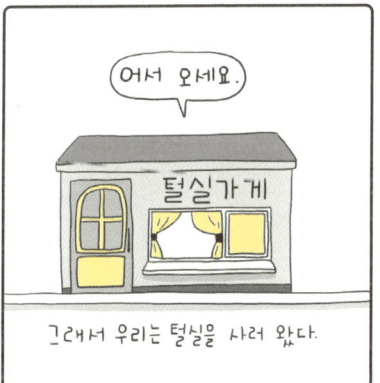

어서 오세요.

털실가게

그래서 우리는 털실을 사러 왔다.

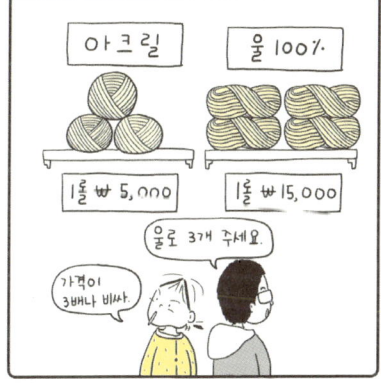

아크릴

울 100%

1롤 ₩ 5,000

1롤 ₩ 15,000

울로 3개 주세요.

가격이
3배나 비싸.

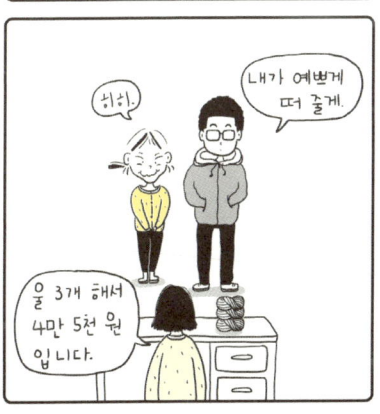

히히.

내가 예쁘게
떠 줄게.

울 3개 해서
4만 5천 원
입니다.

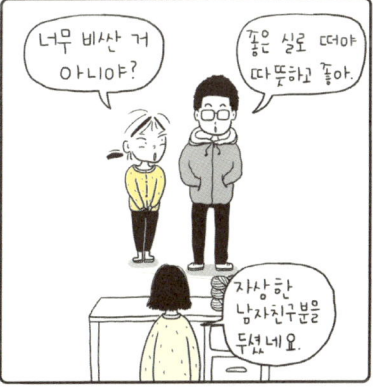

너무 비싼 거
아니야?

좋은 실로 떠야
따뜻하고 좋아.

자상한
남자친구분을
두셨네요.

247

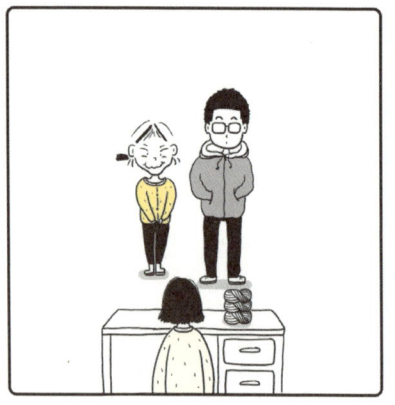

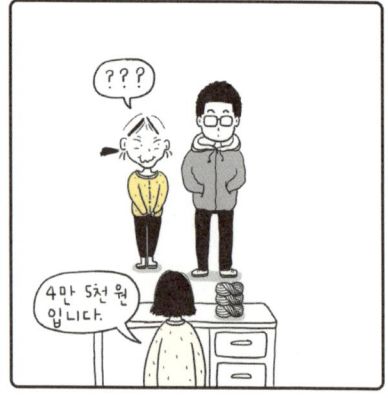

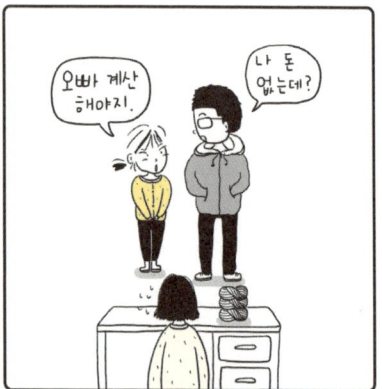

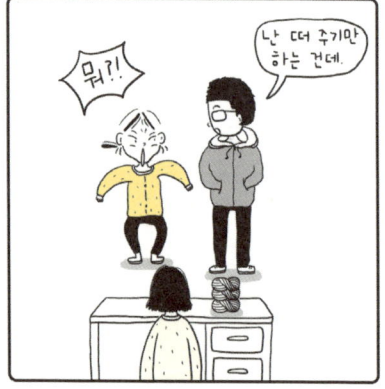

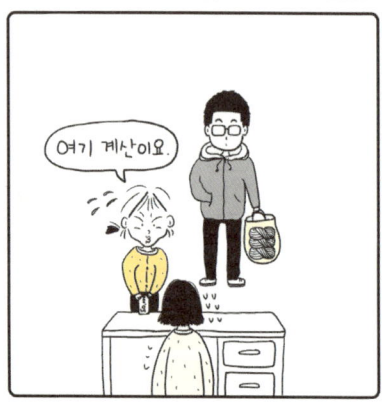

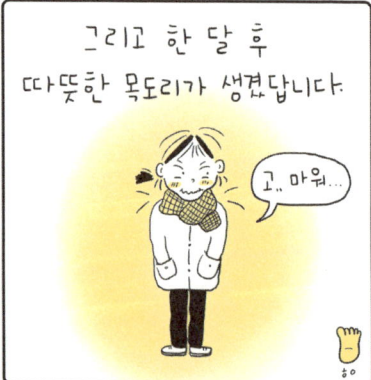

그리고 한 달 후
따뜻한 목도리가 생겼답니다.

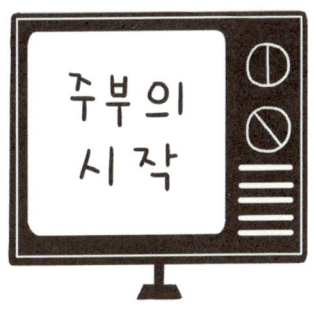

주부의
시작

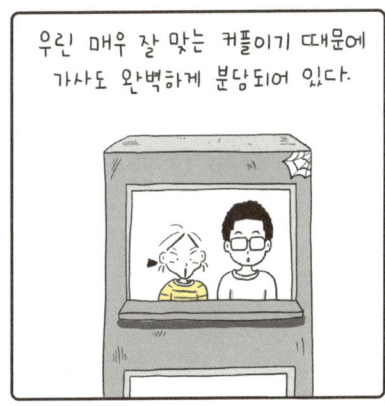

우리 매우 잘 맞는 커플이기 때문에
가사도 완벽하게 분담되어 있다.

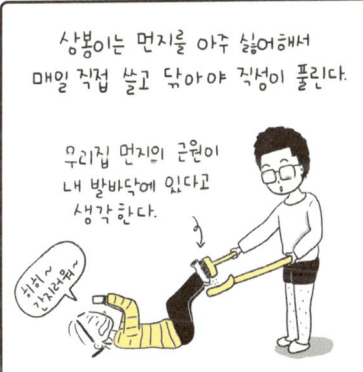

상봉이는 먼지를 아주 싫어해서
매일 직접 쓸고 닦아야 직성이 풀린다.

우리집 먼지의 근원이
내 발바닥에 있다고
생각한다.

쿼쿼~
간지러워요

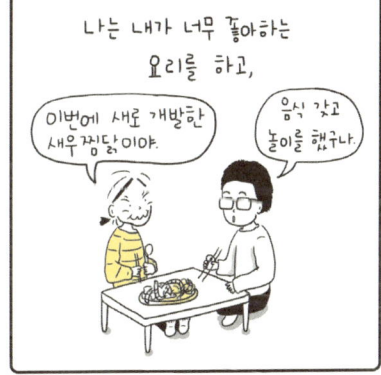

나는 내가 너무 좋아하는
요리를 하고,

이번에 새로 개발한
새우찜닭이야.

음식 갖고
놀이를 했구나.

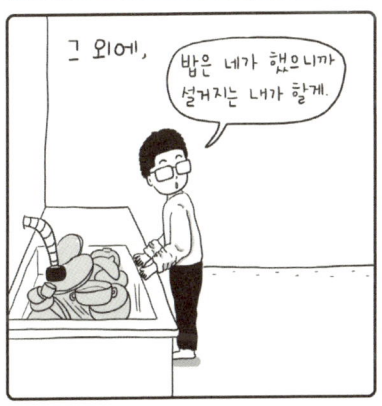

그 외에,

밥은 네가 했으니까
설거지는 내가 할게.

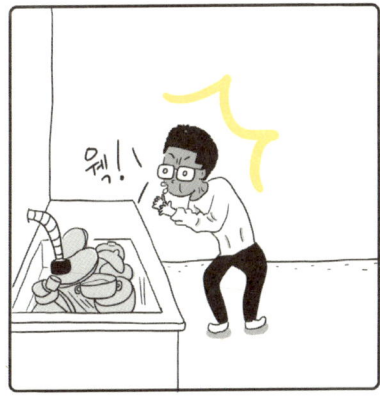

웩!

249

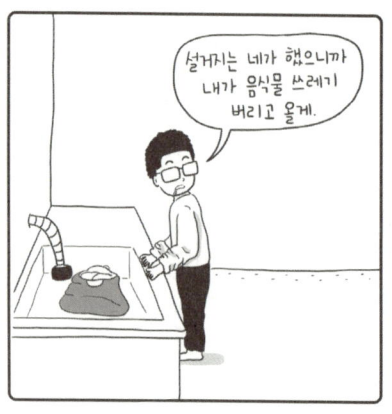

설거지는 네가 했으니까 내가 음식물 쓰레기 버리고 올게.

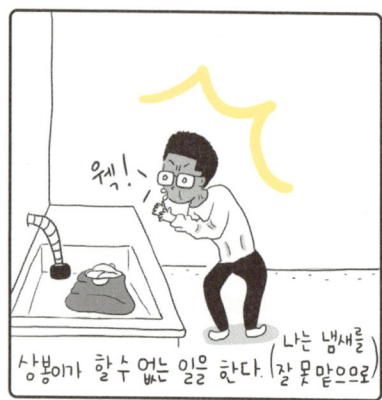

웩...!

상봉이가 할 수 없는 일을 한다. (잘 못 맡으므로) 나는 냄새를

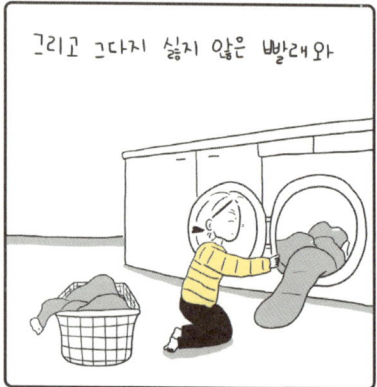

그리고 그다지 싫지 않은 빨래와

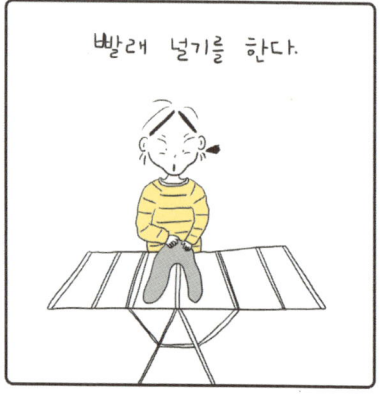

빨래 널기를 한다.

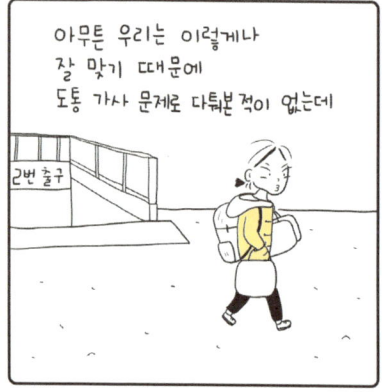

아무튼 우리는 이렇게나 잘 맞기 때문에 도통 가사 문제로 다퉈본 적이 없는데

2번 출구

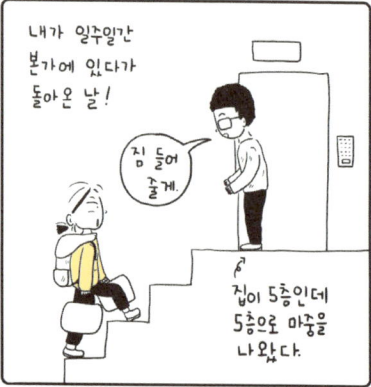

내가 일주일간 본가에 있다가 돌아온 날!

짐 들어 줄게.

집이 5층인데 5층으로 마중을 나왔다.

250

나는 화가 났다.

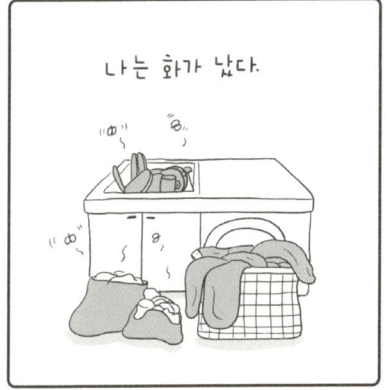

그래서 상봉에게 당장 반성문을 쓰라고 했다.

집 꼴이 이게 뭐야!

일주일 동안 빨래도 안 하고, 설거지도 안 하고, 쓰레기도 안 치워서 정말 정말 잘못했다.

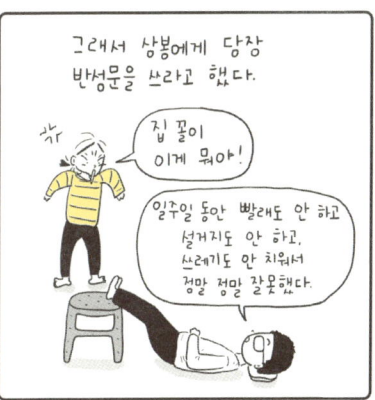

그런데 어쩌다 보니,

근데 바닥은 매일매일 쓸고 닦았는데? 참, 저건 너 일이잖아.

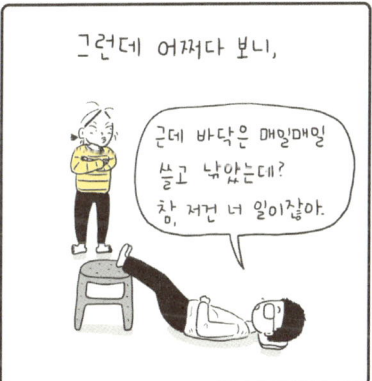

내가 반성문을 쓰게 되었다.

나의 할 일을 남에게 떠넘기고 다그친 것을 반성합니다.

나는 잘못을 뉘우쳤다.

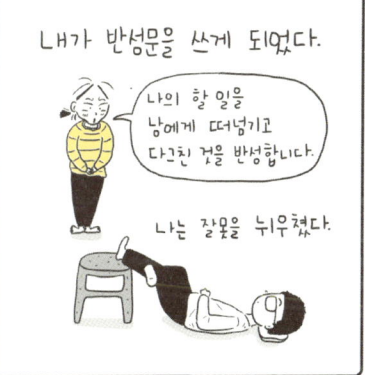

하지만 왠지 억울한 나는

곰곰이   생각했다.

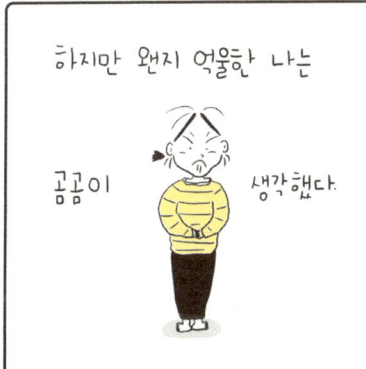

그래서 코딱지를 바닥에 마구 버렸다.

다시 청소 좀 해야겠다!

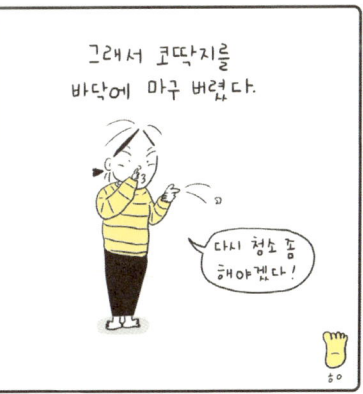

251

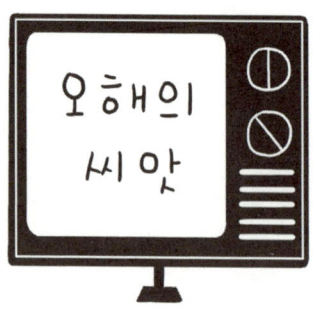

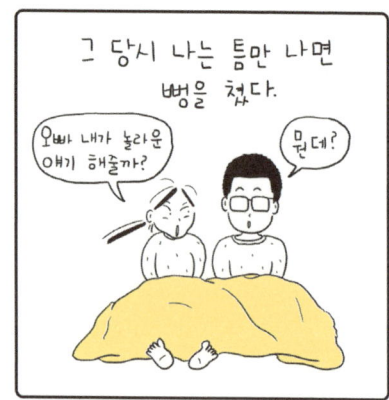

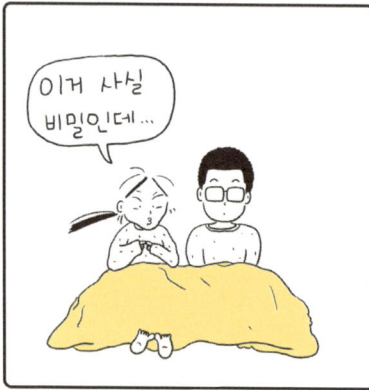

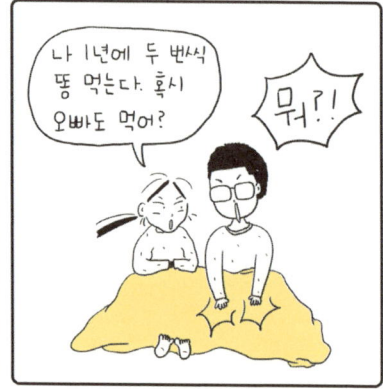

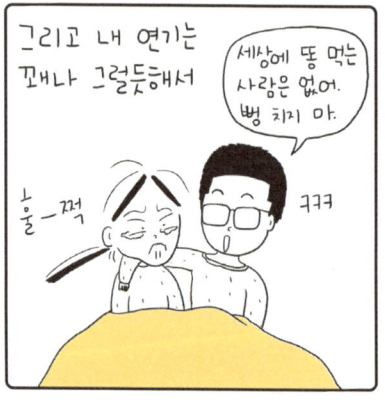

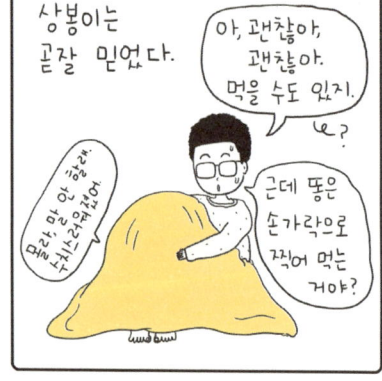

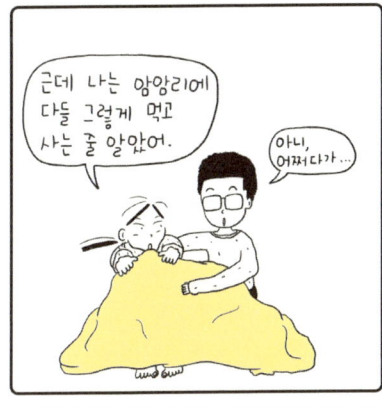

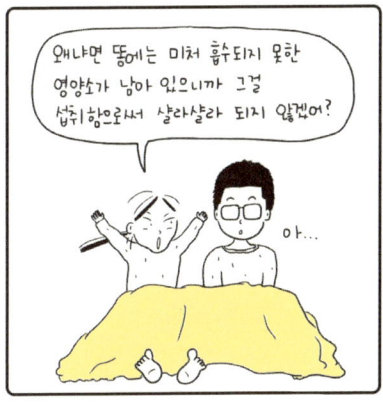

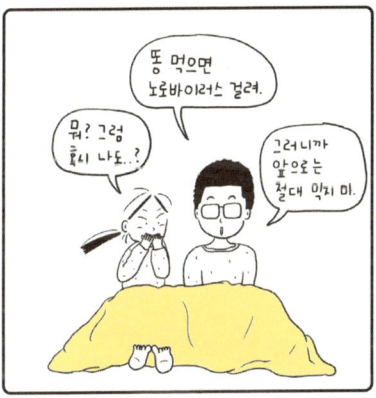

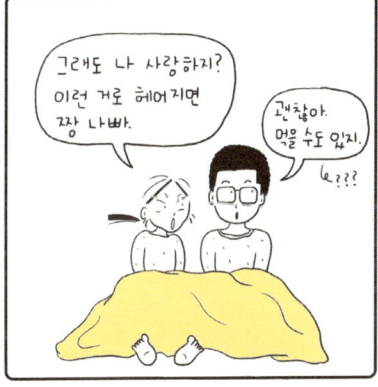

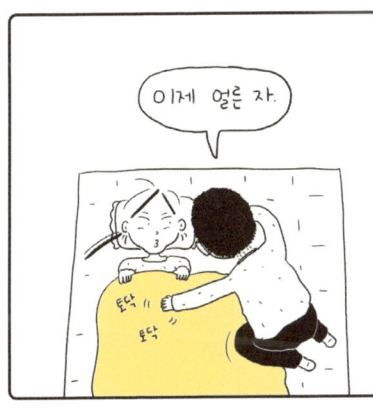

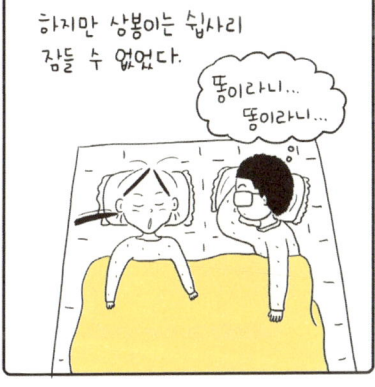

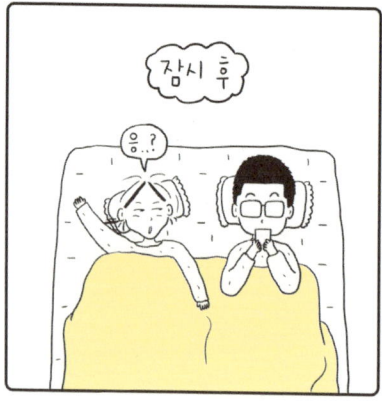

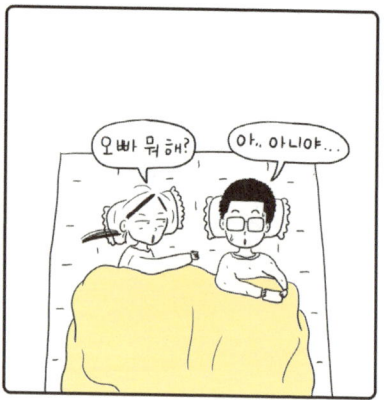

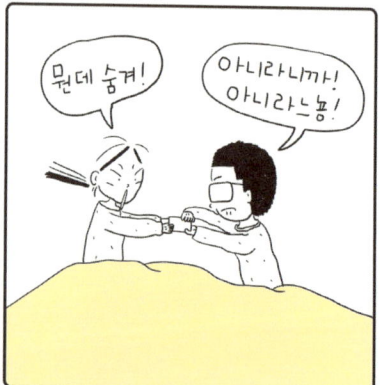

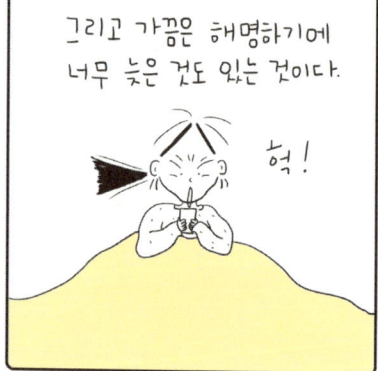

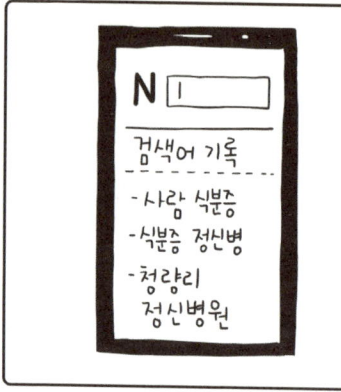

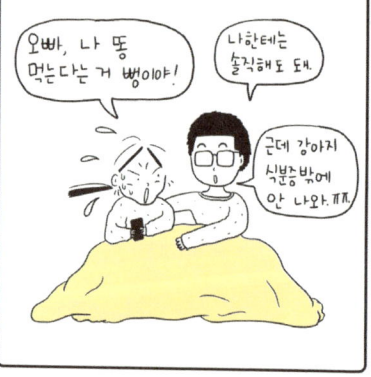

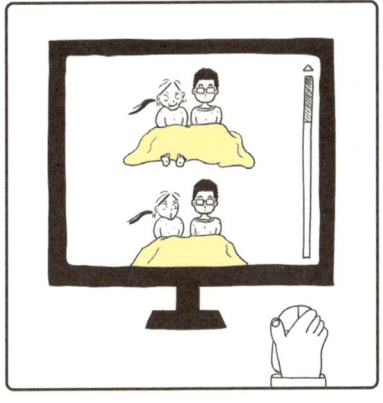

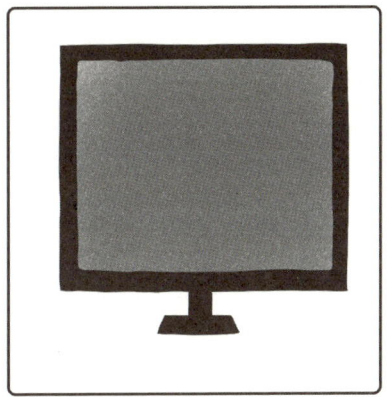

그때나 지금이나

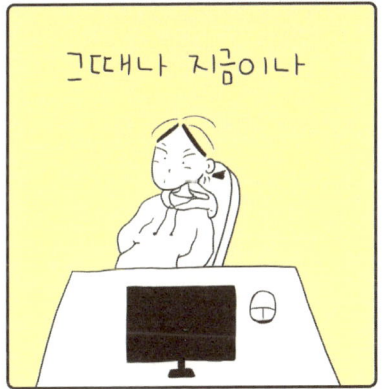

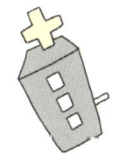

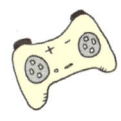

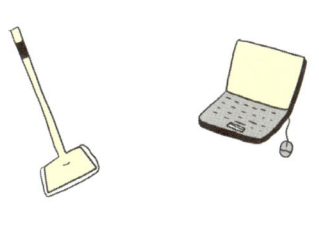

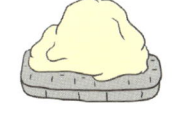

달라진 건
없을지도 모릅니다.

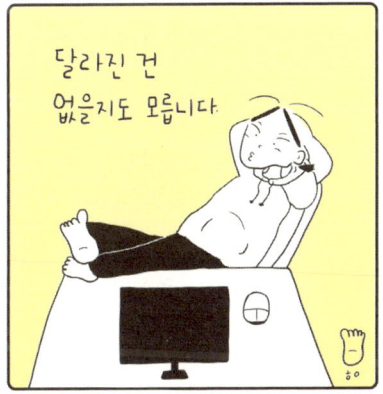

혼자 걸을 때는 고개를 숙이고 걷는 편입니다. 걸으면서 머릿속으로 일기를 쓰는 습관이 있는데 그러다 보면 왠지 항상 땅을 쳐다보게 돼요. 희로애락 중 쓸모없는 감정은 없고 모든 감정을 골고루 느낄 줄 알아야 건강한 사람이라고 한다면, 그렇다면 저는 아마도 길 위에서 가장 건강할 겁니다. 평소에는 흥분도 잘하고 성격이 급해서 큰 소리로 웃고 쉽게 화도 내지만 도통 슬픈 이야기는 잘 꺼내지 않는 저로서는, 혼자 시선을 바닥에 묻어두고 머릿속을 거닐며 그렁그렁해지는 날이 많기 때문입니다.

상봉이가 한창 아팠을 때는 뻘밭을 걷는 기분이었어요. 당시에는 몰랐는데, 상봉이가 낫기 시작하면서 저의 발걸음이 한층 가벼워졌다는 걸 느낄 수 있었습니다. 그제야 그동안 제가 푹푹 빠지는 진흙탕에서 제 몸을 질질 끌고 왔다는 생각이 들었습니다. 펄에서 빠져나온 후에야 펄에 있었다는 사실을 알게 된 거지요. 이곳에 쓴 일기들은 전부 그렇게 혼자 걷던 길에서 길어온 것들입니다. 뻘밭에서, 흙길에서, 오르막길에서, 내리막길에서, 집을 나서던

길에서, 집으로 돌아가던 길에서.

의사 선생님은 남자친구에게 다시 우울증이 재발하면 가장 먼저 할 일이 뭔지 아냐고 물으셨대요. 그건 자신이 우울증에 걸렸다는 걸 받아들이는 일이라고 합니다. 그다음에 할 일은 지금 할 수 있는 가장 작은 일을 하는 것이겠죠. 상봉이가 하루에 10분씩 공부를 시작했던 것처럼요. 물론 그 일이 아침 9시에 눈 뜨기, 일어나면 이불 개기가 될 수도 있을 거예요.

우리는 그 말을 얼마나 지키고 살 수 있을까요? 또 저는 그 일을 얼마나 무던하고 덤덤하게 바라볼 수 있을까요? 한 번 해봤던 일이니까 쉬울까요, 혹 그래서 더 어려울까요? 솔직히 저는 자신이 없습니다. 그 시절 상봉이는 눈을 뜨고 있는 거 자체가 너무 괴로워 보였거든요. 다시 그런 표정을 짓게 될까 봐 두렵습니다.

한참 걷기를 하다 멈추면 그제야 발에 잡힌 물집이 느껴집니다. 물집이 잡힌 걸 모르고 어떻게 10km고, 20km

고 그 긴 거리를 지나왔나 싶을 정도로요. 잠시 숨을 고르고 다시 발을 내디디려고 하면 그때는 물집이 너무 쓰라리고 발바닥도 뻣뻣해져서 걸을 엄두가 나지 않는 거예요. 저는 지금 그런 기분입니다. 숨을 고르면서도 발가락 마디마디에 잡힌 물집이 느껴져요. 하지만 이 상처가 아물기 전에 또다시 걷고 뛰어야 하는 날이 온다면, 아마도 저는 다시 한 발 한 발 발걸음을 교차하고 움직이고 있을 거예요. 발가락에 잡힌 물집에, 뻣뻣해진 발바닥에 무뎌지는 방법은 한동안 그 아픔을 고스란히 느끼며 묵묵히 걷는 것이니까요.

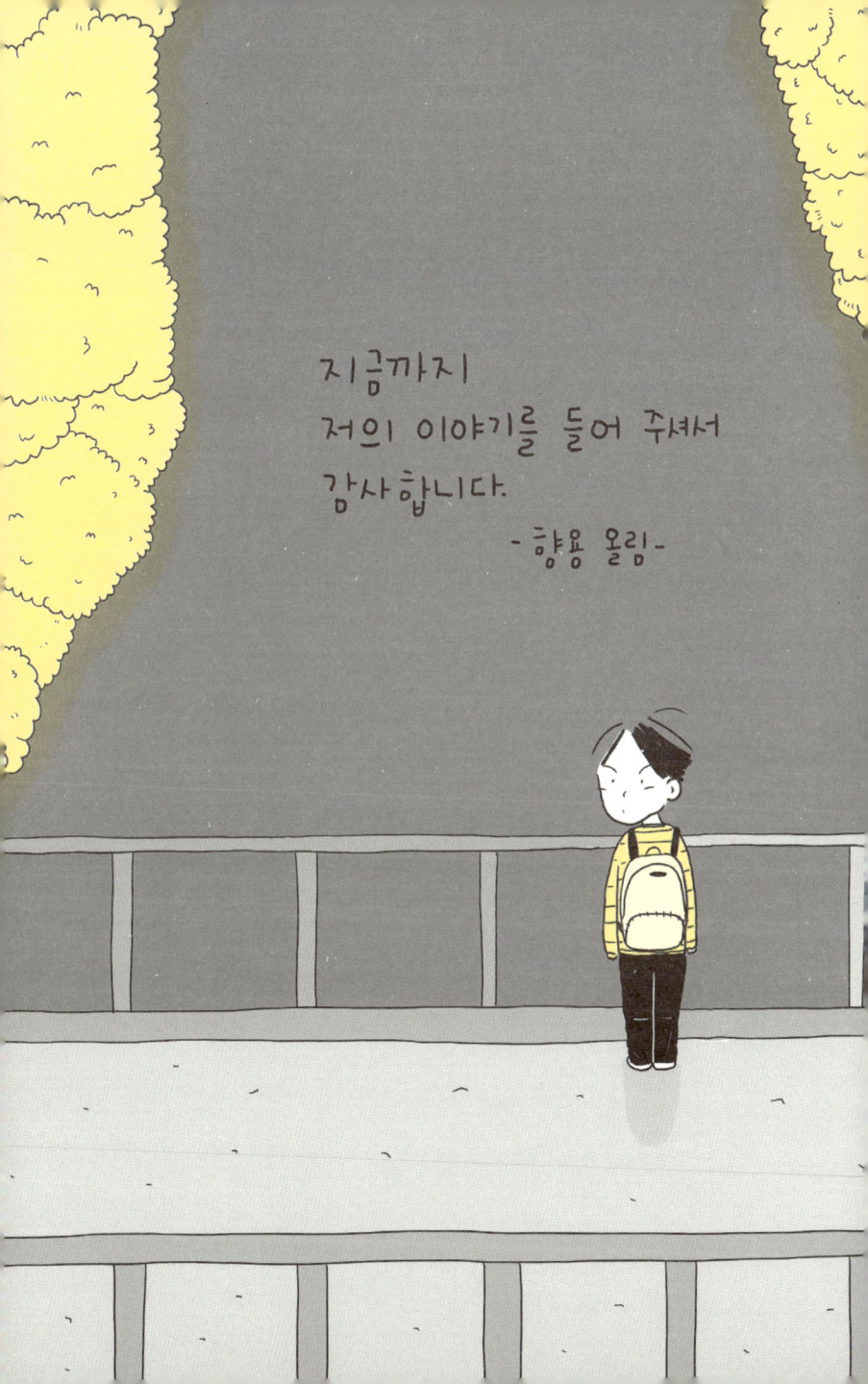

상봉아, 우울해?

초판 1쇄 인쇄 2025년 10월 15일
초판 1쇄 발행 2025년 10월 23일

글·그림 향용이
펴낸이 이범상
펴낸곳 (주)비전비엔피 · 애플북스

책임편집 김혜경
기획편집 차재호 김승희 한윤지 박성아
디자인 김혜림 이민선 인주영
마케팅 이성호 이병준 문세희 이유빈
전자책 김희정 안상희 김낙기
관리 이다정
인쇄 위프린팅

주소 우) 04034 서울특별시 마포구 잔다리로 7길 12 (서교동)
전화 02) 338-2411 | **팩스** 02) 338-2413
홈페이지 www.visionbp.co.kr
인스타그램 www.instagram.com/visionbnp
이메일 visioncorea@naver.com
원고투고 editor@visionbp.co.kr

등록번호 제313-2007-000012호

ISBN 979-11-994411-2-5 03810

- 값은 뒤표지에 있습니다.
- 파본이나 잘못된 책은 구입처에서 교환해 드립니다.